# Auf Herz und Nieren

Hannes Nygaard ist das Pseudonym von Rainer Dissars-Nygaard. Er wurde 1949 in Hamburg geboren und hat sein halbes Leben in Schleswig-Holstein verbracht. Er studierte Betriebswirtschaft und war viele Jahre als Unternehmensberater tätig. Nach einigen Jahren in Münster/Westfalen lebt er nun auf der Insel Nordstrand (Schleswig-Holstein).
www.hannes-nygaard.de

HANNES NYGAARD

# Auf Herz und Nieren

Der vierte Fall für Frauke Dobermann

NIEDERSACHSEN KRIMI

emons:

**Bibliografische Information der Deutschen Bibliothek**
Die Deutsche Bibliothek verzeichnet diese Publikation
in der Deutschen Nationalbibliografie; detaillierte bibliografische
Daten sind im Internet über http://dnb.d-nb.de abrufbar.

© Hermann-Josef Emons Verlag
Alle Rechte vorbehalten
Umschlagmotiv: iStockphoto.com/Andreas Weber
Umschlaggestaltung: Tobias Doetsch
Gestaltung Innenteil: César Satz & Grafik GmbH, Köln
Druck und Bindung: CPI – Clausen & Bosse, Leck
Printed in Germany 2013
ISBN 978-3-95451-176-1
Niedersachsen Krimi
Originalausgabe

Unser Newsletter informiert Sie
regelmäßig über Neues von emons:
Kostenlos bestellen unter
www.emons-verlag.de

Dieser Roman wurde vermittelt durch die Agentur EDITIO DIALOG,
Dr. Michael Wenzel, Lille, Frankreich (www.editio-dialog.com).

Für Barbara und Michael

*»Wer keine Visionen hat,*
*vermag weder große Hoffnungen zu erfüllen*
*noch große Vorhaben zu verwirklichen.«*
Thomas W. Wilson

Eigentlich hätte es um diese Tageszeit schon heller sein müssen. Graue Wolken zogen am Himmel ostwärts. Leichter Nieselregen hatte eingesetzt. Die Straßenlampen gaben ein fahles Licht ab und ließen das feuchte Pflaster dumpf erscheinen. Es passte zu diesem Frühling. Die Natur hing zurück, an den Bäumen zeigte sich kaum das erste Grün.

Auch Ostern hatte nicht das ersehnte schöne Wetter gebracht. Die Ausflugslokale, die auf den ersten Gästeansturm gehofft hatten, waren leer geblieben. Missmutiges Personal hatte an den Fenstern gestanden und durch die regennassen Scheiben nach draußen gesehen.

Kurt Weckholz war es recht gewesen. Er hatte die vergangenen vier Ostertage daheim verbracht, vor dem Fernseher gehockt und geschimpft, dass das Programmangebot für sein Empfinden dürftig war.

»Lass uns etwas unternehmen«, hatte Röschen, seine Frau, gedrängt. Aber Weckholz hatte abgewinkt. Nicht einmal zum Besuch der Tochter und deren Familie in Hameln hatte er sich überwinden können. Warum hätte er sich in die allgegenwärtige Blechlawine, die über Ostern auf allen Straßen anzutreffen war, einreihen sollen? Außerdem hatten die Mineralölkonzerne in schöner Regelmäßigkeit die Benzinpreise vor den Feiertagen kräftig angehoben. Obwohl sein betagter Opel Corsa sparsam im Verbrauch war, wusste er die schmale Rente besser zu verwenden. Zum Beispiel für die geliebte Zigarette. Und für Flecki, die schwarz-weiß gefleckte Promenadenmischung. Der Hund hatte sich ein paar Meter von Weckholz entfernt, schnupperte hier, markierte dort sein Revier und trottete ähnlich gemächlich wie sein Herrchen durch die menschenleeren Straßen.

Wer ging freiwillig bei Nieselregen am Dienstag nach Ostern vor sechs Uhr früh spazieren? Weckholz lächelte bitter. Er! Über vierzig Jahre hatte er im Stammwerk in Hannover-Stöcken in der Reifenproduktion von Conti gearbeitet. Nach der Einstellung der

Produktion hatte er Glück gehabt und wurde in die Fertigung von Lkw-Reifen versetzt. Als auch dort die Lichter ausgingen, wurde Weckholz in Rente geschickt. Da war er achtundfünfzig Jahre alt. Wie oft hatte er sich geschworen, morgens auszuschlafen, wenn ihn die Frühschicht nicht mehr bei jedem Wetter rufen sollte. Doch als seine Arbeitskraft nicht mehr gefragt war, hatte er sich nicht mehr umstellen können. Aus lauter Gewohnheit stand er morgens um fünf Uhr auf und drehte die erste Runde mit dem Hund.

Er hustete. Nein, war er überzeugt, die Probleme mit den Bronchien kamen nicht vom Rauchen. Das lag an der schlechten Luft in der Fabrikhalle. Als er wieder Luft bekam, zog er an der Zigarette und sah sich um. Flecki war ein Stück vorausgelaufen und schnüffelte am Fahrradständer der Apotheke.

Weiter unten in der Lister Meile sah er zwei Frauen, die ihm entgegenkamen. Lange bevor er ihnen begegnete, wechselten sie die Straßenseite. Er kannte sie. Die beiden Türkinnen mit den nach Sitte ihres Landes gebundenen Kopftüchern eilten zum Niedergang der U-Bahn-Station Sedanstraße/Lister Meile.

Jetzt tauchte ein Mann auf. Mit schnellen Schritten näherte er sich. Als er auf Weckholz' Höhe war, zeigte er mit dem Daumen über die Schulter. »Pass auf. Ein Stück weiter liegt ein Penner. Nicht dass dein Köter ihn anpinkelt.«

Weckholz wollte protestieren. Flecki war kein Köter. Aber der Mann war an ihm vorbeigeeilt. Auch er schien zum Bahnhof zu wollen.

Jetzt sah Weckholz das Bündel, das dicht an der Hauswand lag. Irgendjemand hatte über Ostern zu heftig gefeiert und es nicht mehr bis nach Hause geschafft. Offensichtlich waren Kopf und Beine so schwer geworden, dass er sich unterwegs einfach hingelegt hatte. Wie in allen Großstädten gab es auch am nahen Hannoveraner Hauptbahnhof einen Treffpunkt der Menschen, die kein anderes Ziel hatten, die den Tag damit zubrachten, auf sein Verstreichen zu warten, um am nächsten Morgen mit der Trostlosigkeit ihres Daseins fortzufahren. Sie fanden sich auf dieser Seite des Bahnhofs ein, nicht auf der anderen. Dort begann die City, das Entree des Bahnhofs war eines ihrer Aushängeschilder. Aber bis dorthin verirrten sich die Herumlungernden selten.

Während Weckholz langsam in Richtung des Schlafenden trottete, schien Flecki das Objekt auch entdeckt zu haben. Der Hund stutzte kurz, dann lief er zielsicher darauf zu.

»Flecki!«, versuchte Weckholz ihn zurückzurufen.

Aber das Tier hörte nicht. Er blieb vor dem Bündel stehen und bellte. Noch einmal versuchte Weckholz, ihn zur Ordnung zu rufen. Als er sah, wie der Hund eine Ecke der Decke packte, mit der sich der Schläfer vor der nassen Kühle schützte, beschleunigte Weckholz seinen Schritt. Laufen konnte er nicht. Das ließen seine kranken Bronchien nicht zu. Er spürte den Schmerz. Das Herz schlug ihm bis zum Hals. Trotzdem konnte er nicht verhindern, dass Flecki an der Decke zerrte und sie wegzog.

»Flecki. Komm sofort hierher«, keuchte Weckholz. Aber der Hund hörte nicht. Er hatte die Decke komplett von dem schlafenden Körper abgezogen, drehte jetzt den Kopf in Weckholz' Richtung und sah seinem Herrchen erwartungsvoll entgegen.

Der wunderte sich, dass der Schläfer nicht reagierte. Offensichtlich hatte er mächtig etwas intus. Sonst hätte er sich nicht freiwillig auf den Bürgersteig gelegt.

Endlich hatte Weckholz den Platz erreicht. Er bückte sich, um dem Hund die Decke fortzunehmen und den Schläfer wieder zuzudecken. Erst als Weckholz schärfer auf Flecki einredete, gab das Tier das Textil frei.

Weckholz griff zwei Ecken, schüttelte die Decke und wollte sie über den Schlafenden ausbreiten, als er stutzte. Er traute seinen Augen nicht. Ungläubig schloss er die Lider und hoffte, sich geirrt zu haben. Aber auch beim zweiten Blick verschwand das Bild nicht.

Vor ihm lag ein Mann auf dem Rücken. Es war schon ungewöhnlich, dass er sich nicht zusammengekauert hatte, wie man es zu tun pflegt, wenn man sich in der Kälte zum Schlafen niederlegt. Die Augen waren geöffnet und starr gen Himmel gerichtet. Weckholz fuhr ein eiskalter Schauder über den Rücken, als sein Blick am Körper des Mannes abwärtswanderte. Die Hose war geöffnet und die Genitalien freigelegt. Nein. Das stimmte nicht. Von denen war nichts zu sehen. Stattdessen befand sich überall Blut – dunkelrotes, fast schwarzes, verkrustetes Blut.

Weckholz würgte. Nur mühsam unterdrückte er, dass er sich übergeben musste. Sein Blick wurde noch einmal magisch von dem schrecklichen Bild angezogen. Er riss sich davon los und sah sich um. Niemand war zu sehen. Was sollte er machen? Telefonzellen gab es kaum noch welche, ein Handy besaß er nicht. Sollte er nach Hause laufen und die Polizei rufen? Jetzt tauchten Scheinwerfer auf. Langsam rollte ein Pkw durch die Lister Meile.

Weckholz taumelte Richtung Fahrbahn, hob die Arme über den Kopf und schwenkte sie hin und her.

»Hallo. Hilfe«, keuchte er kaum wahrnehmbar.

Dann brach ein heftiger Hustenanfall aus. Er versuchte, zur Fahrbahn zu gelangen, und hatte Glück, dass der Mazda langsam fuhr. Der Fahrer hielt an, ließ die Seitenscheibe herunter und wollte fluchen, als er den um Luft ringenden Weckholz gewahrte.

»Mein Gott. Was ist los? Brauchen Sie Hilfe?« Rasch verließ er sein Fahrzeug und ging auf Weckholz zu. Er blieb vor ihm stehen, ließ die Arme seitlich am Körper herunterpendeln und musterte den Rentner ratlos.

Weckholz hob den Arm und zeigte in Richtung des leblosen Bündels auf dem Bürgersteig.

»Da«, keuchte er.

★★★

Frauke Dobermann sah in den Spiegel aus Kristallglas. Dann zog sie das Handtuch vors Gesicht und frottierte es vorsichtig. Schließlich nahm sie das Handtuch wieder herab und hielt es vor den Hals. Erneut blickte sie in den Spiegel und betrachtete sich. Das schmale Gesicht, die nackenlangen rötlichen Haare und die etwas zu spitze Nase. Dann ließ sie ihre Hände mit dem Handtuch sinken und betrachte ihren Oberkörper, die weibliche Figur.

So sieht eine Frau aus, die sich auf Mitte fünfzig zubewegt, überlegte sie. Und trotzdem! Genau das mochte Georg, der feinsinnige, aristokratische, weltgewandte und ungemein liebevolle Georg. Ein Lächeln huschte über ihr Gesicht, als sie sich an die Umstände ihrer ersten Begegnung erinnerte. Und an die Zeit, als

Georg geheimnisvoll mit ihrem ersten großen Fall in Hannover verwoben war. Sie hatte ihn nicht einordnen, seine Rolle nicht abschätzen können. Erst viel später hatte sie erfahren, weshalb er sich so merkwürdig verhalten hatte.

Und heute? Es war für sie fast eine Selbstverständlichkeit geworden, in seinem großzügigen Haus im Isernhagener Birkenweg zu übernachten. Schon lange besaß sie einen Haustürschlüssel und hatte sich häuslich eingerichtet. Ihre Kleidung hing in den Schränken, die linke Seite im Ehebett gehörte ihr, und im Badezimmer hatten die Utensilien Einzug gehalten, die eine Frau für unerlässlich erachtet.

Erneut lächelte sie. Georg hatte mit einem Schmunzeln ihre Okkupation zur Kenntnis genommen und keine Einwände dagegen gehabt, dass seine Hygiene- und Kosmetikartikel einen Platz am Rand fanden.

Frauke gab sich einen Ruck, schloss ihre Morgentoilette ab und kehrte ins angrenzende Schlafzimmer zurück, um sich anzukleiden. Zu guter Letzt setzte sie die Brille auf und ging die mit dicken Teppichen belegte Treppe ins Erdgeschoss hinab. Sie durchquerte die großzügige Diele und schenkte der antiken Vitrine aus geschnitztem dunklem Holz keine Beachtung. Gut gelaunt warf sie der mannshohen Holzfigur mit dem breitrandigen Hut und dem langen Bart einen Handkuss zu.

»Guten Morgen, Don«, sagte sie, nachdem sie irgendwann beschlossen hatte, die Ähnlichkeit mit Don Quichotte sei frappierend.

Schnuppernd sog sie den Kaffeeduft ein, der aus dem Speisezimmer herüberwehte. Sie verharrte einen Moment auf der Schwelle. Wie so oft musste sie sich erst vergewissern, dass es kein Traum war. Georg hatte den Frühstückstisch gedeckt. Durfte man jeden Morgen so opulent frühstücken? »Ja«, hatte Georg irgendwann einmal ihre Skepsis zerstreut. Jetzt tauchte er mit zwei Gläsern frisch gepresstem Orangensaft in der zur Küche führenden Tür auf.

»Na, mein Kleines«, sagte er mit seiner wohlklingenden sonoren Stimme.

Sie ging auf ihn zu, gab ihm einen Kuss und schmiegte sich

kurz an ihn. »Du bist kein Geschenk des Himmels, du selbst bist der Himmel«, sagte sie.

»Dann lass uns auf die Erde zurückkehren und bodenständig frühstücken«, erwiderte er.

Sie nahm auf einem der hochlehnigen Lederstühle Platz und griff zum Brötchenkorb. Georg bemerkte ihr kurzes Zögern.

»Du musst dich nicht kasteien. Ich meine, wegen der Linie. Ich mag dich auch mit ein wenig mehr auf den Hüften.«

»Schmeichler.«

Während sie die Morgenmahlzeit einnahmen, führte sie ihr Gespräch durch einen bunten Themenstrauß, bis sie durch das Schnarren von Fraukes Handy unterbrochen wurden.

»Da ruft eine Leiche an und verlangt dringend, Frau Hauptkommissarin zu sprechen«, scherzte Georg und nahm den nächsten Löffel Obstsalat zu sich.

Frauke angelte in ihrer Handtasche nach dem Telefon, während sie mit der anderen Hand zur Serviette griff und sich die Lippen abtupfte.

»Hellmann vom KDD«, meldete sich eine Männerstimme. Der junge Kommissar war seit einem Jahr beim Kriminaldauerdienst. Frauke kannte ihn vom Sehen. »Herr Büdinger bat mich, Sie zu informieren. Sie wohnen doch in der Lister Meile in dem Haus mit dem Herrenmodengeschäft?«

»Warum wollen Sie das wissen?«

»Sie sind aber nicht zu Hause?«

»Das hat Sie nicht zu interessieren«, sagte sie barsch.

»Wo stecken Sie denn?«, zeigte sich Hellmann stur. »Direkt vor Ihrer Haustür liegt ein Toter.«

»Bitte?« Frauke war überrascht.

»Es wäre gut, meint Herr Büdinger, wenn Sie einmal vor die Tür kämen, da Sie auf unser Klingeln nicht reagiert haben.«

»Ich bin in zwanzig Minuten da«, sagte Frauke und stand auf.

Georg zog eine Augenbraue in die Höhe und sah sie erstaunt an. »Kann in Hannover ohne deine Hilfe nicht gestorben werden?«, fragte er ironisch.

»Nicht, wenn der Tote vor meiner Haustür liegt.«

»Ich habe dir schon oft gesagt, du sollst ganz zu mir ziehen.

Bitte senden Sie mir das aktuelle Verlagsprogramm zu

Ich möchte den Newsletter von emons: per E-Mail erhalten

Ich habe Interesse an Krimis aus folgender Region:

**f** Besuchen Sie uns auch auf www.facebook.com/EmonsVerlag

Name

Straße

PLZ/Ort

E-Mail

emons: verlag
**Cäcilienstraße 48**

**50667 Köln**

Ich bin damit einverstanden, dass meine hier angeführten Daten zu dem folgenden Zweck »Versand von Kundenprospekt« erhoben, verarbeitet und genutzt sowie unter Umständen an unseren Dienstleister zum Versand des angeforderten Kundenprospektes weitergegeben bzw. übermittelt und dort ebenfalls zu dem folgenden Zweck »Versand von Kundenprospekte verarbeitet und genutzt werden. Hier werden die Daten unmittelbar nach dem Versand gelöscht. Im Fall des Widerrufs werden wir den Zugang meiner Widerrufserklärung meine Daten gelöscht.

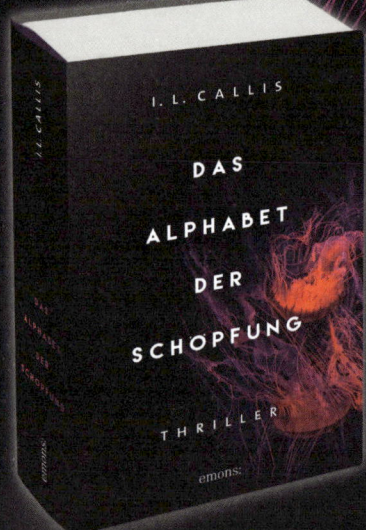

Heirate mich doch einfach«, rief er ihr hinterher, während sie eilig ihre Sachen zusammensuchte, ihm einen Kuss auf die Wange hauchte und zu ihrem Audi A3 eilte.

Zu dieser Stunde war es mühsam, voranzukommen. Der Berufsverkehr floss zäh. Stellenweise ging es nur im Schritttempo voran.

Georg heiraten? Unterwegs hatte sie Zeit zum Nachdenken. Das wäre Bigamie, da in Flensburg Herr Dobermann lebte. Sie hatte schon seit Jahren nichts mehr von ihm gehört. Es gab keinen Telefonanruf, keine Glückwünsche zum Geburtstag und kein Hallo zu Weihnachten. Trotzdem war sie verheiratet.

Flensburg war mittlerweile unendlich weit weg. Wie schwer war ihr der unfreiwillige Wechsel nach Hannover gefallen. Sie war mit dieser Stadt nicht warm geworden. Alles war anders hier. Die Stadt, die Hektik, die Menschen. Und die Art der Kriminalität. Die Mitarbeiter ihres Teams hatten auch nicht dazu beigetragen, den Neuanfang in der Landeshauptstadt flüssiger zu gestalten. Inzwischen hatte sie sich aber den nötigen Respekt verschafft und sich als Leiterin der Ermittlungsgruppe für organisierte Kriminalität im Landeskriminalamt durchgesetzt.

Für ihren Sinneswandel gab es einen triftigen Grund. Georg. Sie lächelte erneut und registrierte den irritiert wirkenden Blick des Nachbarn auf der Nebenfahrbahn, der für einen kurzen Moment sogar seinen mürrischen Ausdruck ablegte.

Es dauerte ewig, bis sie die Lister Meile erreichte, jene lebendige und urbane Straße östlich des Hauptbahnhofs, in der sie eine Altbauwohnung gefunden hatte. In diesem bunten Teil der Stadt lebte der Mittelstand, aber auch alte Menschen, Migranten und junge Menschen. Es war ein schillerndes liebenswürdiges Miteinander.

Vor dem Haus mit den roten Backsteinen und der kunstvoll gestalteten Fassade standen zahlreiche Einsatzfahrzeuge. Sie stellte ihren Audi auf die Fahrbahn quer vor dort parkende Fahrzeuge. Ein uniformierter Polizist bemerkte es und kam auf sie zu.

»Fahren Sie weiter«, forderte er sie höflich, aber bestimmt auf. Frauke verschloss ihren Wagen und ging dem Beamten entgegen.

»Dobermann, Kripo«, erklärte sie.

»Ja, denn …«, hörte sie hinter ihrem Rücken.

Frauke zwängte sich durch die Menschenansammlung hindurch, die sich an der Polizeiabsperrung gebildet hatte, nickte einem dort postierten Schutzpolizisten zu und erklärte: »Kripo.«

»Darf ich?«, fragte der junge Beamte.

Nachdem sie ihm ihren Dienstausweis gezeigt hatte, durfte sie passieren. Vor dem Eingang ihres Hauses wuselten die Beamten der Spurensicherung herum. Man hatte ein Zelt als Sichtschutz aufgebaut. Davor stand Hellmann, der sie angerufen hatte. Neben ihm hatte sich Hauptkommissar Büdinger, der Schichtleiter des Kriminaldauerdienstes, postiert. Mit seinem unscheinbaren Aussehen ähnelte er einem der hinter der Absperrung wartenden Passanten.

»Guten Morgen. Wo kommen Sie jetzt her?«, begrüßte Büdinger sie.

»Persönliche Neugierde? Oder gehört das zur Sache?«, antwortete sie, ohne seinen Gruß zu erwidern.

»Ich frage Sie als Zeugin.«

»Schießen Sie immer so schnell aus der Hüfte wie Wyatt Earp?« Sie zeigte in die Richtung, aus der sie gekommen war. »Sie haben doch gesehen, dass ich eben eingetroffen bin. Was haben wir denn?«

»Eine unappetitliche Leiche, und das direkt vor Ihrer Haustür. Ich gehe davon aus, dass das kein Zufall ist. Insbesondere nicht unter Berücksichtigung des Zustands des Toten.«

»Lassen Sie mal sehen.«

Büdinger protestierte nicht, als Frauke ihren Kopf in das Zelt hineinstreckte und die dort tätigen Beamten mit einem »Guten Morgen« grüßte. Sie erhielt als Antwort ein mehrstimmiges Gemurmel.

Sie musste sich nicht dem Opfer nähern, um das Bild zu erfassen, das sich ihr bot. Der Mann hatte dichtes dunkles Haar mit einem Ansatz von Geheimratsecken. Die braunen Augen lagen ein wenig tief in den Höhlen, um die sich dunkle Schatten gebildet hatten. Hohe Wangenknochen und eine breite Nase erweckten den Eindruck, dass es sich um einen Osteuropäer handeln könnte. Mit ein wenig Phantasie ähnelte die Physiognomie der des Boxweltmeisters Klitschko. Die Oberlippe zierte ein Schnauzbart. Das Sakko war von der Stange, das weiße Hemd darunter, dessen Kragen über dem des Sakkos lag, ebenfalls. Die braunen Schuhe konnten aus einem Verbrauchermarkt stammen. Die gesamte Kleidung schien nach dem Kriterium »günstig und zweckmäßig« zusammengestellt zu sein. Von der Hose war nicht viel zu sehen. Sie war zerschnitten und zerfetzt. Dort, wo man den Reißverschluss erwartete, war alles mit vertrocknetem Blut bedeckt.

Es war ein grauenvoller Anblick. Das, was den Mann ausmachte, war herausgeschnitten worden. Fraukes Blick wanderte zurück zum Gesicht. Die Lippen waren zerbissen. Die Augen, die zum Himmel starrten, hatten einen sonderbaren Ausdruck. Oder bildete sie sich das nur ein? Spontan kam Frauke die Frage in den Sinn, ob man dem Opfer die fürchterlichen Verletzungen bei vollem Bewusstsein beigebracht hatte. Sie ließ ihren Blick weiterwandern zu den Handgelenken. Dort waren keine Fesselungsspuren zu erkennen. Der Mann musste sich doch gewehrt haben? Dann entdeckte sie an den Oberarmen, dass der Stoff des Sakkos zerknittert war. Es sah aus, als hätte man ihn festgehalten, während … Doch das war alles hypothetisch.

»Kennen Sie ihn?«, fragte Büdinger, der neben sie getreten war.

»Nein. Nie gesehen.«

»Das ist eine merkwürdige Konstellation, die Art der Verletzung und der Fundort: genau vor der Haustür einer weiblichen Kommissarin.«

»Wenn Sie Ihre Phantasie in die richtigen Bahnen lenken, wäre es der Sache dienlicher«, sagte Frauke barsch und wandte sich an einen der Spurensicherer. »Wie sieht die Blutlache unter dem Opfer aus?«

»Endgültig können wir das erst sagen, wenn wir die Leiche beiseitegeschafft haben«, erwiderte der Mann. »Es sieht aber so aus, als ob da nichts ist.«

»Das bedeutet, dass er woanders so zugerichtet und erst nach dem Tod hierhergeschafft wurde«, überlegte sie laut. »Hatte er etwas in den Taschen, was auf seine Identität schließen lässt?«

»Zigaretten und Streichhölzer. Das ist alles. Und einen handgeschriebenen Zettel.«

»Welche Zigarettenmarke?«

»West. Mit deutscher Steuerbanderole. Und die Streichhölzer sind normale Zündhölzer ohne Werbung.« Der Beamte lächelte. »Keine Werbung einer geheimnisvollen Nachtbar auf der Verpackung, wie man es aus alten Krimis kennt.«

»War er Raucher?«

Der Spurensicherer beugte sich zu den Händen hinab. Dann nickte er. »Sieht so aus. Zeige- und Mittelfinger sind nikotingelb.«

»Was steht auf dem Zettel?«

»Keine Ahnung«, erwiderte der Spurensicherer und ergänzte, bevor Frauke nachfragen konnte: »Das ist kyrillisch.«

Frauke ließ sich die bereits in einer Tüte gesicherte Notiz zeigen.

»Und? Übersetzen Sie«, forderte Büdinger sie auf. »Oder schreibt man dort, wo Sie herkommen, anders?«

Frauke drehte sich um.

»Wann haben Sie den Bericht fertig?«, fragte sie den Hauptkommissar.

»Das interessiert Sie doch nicht.«

Sie hielt zwei Finger in die Höhe. »Können Sie das zusammenzählen? Das ist eins und eins. Falls ja, wissen Sie auch, dass ich den Bericht erwarte.« Sie sah sich um. »Haben Sie schon Zeugen gefunden?«

»Das können Sie alles im Bericht nachlesen. Jetzt sollten Sie gehen, da Sie die Arbeit der Spurensicherer und meines Teams stören.«

Sie unterdrückte eine Antwort. Hier konnte sie nichts ausrichten. Deshalb machte sie sich auf den Weg zum Landeskriminalamt.

Der unscheinbare Zweckbau mit den weißen Riemchenziegeln lag in der Schützenstraße. Hinter dem hohen Zaun kündeten nicht nur die zahlreichen Überwachungskameras, sondern auch die hohen Masten mit den starken Scheinwerferbatterien davon, dass das LKA ein besonderer Sicherheitsbereich war.

Auf dem Weg zu ihrem Büro traf sie Uschi Westerwelle-Schönbuch. Sie wechselte mit der Bürokraft ein paar Worte über das verregnete Osterfest, und ihre Erwartungen wurden nicht enttäuscht, da sie zwei Minuten später zu ihrem Vorgesetzten gerufen wurde. Frau Westerwelle, die das Vorzimmer des Kriminaloberrats hütete, hatte dem Dezernatsleiter von Fraukes Eintreffen berichtet. Die Mitarbeiter wussten von der Neigung der Frau »Außenministerin«, wie Frau Westerwelle insgeheim genannt wurde, auch ungefragt ihr bekannt gewordene Dinge an den Chef weiterzutragen.

Manfred Ehlers erhob sich, umrundete seinen Schreibtisch und streckte Frauke die Hand entgegen.

»Guten Morgen, Frau Dobermann. Haben Sie die Feiertage gut verlebt?«

»Danke.«

»Waren Sie über Ostern in Flensburg?«

»Hatten Sie auch ein paar ruhige Tage?«, antwortete Frauke mit einer Gegenfrage. Die Zeit nach Dienstschluss gehörte ihr. Sie sah keinen Anlass, darüber zu sprechen.

»Hauptkommissar Büdinger hat mich angerufen«, begann Ehlers ohne Umschweife. »Er hat von dem Einsatz vor Ihrer Haustür und den besonderen Umständen berichtet, die sich aus dem Zustand des Opfers ergeben.«

»Und?« Frauke zog eine Augenbraue in die Höhe. Sie war sich bewusst, dass ihre Frage zu aggressiv klang.

Ehlers ließ sich Zeit. Mit den kurz geschnittenen Haaren, die sein in der Mitte kahles Haupt krönten, und der randlosen Brille wirkte er eher wie ein Intellektueller. Das karierte Hemd war am Kragen geöffnet. Auf eine Krawatte verzichtete Ehlers, wenn nicht besondere Termine es erforderlich machten.

Der Kriminaloberrat wies auf seinen Bildschirm. »Herr Büdinger hielt es für so bedeutsam, dass er mir Bilder vom Tatort geschickt hat.«

Mit einem Anflug von Belustigung sah Frauke, wie Ehlers das Gesicht verzog. Beamte des höheren Dienstes kamen selten mit dem rauen Alltag in Kontakt. Deshalb wirkten solche Bilder auf sie genauso abstoßend wie auf unbeteiligte Bürger.

»Die Art der Verstümmelung könnte Symbolcharakter haben. Meinen Sie nicht auch?«

»Es ist außergewöhnlich. In Verbindung mit dem Fundort ist es denkbar, dass die Täter ein Zeichen setzen wollten.«

»Das Ihnen gilt.«

Frauke nickte.

»Fällt Ihnen spontan etwas ein? Könnte es in Verbindung mit einem aktuellen und vor Kurzem abgeschlossenen Fall stehen?«

»Da sehe ich keine Zusammenhänge. Natürlich hat sich in den entsprechenden Kreisen die Tätigkeit unserer Ermittlergruppe herumgesprochen.«

Der Kriminaloberrat zeigte mit der Spitze eines Kugelschreibers auf Frauke. »Die Ermittlungsgruppe Organisierte Kriminalität hat ein Gesicht: Sie!«

»Ach«, tat Frauke die Behauptung ab. »Natürlich stören wir mit unserer Arbeit gewisse Kreise. Die Gegenseite weiß, dass es ihr Risiko ist, von uns gestellt zu werden. Auch die Folgen gehören bei denen zum Geschäft. Das nimmt niemand persönlich. Selbst in den Fällen, in denen Morddrohungen gegen die ermittelnden Polizisten ausgesprochen werden, resultiert das nur aus der ersten Enttäuschung, enttarnt und gefasst worden zu sein. Hinter Gefängnismauern verraucht der Groll ziemlich schnell, zumal die Täter wissen, dass unsere Arbeit nie persönlich gemeint ist.«

Ehlers wiegte nachdenklich den Kopf. »Ähnliche Gedanken hatte ich auch.« Er zögerte und fuhr sich mit der Zunge über die Lippen, bevor er sie zusammenpresste. Angestrengt sah er auf seinen Kugelschreiber. »Ich spreche es nicht gern an, aber könnte es sein, dass das Motiv für diesen ungewöhnlichen Mord in Ihrem Privatleben begründet ist?«

»Wie meinen Sie das?«, fragte Frauke, obwohl sie Ehlers' Gedanken verstanden hatte.

»Nun ja. Enttäuschte Liebe, Zurückweisung, nicht erwiderte Zuneigung … Das erleben wir immer wieder als Motiv für Tötungsdelikte. Sie wissen, dass die Täter oft aus dem Umfeld des Opfers stammen. Kennen Sie den Toten?«

»Sie trauen mir allerhand zu«, sagte Frauke mit spöttischem Unterton.

»Verstehen Sie mich nicht falsch. Sie sind zwar verheiratet, aber ich habe den Eindruck, Ihre Ehe existiert nur noch auf dem Papier. Sie machen auf mich nicht den Eindruck, als würden Sie … nun ja … äh«, suchte der Kriminaloberrat nach den geeigneten Worten, »am Leben vorbeigehen. Sie sind eine attraktive Frau und noch nicht jenseits von Gut und Böse.«

»Sie meinen, ein abgewiesener Liebhaber könnte sich auf diese Weise dafür gerächt haben, dass ich mit einem anderen ins Bett gestiegen bin?«

Ehlers wandte den Kopf ab und sah angestrengt auf seine Schreibtischplatte. »So habe ich das nicht formulieren wollen.«

Frauke hatte ihren Vorgesetzten mit der harschen Ausdrucksweise aus dem Konzept gebracht.

»Es gehört zur Polizeiarbeit, alle Möglichkeiten in Betracht zu ziehen. Wie gesagt —«

»Ich weiß«, unterbrach sie ihn. »Ich stimme Ihnen zu, dass es wahrscheinlich ist, dass man den Toten nicht zufällig vor meine Haustür gelegt hat. In Verbindung mit der Tatausführung tauchen viele Fragen auf, deren Klärung mich brennend interessiert.«

»Halt!« Der Kriminaloberrat hatte seine Selbstsicherheit wiedergewonnen. Das verriet seine Stimme. »Wir sind für eine ganz bestimmte Art von Straftaten zuständig. Hier handelt es sich um einen Mord, der nicht dem organisierten Verbrechen zuzuordnen ist.«

»Und warum führen Sie eine informatorische Befragung durch?«

»So würde ich es nicht nennen«, wand sich Ehlers.

»Doch«, widersprach ihm Frauke. »Genau das haben Sie getan. Misstrauen Sie mir?«

»Nein. Natürlich nicht.«

»Gut. Dann lassen Sie mein Team ermitteln. Wenn man mir schon eine Leiche vor die Tür legt, möchte ich auch wissen, warum.«

»Sie werden nicht aktiv werden. Das übernimmt die zuständige Kriminalfachinspektion 1 der hiesigen Polizeidirektion. Das ist kein Diskussionspunkt. Hierzu gibt es nichts weiter anzumerken.«

Frauke stand auf. »Dieses Gespräch hat Sie Ihren persönlichen Kredit bei mir gekostet.«

»Aber, Frau Dobermann, verstehen Sie doch …«, rief er ihr hinterher, als sie das Büro verließ.

Von ihrem Schreibtisch aus loggte sie sich in das polizeiliche Informationssystem ein und suchte nach Straftaten, die ein ähnliches Muster wie der Mord von heute Morgen aufwiesen. Sie beschränkte sich zunächst auf Niedersachsen.

Es dauerte zwei Stunden, in denen sie immer wieder die Parameter veränderte, das Anforderungsprofil erweiterte, bis sie schließlich fündig wurde. Seit Karfreitag bearbeitete der Zentrale Kriminaldienst der Hildesheimer Polizeiinspektion, unterstützt von der zuständigen Fachinspektion aus Göttingen, einen merkwürdigen Todesfall. Spaziergänger hatten am Karfreitag am Kalenberger Graben in Hildesheim eine Leiche entdeckt, die fürchterlich zugerichtet war. Es handelte sich um einen unbekannten Mann.

Frauke recherchierte zunächst im Internet und rief mehrere Presseseiten auf. Neben der Boulevardpresse hatte die Hildesheimer Allgemeine Zeitung der Berichterstattung über den Vorfall viel Raum gegeben. Auch das Fernsehen hatte ausführlich darüber berichtet.

Frauke hielt einen Moment inne. Hatten sie und Georg während der vier Osterfeiertage die Welt um sich herum total vergessen, dass ihnen solch spektakuläre Ereignisse verborgen geblieben waren? Ja!, gestand sie sich ein.

Sie nahm Kontakt zur Hildesheimer Kripo auf und wurde mit Hauptkommissar Ulmer verbunden.

»Wir sind sehr beschäftigt«, begrüßte er sie unwirsch. »Wenn es möglich ist, würde ich Sie bitten, es in ein paar Tagen erneut zu versuchen.«

»Es geht um Ihren aktuellen Fall. Wir haben hier in Hannover einen ähnlichen.«

»Warum steht darüber nichts im System?«

Frauke erklärte ihm, dass der Leichenfund in Hannover ganz frisch war.

»Wer bearbeitet den? Kollege Büdinger?« Ulmer wartete die Antwort nicht ab. »Ich werde mich mit ihm kurzschließen.«

»Mich würden vorab ein paar Einzelheiten interessieren«, blieb Frauke hartnäckig.

»Beschreiten Sie den Dienstweg«, wimmelte Ulmer sie ab. »Und jetzt entschuldigen Sie mich. Aber wir stehen hier wirklich unter Zeitdruck. Da ist keine Zeit für Small Talk.« Immerhin verabschiedete er sich noch, bevor die Verbindung unterbrochen wurde.

Frauke suchte den Kriminaloberrat auf. Ehlers hörte sich ihre Vermutung, dass es Zusammenhänge geben könnte, an.

»Das ist sehr vage«, meinte er.

Leider musste sie ihm recht geben. Fraukes Vermutung beruhte lediglich auf der ungewöhnlichen Tatausübung.

»Ich würde trotzdem gern untersuchen, ob wir es mit einem zweiten Mord innerhalb einer ungewöhnlichen Serie zu tun haben.«

Ehlers seufzte. »Gut. Ich werde über meine Verbindungen versuchen, etwas mehr in Erfahrung zu bringen.« Er legte die Stirn in Falten, suchte dann im Computer nach einer Telefonnummer und begrüßte einen »Hans-Dieter«.

Frauke lauschte dem einseitigen Teil eines kurzen Dialogs über Familie, Gesundheit, Hobby und Urlaub, bevor Ehlers auf die Hildesheimer Tat zu sprechen kam. Dann vernahm sie nur mehrfach ein »Ja – ja« und »Hm« oder »Verstehe«. Schließlich wünschte Ehlers dem »alten Haudegen Hans-Dieter« alles Gute. Zufrieden legte er auf.

»Das war mein Kollege aus Göttingen«, erklärte er. »Noch gibt es keine weiter gehenden Erkenntnisse. Das Opfer ist männlich. Es handelt sich vermutlich um einen Osteuropäer.«

»Moment«, unterbrach ihn Frauke. »Davon würde ich bei unserem Toten von heute Morgen auch ausgehen. Also scheint es einen Zusammenhang zu geben.«

Der Kriminaloberrat lächelte in sich hinein und faltete die Hände wie zu einem Gebet zusammen. »In Deutschland leben Millionen von Menschen, die ihre Wurzeln im Osten Europas haben.«

»Schon, aber die werden nicht innerhalb kürzester Zeit auf eine besonders perfide Weise ermordet.«

»Wenn ich meinen Göttinger Kollegen richtig verstanden habe, wurde der Hildesheimer Tote regelrecht ausgeweidet. Man hat ihm die Bauchdecke geöffnet und –« Ehlers winkte ab. »Ich glaube, ich muss es nicht im Detail erklären. Bei *Ihrem* Toten sah es anders aus, wenn ich Sie richtig verstanden habe«, schob er leise hinterher.

»Es wäre ein großer Zufall, wenn zwei Osteuropäer um Ostern herum auf denkwürdige Weise ermordet werden und es keinen Zusammenhang gäbe«, wandte Frauke ein. »Ich würde gern mit der Göttinger Rechtsmedizin sprechen, sofern man dort schon weiter ist.«

Ehlers stimmte zu, und nachdem sie sich vergewissert hatte, dass das Hildesheimer Opfer gerade obduziert wurde, machte sie sich auf den Weg gen Süden.

Für die etwa einhundert Kilometer benötigte der ICE eine halbe Stunde. Die Verbindungen waren ausgesprochen komfortabel. Nahezu alle zwanzig Minuten verkehrte ein Hochgeschwindigkeitszug auf dieser wichtigen Nord-Süd-Verbindung.

Der Taxifahrer am Göttinger Hauptbahnhof zeigte sich nicht begeistert, als sie ihr Ziel nannte. »Ist das Ihr Ernst?«, fragte er ungnädig. »Dafür habe ich über eine Stunde in der Schlange gewartet.«

»Sie hätten Millionär werden sollen«, antwortete Frauke. »Dann hätten Sie das nicht nötig.«

Fünf Minuten später setzte er sie am Haupteingang der Universitätsmedizin Göttingen, wie die Einrichtung hieß, ab. Widerwillig stellte er eine Quittung aus. Als er davonfuhr, ließ er betont den Motor aufheulen.

Frauke hatte Mühe, sich in dem gewaltigen Gebäudekomplex zu orientieren, bis sie schließlich in der Nähe des Westeingangs der Beschilderung »Rechtsmedizin« folgte. Sie betätigte die Klingel. Kurz darauf öffnete ein schlaksig wirkender junger Mann mit Wuschelkopf die Tür.

»Ja? Bitte?«, fragte er freundlich.

Sie stellte sich vor. »Ich möchte den Arzt sprechen, der die Obduktion des Hildesheimer Opfers durchgeführt hat.«

»Ah. Dr. Fröhlich. Kleinen Moment.« Er ließ sie vor der Tür stehen, die er sorgfältig ins Schloss fallen ließ. Wenig später erschien er erneut und forderte sie auf, ihm zu folgen.

Der Flur war weiß gekachelt. Frauke hatte oft genug bei Leichenschauen mitgewirkt. Irgendwie schien die Atmosphäre überall gleich zu sein. Während sie dem jungen Mann folgte, schmunzelte sie über den Namen des Arztes. Ein Pathologe namens Fröhlich.

Der Arzt erwartete sie in einem Büro, das er sich mit einem anderen Mediziner zu teilen schien. Er bot ihr einen Stuhl an seinem Schreibtisch an. Auf einen Händedruck verzichtete er.

»Kripo Hannover?«, fragte er. »Wie kommt das?«

»Landeskriminalamt. Uns interessiert, ob es Parallelen zu anderen Fällen gibt.«

»Aha.« Dr. Fröhlich sprach mit unverkennbarem rheinischem Akzent. Frauke schätzte ihn auf Ende vierzig. Die Haare lichteten sich. Er musterte sie durch die Gläser der dunklen Hornbrille, die fast das Gesicht beherrschte. Es wirkte, als würde er sich noch einmal kurz sammeln.

»Ein ungewöhnlicher Fall. Das Opfer ist männlich. Ich schätze, zwischen dreißig und vierzig. Größe ein Meter zweiundsiebzig. Der Allgemeinzustand … Er mag für die Gegend, aus der er stammt, befriedigend sein. Für unsere Verhältnisse würde ich sagen, er ist nicht optimal medizinisch betreut worden. Seine Unterarme, aber auch die Beine weisen viele Spuren von kleineren Verletzungen auf.«

»Schussverletzungen?«, unterbrach ihn Frauke.

Dr. Fröhlich schüttelte den Kopf. »Nein. Es sieht eher nach Verletzungen aus, die man sich bei schwerer körperlicher Arbeit holen kann. Schnittwunden, ein Unterarmbruch. Ein Leistenbruch ist nicht richtig behandelt worden und verwachsen. Den Zahnarzt scheint das Opfer nie besucht zu haben. Deutlich sind Spuren von nicht ausreichender Ernährung erkennbar.«

»Hat er gehungert?«

»Nein. Aber der Körper wirkt ausgemergelt. Wäre er älter, hätte er sicher massive gesundheitliche Probleme bekommen. So hat er es dank der in diesem Alter noch vorhandenen Widerstandsfähigkeit wegstecken können.«

»Was war die Todesursache?«

Dr. Fröhlich schob mit dem Mittelfinger die Brille hinauf. »Das kann ich noch nicht sagen. Dazu ist die toxikologische Untersuchung erforderlich.«

»Er wurde vergiftet?«

»Könnte man vermuten. Merkwürdig ist, dass ihm im rechten Ellenbogen ein Zugang gelegt wurde.«

»Ein … was?« Frauke war überrascht.

»Sie haben richtig gehört. Jemand, der etwas davon versteht, hat eine Venüle zur intravenösen Applikation von Medikamenten gelegt.«

»Die war noch vorhanden?«

Der Arzt nickte. »Richtig. Das macht kein Laie. Das war jemand, der etwas davon verstand.«

»Ein Arzt oder eine Krankenschwester?«

»Kann sein. Aber kein sehr guter. Ich habe festgestellt, dass beim Legen des Zugangs mit der Kanüle herumgestochert wurde, bis die Vene gefunden wurde. Aber das passiert täglich in zahlreichen Arztpraxen und Krankenhäusern.«

»Und darüber wurde ein Gift oder tödlich wirkendes Medikament gespritzt?«

»Das wäre denkbar. Aber dazu müssen wir das Ergebnis der toxikologischen Untersuchung abwarten.«

»Hat sich das Opfer gewehrt?«

»Ich habe keine derartigen Spuren festgestellt.«

»Das würde heißen, dass sich der Tote freiwillig den Zugang hat legen lassen.«

»Denkbar.«

»Aber warum?«

Dr. Fröhlich zuckte mit den Schultern. »Das passt ins Bild. Schließlich hat man dem Opfer die Bauchdecke geöffnet und es innen, wenn ich es sarkastisch formuliere, ausgeweidet.«

»Können Sie das etwas genauer erklären?«, bat Frauke.

Erneut schob Dr. Fröhlich die Brille die Nase hinauf. »Dem Toten fehlen Herz, Lunge, Nieren und Leber.«

Frauke fragte ungläubig nach, aber der Rechtsmediziner bestätigte es noch einmal. »Die Organe sind verschwunden.«

»Was macht man damit?«, fragte Frauke mehr sich selbst.

»Ich bin kein Psychologe. Ein religiöses Ritual? Sollte etwas geopfert werden? Ein kranker Täter? Ein wenig weiter südlich von Göttingen gab es den spektakulären Fall, dass jemand aus sexuellen Motiven eine Internetbekanntschaft mit dessen Zustimmung aufgegessen hat.«

»Der Kannibale von Rotenburg«, erinnerte sich Frauke. Dann sah sie Dr. Fröhlich an.

»Konnten Sie feststellen, ob derjenige, der diese Tat vollbracht hat, ein Arzt war?«

Dr. Fröhlich verzog das Gesicht. »Ich bin mir nicht sicher.

Grundlegende anatomische Kenntnisse waren sicher vorhanden. Dafür sprechen die Schnittränder. Offenbar wurde auch medizinisches Gerät verwandt. Es ist schlecht zu beurteilen. Also ich würde mich von einem solchen Chirurgen nicht operieren lassen. Das war stümperhaft. Ich hätte meine Zweifel, ob der Akteur den Patienten im Ernstfall wieder zusammengeflickt bekommen hätte.«

»Ich möchte Ihnen nicht zu nahe treten, aber könnte es ein Pathologe oder ein Sektionsgehilfe gewesen sein?«

Dr. Fröhlich maß sie mit einem langen Blick. »Ich würde mich dagegen verwahren, dass man mir oder meinen Kollegen aus der Rechtsmedizin solch stümperhafte Arbeit unterstellt. Auch wenn unsere Kunden schon tot sind, gehen wir anders vor.«

»Danke«, sagte Frauke.

»Wollen Sie das Opfer noch einmal sehen? Noch liegt es auf dem Seziertisch.«

Frauke winkte ab. Eine Inaugenscheinnahme hätte ihr keine weiteren Erkenntnisse vermittelt. »Eine Frage habe ich noch. Ist das Opfer im Genitalbereich verstümmelt worden? Unser Fall in Hannover wies solche Verletzungen auf.«

»Das trifft hier nicht zu«, erklärte Dr. Fröhlich.

»Könnten Sie – rein hypothetisch – sich der Vermutung anschließen, dass es sich um einen ethnischen Osteuropäer handelt? Russland? Weißrussland? Ukraine? Kasachstan?«

»Es ist gewagt, wenn ich jetzt ›Ja‹ sage. Aber ein Schwede ist das nicht.«

»Hat man beim Toten Hinweise auf seine Herkunft gefunden? Papiere? Sonstige Gegenstände?«

»Nein. Nicht dass ich wüsste. Nur die Etiketten in der Kleidung waren in fremder Sprache abgefasst.«

»Mit kyrillischen Schriftzeichen?«, fragte Frauke und dachte an den Zettel in der Tasche des Hannoveraner Opfers.

»Nein. Alles in unserer Druckschrift.«

»Gab es andere Merkmale beim Toten? War er abhängig von Rauschgiften? Tätowierungen?«

»Ich habe keine Anzeichen dafür gefunden, dass er an der Nadel hing. Und Tattoos hatte er auch keine.«

»Die sind häufig bei Leuten anzutreffen, die sich in dunklen Kreisen bewegen und selbst als Straftäter in Erscheinung getreten sind«, sagte Frauke mehr zu sich selbst.

Dr. Fröhlich lächelte amüsiert. »Heißt das, dass jeder, der ein Tattoo hat, ein potenzieller Straftäter ist?«

Frauke wehrte die Frage mit einem Lächeln ab. »Um Himmels willen. So ist das nicht zu verstehen. Aber wir treffen selten auf Leute, die sich in der kriminellen Szene tummeln und keine Tätowierung haben. Daraus darf man aber nicht im Umkehrschluss folgern, dass —«

Der Arzt winkte ab. »Ich habe Sie schon verstanden.«

»Ich stelle nur hypothetische Überlegungen an«, sagte Frauke. »Die sind nicht durch Fakten abgesichert. Das Opfer scheint aus Osteuropa zu stammen. Es wirkt, nach unseren Maßstäben, unzureichend ernährt, scheint aber harte körperliche Arbeit gewohnt zu sein. Die Kleidung und der Allgemeinzustand könnten vermuten lassen, dass es sich um jemanden handelt, der eher aus einfachen Verhältnissen stammt. Vielleicht würden wir es mit ›Landbevölkerung‹ umschreiben.«

»Das ist alles sehr gewagt, aber ich kann Ihren Ausführungen nicht widersprechen«, sagte Dr. Fröhlich.

Frauke bedankte sich. Den Weg zum Bahnhof legte sie zu Fuß zurück.

Wenig später saß sie im Zug nach Hannover. Im LKA rief sie die Mitarbeiter ihres Teams im Besprechungsraum zusammen. Auch Kriminaloberrat Ehlers war zugegen.

»So geht das aber nicht«, beklagte sich Kriminalhauptmeister Putensenf. »Wir rackern uns hier ab, und Sie gondeln durch unser schönes Niedersachsen.«

»Das noch attraktiver dadurch wird, dass Sie hier im Hause arbeiten und nicht da draußen herumlaufen.«

»He, he. So nicht.«

Frauke baute sich vor dem Kriminalhauptmeister auf und stemmte die Hände in die Hüften. »Wie groß sind Sie, Putensenf? Und wie alt?«

»Was soll das jetzt?«

»Ich denke, Sie sind groß und alt genug, um selbstständig arbeiten zu können.«

»Herrschaften!« Ehlers klopfte mit dem Kugelschreiber auf die Tischplatte. »Das ist kein Kindergarten.«

Frauke setzte sich und berichtete vom Fund des Toten in Hannover und von ihrem Besuch in Göttingen.

»Zwei Tote sind schon ein Fall von organisierter Kriminalität«, moserte Putensenf.

»Jakob. Kannst du nicht einfach mal die Klappe halten?«

Die Augen aller Anwesenden wanderten zum schwergewichtigen Nathan Madsack. Der Hauptkommissar, wie immer adrett in einem heute mittelbraunen Sakko mit einem zartgelben Hemd und passender Krawatte, war sonst ein Mann der eher leisen Töne. Deshalb traf ihn auch ein irritierter Blick Putensenfs.

Immerhin ersparte Madsacks Zurechtweisung Frauke eine Antwort auf Putensenfs Einwurf.

»Bei beiden Opfern haben wir es mit ungewöhnlichen Schändungen des Körpers zu tun«, fuhr Frauke fort.

»Aber doch in unterschiedlicher Art und Weise«, warf Madsack ein.

Frauke nickte. »Stimmt. Aber vermutlich stammen beide aus Osteuropa.«

»Haben die es Ihnen erzählt?« Putensenf verschränkte die Arme vor der Brust und sah Frauke herausfordernd an.

»Ja«, antwortete Frauke und schmunzelte über Putensenfs verständnislosen Gesichtsausdruck. Mit dieser Erwiderung konnte er nichts anfangen.

Frauke erklärte, worauf sich ihr Verdacht stützte.

Madsack hatte aufmerksam zugehört. Er wies auf die fehlende Übereinstimmung hin. »Der eine hatte Etiketten in der Kleidung, die in lateinischer Schrift gedruckt waren. Beim anderen wurde ein Zettel mit kyrillischen Schriftzeichen gefunden. Ist das nicht ein Widerspruch? Zumindest deutet das auf zwei unterschiedliche Länder hin.«

Frauke rief eine Kopie des Bildes, das die Spurensicherer von dem Zettel aufgenommen hatten, auf den Bildschirm ihres Notebooks.

»Wir wissen noch nicht, was das heißt«, sagte Frauke.

»Die kann doch Schwarczer übersetzen«, knurrte Putensenf. »Der ist doch Russe.«

Der junge Kommissar funkelte Putensenf aus seinen dunklen Augen an. Er antwortete aber nicht.

Frauke sah der Reihe nach die Mitglieder des Teams an. »Putensenf wird uns in der nächsten Zeit nur vormittags zur Verfügung stehen«, sagte sie gedehnt.

»Hä?« Der Kriminalhauptmeister war erstaunt.

»Er wird nachmittags einen Volkshochschulkursus besuchen, in dem geografisches Grundwissen vermittelt wird, zum Beispiel, dass Hannover nicht in Kasachstan liegt. Sie wissen doch, wo der Kollege Schwarczer geboren wurde.«

Putensenf schluckte heftig, während Madsack breit grinste und selbst Schwarczer den Anflug eines Lächelns zeigte.

»Ich habe die Übersetzung in die Wege geleitet«, erklärte Frauke. »Vielleicht bringt sie uns eine neue Erkenntnis. Mehr wissen wir derzeit noch nicht. Es gibt auch noch keine Hinweise auf die Identität der Opfer. Wir werden jetzt wie folgt vorgehen: Madsack recherchiert, ob es weitere Todesfälle gibt, die Ähnlichkeiten mit diesen beiden Fällen aufweisen.« Sie verschwieg dabei, dass sie selbst bereits gesucht hatte. Vielleicht fand der Hauptkommissar andere Zusammenhänge. »Putensenf sucht das KTI auf«, damit meinte sie das Kriminaltechnische Institut des LKA, »und besorgt die Auswertungen der Fingerabdrücke und der DNA.«

»Hochspannend«, knurrte der Kriminalhauptmeister.

»Schwarczer versucht, etwas über die kyrillische Schrift in Erfahrung zu bringen. Außerdem kümmern Sie sich um die Etiketten der Kleidung. Und zwar beider Opfer.«

»Und was machen Sie?«, wollte Putensenf wissen.

Frauke lehnte sich zurück. »Sie wissen doch immer ganz genau, was Frauen machen, die bei der Kripo tätig sind.«

»Und das wäre?«

»Ich gehe Schuhe kaufen.«

»Moment.« Ehlers zog die Aufmerksamkeit aller auf sich. »Wer hat eigentlich gesagt, dass wir in diesen Fällen ermitteln?«

Frauke lächelte ihren Vorgesetzten charmant an. »Ich gehe davon aus, dass Sie das Verfahren an sich ziehen.«

Der Kriminaloberrat stöhnte theatralisch auf. »Darüber sprechen wir noch.«

Anschließend fuhr Frauke zur Lister Meile. Ihr Bemühen, von Büdinger Einsicht in die Vernehmungsprotokolle der Zeugen zu erhalten, war gescheitert. Sie hatte nicht einmal die Namen erfahren. Der Hauptkommissar hatte sich schlicht geweigert.

Sie fand einen Parkplatz direkt vor ihrer Wohnung. Die Mitbewohner des Hauses, die sie befragte, hatten nichts bemerkt. Lediglich im gegenüberliegenden Seniorenstift hatte sie Glück.

Bruno Seydlitz hieß der alte Herr, zu dem sie eine Mitarbeiterin der Einrichtung führte.

»Ja. Ich habe alles genau gesehen«, sagte er mit seiner dünnen Stimme. »Ich habe gestern die Nachrichten gesehen. Adenauer und Schmidt waren bei de Gaulle. Sie haben den deutsch-französischen Vertrag geschlossen. Das war im Januar 1963 im Élysée-Palast.« Er beugte sich vor und fasste sich an den Kopf. »Da ist alles drin. Ich habe nichts vergessen. Kaum jemand erinnert sich an das entscheidende Spiel Deutschland gegen Schweden während der Weltmeisterschaft 1958, als unser Verteidiger Juskowiak vom Platz gestellt wurde.«

»Schön, Herr Seydlitz. Aber was haben Sie heute Nacht beobachtet?«

»Heute Nacht?«, wiederholte der Greis. Dann bewegte er heftig den Kopf. »Da war Robert Lembke.«

»Ich meine, draußen auf der Straße. Genau gegenüber wurde ein Bündel abgelegt. Haben Sie das mitbekommen?«

Erneut nickte er. »Ja. Genau.«

»Und was ist Ihnen aufgefallen?«

»Mir? Alles. Das war wie mein Nachbar Walter Basedow. Die sind nach dem Krieg aus …«

Frauke wollte den Redefluss des alten Mannes unterbrechen, aber der erzählte ihr bis ins kleinste Detail längst vergangene Begebenheiten aus seinem Leben.

»Wissen Sie, was heute für ein Tag ist?«

Er sah sie mit großen Augen an. »Heute? Jaaa. Heute ist ein Tag.«

Es fiel Frauke schwer, Bruno Seydlitz mit seinen Erinnerungen allein zu lassen. Warum hatte man ihr nicht gesagt, dass der alte Herr dement war und sich nur an Vergangenes erinnern konnte?

»Manchmal hat er lichte Momente«, entschuldigte sich die Pflegerin. »Aber versuchen Sie es doch einmal bei Frau Becher.«

»Ist die auch dement?«

Frau Becher saß in einem Stuhl am Fenster und hatte eine Wolldecke über die Beine gebreitet. Frauke lauschte geduldig dem ausführlichen Bericht über die schmerzhafte Rheumaerkrankung der Seniorin, bis sie die entscheidende Frage stellen konnte.

»Dr. Krüger versucht alles Mögliche, aber gegen die Schmerzen ist er machtlos. So stehe ich nachts manchmal auf, weil ich nicht mehr liegen kann. Das war auch in der letzten Nacht der Fall. Ich habe draußen ein Geräusch gehört und zuerst gedacht, das ist der Zeitungslieferant. Aber er war es nicht. Komisch, habe ich noch überlegt. Mitten auf der Straße hat eine Art Lieferwagen gehalten, direkt vor den Betonpollern beim Imbiss.«

»Was für einer?«, unterbrach Frauke die Frau.

Sie lächelte, dass sich die zahlreichen Falten im Gesicht verzogen.

»Das weiß ich nicht. Da kenne ich mich nicht aus. Das war so ein kleiner Lieferwagen, mehr ein Personenwagen. Wie heißen die noch gleich?«

»Kombi«, half Frauke aus.

»Richtig. Ich kam nicht drauf. Ich habe meine Lesebrille aufgehabt. Deshalb konnte ich es auch nicht genau erkennen.«

»Haben Sie die Farbe gesehen? Das Kennzeichen?«

Erneut huschte ein Lächeln über das Antlitz der alten Dame. Das reichte als Antwort. »Der Wagen hielt mitten auf der Straße. Dann stieg ein Mann aus, öffnete die hintere Klappe, zog ein Bündel heraus und schleifte es an die Hauswand. Warum legt der das dorthin?, habe ich mich noch gefragt. Aber der Mann ist wieder eingestiegen und davongefahren.«

»Haben Sie irgendjemandem Ihre Beobachtungen mitgeteilt? Zum Beispiel meinen Kollegen von der Polizei?«

»Hier war keiner. Mich hat niemand befragt.«

»Wann war das etwa?«

»Zehn Minuten nach fünf.«

Frauke sah sie erstaunt an.

»Ich hatte auf die Uhr gesehen«, erklärte Frau Becher.

Zum Abschied lud sie Frauke ein, sie erneut zu besuchen. Frauke stimmte mit schlechtem Gewissen zu. Sie wusste, dass das nicht der Fall sein würde.

Als sie die Seniorenresidenz verlassen hatte, überquerte sie die Straße und suchte die Umgebung ab. Betonpoller grenzten die Fahrbahn ab. Zwischen zwei Bäumen stand ein Laternenpfahl, gleich dahinter eine Bank. Sogar eine der silbernen Telefonstelen, die frühere Telefonzellen ersetzten, fand auf dem engen Raum noch Platz. Sie stutzte, als sie einen Haufen Hundekot sah, in den jemand hineingetreten sein musste. Der Abdruck wies aber Richtung Straße. Auffällig waren allerdings die Schleifspuren, die Richtung Bürgersteig und Fundort der Leiche wiesen. Wenn Frau Bechers Beobachtungen zutrafen, hatte ein einzelner Mann den Toten aus dem Kombi herausgezerrt und zur Hauswand gezogen. Dabei hatte er vermutlich seine Last unter die Arme gepackt und war rückwärts gegangen, während die Beine des Toten über das Pflaster geschleift wurden. Deshalb hatte der Täter die Hinterlassenschaft des Hundes nicht bemerkt und war hineingetappt. Auch das Opfer war mit dem Hundehaufen in Berührung gekommen.

Vom Auto aus rief sie Büdinger an.

»Haben Sie bemerkt, dass dort Hundekot lag, durch den das Opfer gezogen wurde? Auch der Täter muss damit in Kontakt gekommen sein.«

»Mit Ihnen rede ich nicht über den Fall«, sagte der Hauptkommissar und legte auf.

Frauke kehrte ins Landeskriminalamt zurück und rief ihr Team zusammen. Die Ermittlungsgruppe hatte sich im Besprechungsraum eingefunden. Zunächst berichtete Frauke von der Befragung der Zeugen in der Lister Meile.

»Das war nicht viel«, stellte Putensenf fest.

»Dann lassen Sie uns an Ihren Fortschritten teilhaben«, forderte sie ihn auf.

»Ich habe mich mit den Labormuckels herumgeschlagen. Die haben noch gar nicht angefangen, die DNA auszuwerten. Und die Fingerabdrücke sind auch noch nicht abgeglichen. Wenn die von Toten abgenommen werden, dauert es immer ein wenig länger. Ich weiß zwar nicht, warum, aber es ist so.«

»Dann sind wir auf der Suche nach der Identität der beiden Opfer noch nicht weitergekommen.« Frauke klang unzufrieden. »Hat man Ihnen im KTI etwas von Anhaftungen von Hundekot berichtet?«

Putensenf sah sie ratlos an. »Davon war nicht die Rede.«

»Dann kümmern Sie sich darum.«

Als Nächstes zeigte sie auf Madsack. Der verschluckte sich an seinem Fruchtbonbon, das er sich kurz zuvor in den Mund geschoben hatte.

»Es gibt aktuell keine vergleichbaren Fälle, weder in Niedersachsen noch auf Bundesebene. Was Ähnlichkeiten aufweist, liegt weiter zurück und ist aufgeklärt.«

»Wir haben also keinen psychopathischen Massenmörder«, stellte Frauke fest.

»Zumindest keinen, der schon in mehreren Fällen auf diese Weise gewütet hat.« Madsack hustete noch einmal und wischte sich verstohlen eine Träne aus den Augenwinkeln. »Ein Beweis ist das aber nicht. Was ist, wenn wir am Anfang einer Serie stehen?«

»Gott bewahre«, entfuhr es Putensenf. »Das wäre schrecklich.«

»Ich habe mit den vagen Angaben, die uns vorliegen, auch nach Vermissten gesucht. Alter, Größe, Tätowierung, vermutliche Herkunft. Auch das war ohne Erfolg.«

»Wenn unsere These hinsichtlich des Toten zutrifft, dann wird dessen Verschwinden auch nicht unbedingt bei der Polizei gemeldet.« Frauke nickte in Schwarczers Richtung. »Und Sie?«

»Wir kennen jetzt den Inhalt des Zettels. Es war Russisch. Die Nachricht lautet: ›Dienstag, neunzehn Uhr. Schwanz. Semia‹«.

»Das heißt, jemand hat sich am Dienstag um neunzehn Uhr vor dem Hauptbahnhof verabredet«, sagte Putensenf.

Auch Frauke wusste inzwischen, dass man sich in Hannover

kurz und bündig »unterm Schwanz« verabredete. Damit war der Schweif des Pferdes gemeint, das auf einem Denkmal auf dem Ernst-August-Platz vor dem Bahnhof thronte und den König, der dem Platz den Namen verliehen hatte, trug. Nicht jeder Einheimische stimmte Frauke zu, wenn sie das Abbild des Königs mit dem des Sarotti-Mohren verglich.

»Aber was bedeutet ›Semia‹?«

»Das ist ein aus dem Arabischen stammender Frauenname, eine Abwandlung von ›Semiramis‹, was so viel wie ›die Erhabene‹ bedeutet.«

»Also hat sich der Tote mit einer arabischen Frau unterm Schwanz verabredet?«

»Der Name wird auch im Türkischen verwandt. Es kann also auch eine Türkin sein«, erklärte Schwarczer.

»Ist es nicht außergewöhnlich, dass sich eine Frau aus diesen Kulturkreisen mit jemandem auf dem Bahnhofsvorplatz verabredet?«, gab Putensenf zu bedenken.

»Das bekommen wir nur heraus, wenn wir heute Abend dort sind«, erklärte Schwarczer kurz und bündig.

»So werden wir es machen«, entschied Frauke und sah Putensenf an. »Wir beide werden das übernehmen.«

Schwarczer hüstelte. »Die Etiketten in der Kleidung des Hannoveraner Opfers weisen auf hier erhältliche Konsumware hin. Alles Billiglabels. Dutzendware. Ich fürchte, dieser Weg wird uns nicht weiterführen. Wenn etwas von der Stange gekauft wird, erinnert sich niemand an der Kasse an irgendeinen Käufer.«

»Wird der Kassenbereich nicht mit Kameras überwacht?«, warf Putensenf ein.

»Ja«, sagte Frauke. »Aber wir kennen weder den Ort noch das Datum. Es ist aussichtslos, dieser Spur zu folgen.«

»Zumal die Kleidung eindeutig Spuren eines längeren Gebrauchs aufwies«, fügte Schwarczer an. »Vermutlich sind etwaige Aufnahmen längst gelöscht. Etwas aussagekräftiger waren die Kleidungsstücke des Hildesheimer Opfers. Die Etiketten scheinen rumänisch zu sein.«

»Was heißt ›scheinen‹? Geht das nicht exakter?«, fragte Putensenf.

»Leider nicht. Sehen Sie einmal in Ihren Hemdenkragen. Da steht ›Tom Tailor‹, ›Red Green‹ oder ›5th Avenue‹, und Sie haben es weder in London noch in New York, sondern hier in Hannover erstanden.«

»Hm«, brummte der Kriminalhauptmeister.

»Möglicherweise stammt das Opfer aus Rumänien, während der Hannoveraner Tote in Deutschland gelebt oder sich zumindest länger hier aufgehalten hat.« Frauke machte sich ein paar Notizen.

»Ich vermisse immer noch den Zusammenhang zwischen den beiden Opfern«, mischte sich Madsack ein.

»Den muss es doch nicht geben. Wir kümmern uns jetzt um alle Leichen, die nicht eindeutig erschossen, erwürgt und erstochen wurden.«

»Putensenf. Hören Sie endlich auf, so destruktiv zu sein«, ermahnte Frauke den Kriminalhauptmeister.

»Wenn wir keinen Hinweis auf die Opfer haben und einmal annehmen, dass sie wirklich aus Osteuropa stammen«, legte Putensenf den Beweis seiner Fähigkeiten als erfahrener Kriminalpolizist vor, »könnte es sich doch um Illegale handeln.« Er unterstrich seine Worte dadurch, dass er mit der Hand durch die Luft fuhr. »Wenn wir weiterhin unterstellen, dass der Hannoveraner hier lebte, der andere aber keinen Bezug zu Deutschland hatte, ist der Hildesheimer eingeschleust worden. Irgendetwas ist dabei schiefgelaufen.«

»Ein guter Ansatz«, lobte Frauke. »Aber warum wurden beide so fürchterlich zugerichtet?« Sie sah ihre drei Mitarbeiter der Reihe nach an. Niemand schien eine Antwort zu haben. »Handelt es sich um Ritualmorde?«

»Sie meinen, man besorgt sich die Opfer im Osten, um sie hier regelrecht zu schlachten?« Madsack kam dieser Gedanke nur zögerlich über die Lippen.

»Wir können nichts ausschließen. Hat jemand auch nur gerüchteweise etwas von religiösen Geheimbünden gehört, denen so etwas zuzutrauen ist?«

Madsack und Putensenf schüttelten den Kopf, während Schwarczer, der wie üblich schwieg, keine Miene verzog.

Putensenf malte mit dem Zeigefinger unsichtbare Figuren auf der Tischplatte. Er sah nicht auf, als er sprach.

»Und wenn die beiden Fälle doch nicht zusammenhängen? Warum ist Frau Dobermann so erpicht darauf, die Ermittlungen übertragen zu bekommen? Für mich ist es kein Zufall, dass die Leiche direkt vor ihrer Haustür abgelegt wurde. Und die Art der Schändung deutet doch auf eine krankhafte Phantasie des Täters hin. Welches Zeichen will er uns damit geben?« Jetzt suchte er den direkten Blickkontakt zu Frauke. »Was hat das mit Ihnen zu tun?«

Das hätte Frauke auch gern gewusst. Putensenf hatte recht. Ein Zufall war das nicht. Sie wollte gegenüber ihren Mitarbeitern auch nicht eingestehen, dass Putensenfs weitere Vermutung auch zutraf. Es interessierte sie brennend, warum man ausgerechnet die Lister Meile gewählt hatte. Der Tote in Hildesheim hingegen war an einem abgelegenen Ort gefunden worden. Das war zwar kein Versteck, bei dem es nur einem außerordentlichen Zufall zu verdanken war, dass man die Leiche entdeckte. Aber es fehlte das Zeichen, das mit dem Fundort des hiesigen Toten gesetzt wurde.

»Ich werde Überlegungen dazu anstellen, wo es Zusammenhänge geben könnte«, versprach sie.

Putensenf schüttelte protestierend den Kopf. »Warum können wir das nicht gemeinsam machen?« Er streckte den Arm aus und zeigte auf jeden der Anwesenden. »Wir kennen die Fälle. Ich bin dafür, dass wir die Diskussion in dieser Runde führen.«

Frauke stimmte zu.

»Gut.« Putensenf lehnte sich entspannt zurück. »Dann geben Sie uns als Erstes bitte Auskünfte über Ihr Privatleben. Hat es dort sonderbare Ereignisse gegeben? Sind Sie bedroht worden? Haben Sie fragwürdige Gestalten vor den Kopf gestoßen? Sich möglicherweise mit Männern eingelassen, die Sie nicht wieder losgeworden sind?«

»Nein!« Es klang bestimmt.

»Die Antwort ist unzureichend«, zeigte sich Putensenf hartnäckig, während Madsack an der Unterlippe nagte.

Frauke wusste, dass der Hauptkommissar nie Fragen stellen würde, die ihre Integrität in Zweifel ziehen würden. Es war eine zwiespältige Situation. Natürlich hatte Putensenf recht. Auch seine Vorgehensweise und sein Nachfragen waren korrekt. Andererseits wollte sie nicht über ihr Privat- oder gar Liebesleben reden. Um sie herum hatten sich nicht nur Kriminalbeamte versammelt, die ein Gespräch mit einer möglichen Auskunftsperson führten. Die Männer waren auch Kollegen. Und Untergebene.

»Ich versichere Ihnen, dass es keinen Zusammenhang zwischen meinem Privatleben und dem unbekannten Toten gibt.«

»Es gab schon einmal jemanden, der sein Ehrenwort verpfändet hat. Wenig später war er tot. Und der kam auch aus Schleswig-Holstein.« Putensenf sah die männlichen Kollegen an. »Was halten wir von nordischen Zusicherungen?«

»Lassen Sie diesen Quatsch. Ihre Anspielungen sind ehrenrührig. Ich kann Ihnen zuliebe nicht eine sensationslüsterne Liebesgeschichte erfinden. Glauben Sie, ich verkehre in solchen Kreisen, in denen offensichtlich der Tote verkehrte? Putzen Sie sich die Brille und betrachten Sie noch einmal das Opfer.«

»Jakob, lass gut sein«, mischte sich Madsack ein. »Das ist der falsche Weg. Ich kann mir auch mit viel abwegiger Phantasie nicht vorstellen, dass es einen Zusammenhang gibt.«

»Der Fundort der Leiche ist doch kein Zufall«, beharrte Putensenf auf seinen Standpunkt.

»Ich stimme Ihnen zu«, sagte Frauke. »Ich verstehe auch Ihre Hartnäckigkeit. Aber es muss einen anderen Grund geben, weshalb man den Toten vor meine Haustür gelegt hat.«

»Wer weiß denn, wo Sie wohnen?«, fragte Madsack.

»Die ganze Unterwelt Hannovers«, antwortete Putensenf.

»Ich fürchte, das trifft zu«, stimmte Frauke zu. »Mir ist aber niemand eingefallen, der Rache an uns als Ermittlungsgruppe und speziell an mir üben will. Mit Psychopathen haben wir es nicht zu tun gehabt.«

»Das bedeutet aber nicht, dass nicht irgendein Verrückter sich Ihre Anschrift besorgt hat und jetzt seine Lustbefriedigung dadurch steigert, dass er die Leiche an diesem Ort platziert.«

Frauke nickte Putensenf zu. »Stimmt. Als Dottore Carrettas Organisation meinen Nachbarn erschossen hat, geschah das auch vor meiner Wohnung. Die Presse hat damals ausführlich darüber berichtet. Es ist nicht auszuschließen, dass jemand das aufgegriffen hat und jetzt solche Taten begeht.«

»Und wenn ein ganz anderes Motiv vorliegt und mit der Art der Tatausführung und dem Leichenfundort von etwas anderem abgelenkt werden soll?«, warf Madsack ein.

»Das ist ein sehr verwinkelter Gedankengang.« Frauke rümpfte die Nase. »Wir arbeiten derzeit an keinem spektakulären Fall. Auch in der Vergangenheit gab es nichts, wo man uns bedroht hat. Die ›Organisation‹ ist zerschlagen. Morddrohungen aus der Unterwelt liegen keine vor. Es ist nicht auszuschließen, dass sich etwas Neues zusammenbraut, auf das wir bisher noch nicht gestoßen sind. Will man mit dieser Aktion ein Zeichen setzen? Vielleicht galt es gar nicht mir, sondern anderen, denen die Zurichtung des Opfers als Warnung dienen soll.«

»Aber wovor?«, fragte Putensenf.

»Das herauszufinden ist unsere Aufgabe. Für mich ist immer noch nicht klar, ob es nicht doch einen Zusammenhang mit dem Hildesheimer Opfer gibt. Zugegeben – es gibt nahezu keine Übereinstimmung. Ganz im Gegenteil: die Unterschiede überwiegen. Die Vermutung, dass es sich um Osteuropäer handeln könnte, ist der bisher einzige Hinweis auf einen Zusammenhang.«

»Der eine hat möglicherweise einen Hinweis auf Rumänien in den Kleidungsetiketten. Das ist der ›Arme‹, wenn ich ihn einmal so bezeichnen darf. Der andere trägt den Zettel mit kyrillischen Schriftzeichen bei sich. Das ist der … Nein! ›Reiche‹ wäre wohl nicht angemessen. Aber seine Kleidung scheint er hier eingekauft zu haben. Könnte es sich um eine Schleuserbande handeln? Um eine Schlepperorganisation, die Menschen aus dem Osten nach Deutschland einschleust?«

Madsack hatte Putensenfs Ausführungen gelauscht. »Wer ist der Schlepper und wer der Illegale, Jakob?«, gab er zu bedenken. »Es sieht doch so aus, als wäre der Hildesheimer Tote der Illegale. Der trug aber rumänische Kleidung. Das Land ist Mitglied der Europäischen Union. Die Bürger haben also Reisefreiheit und müssen sich keiner Schlepperorganisation anvertrauen. Das könnte aber auf den Hannoveraner zutreffen. Doch wenn wir dieser Theorie folgen, ist es bei den beiden Männern genau umgekehrt.«

»Es gibt viele Gründe für die osteuropäische organisierte Kriminalität, sich hier niederzulassen. Menschenhandel, aber auch bandenmäßiger Diebstahl. Oder organisierte Bettelei. Wir sollten mit anderen Ermittlungsstellen sprechen und versuchen herauszufinden, ob dort irgendetwas läuft, von dem wir nichts wissen.« Frauke zeigte auf Madsack. »Das sollten Sie übernehmen. Ich werde noch einmal mit der Hildesheimer Kripo sprechen.«

Wenig später hatte sie Hauptkommissar Ulmer am Apparat, der sich jetzt weniger zugeknöpft gab als bei ihrem ersten Telefonat. Der Hildesheimer Beamte bedauerte, aber es lägen noch keine weiteren Erkenntnisse vor. Insbesondere zur Identität des Toten hatte man noch nichts gefunden.

»Wir haben heute Morgen ein Bild von ihm in der Hildesheimer Allgemeinen Zeitung gehabt. Es haben sich auch zwei Anrufer gemeldet. Aber das waren die üblichen Wichtigtuer. Dahinter steckte nichts Verwertbares.«

Frauke berichtete ihrerseits über den Ermittlungsstand in Hannover.

»Das ist nicht viel«, stellte Ulmer fest. »Auch unsere Suche nach Zeugen war bisher ergebnislos. Wir können lediglich mit Bestimmtheit sagen, dass der Fundort der Leiche nicht der Tatort war.«

In diesem Punkt gab es Parallelen zum Hannoveraner Fall.

»Wir gehen davon aus, dass der Tote noch nicht lange dort gelegen hat. Er wurde am Karfreitag frühmorgens gefunden. Also hat man die Leiche in der Nacht von Gründonnerstag auf Freitag dorthin geschafft. Das deckt sich mit dem mutmaßlichen Todeszeitpunkt. Die Göttinger Rechtsmediziner legen den auf den späten Donnerstagabend fest. Ich habe gerade einen telefonischen Vorabbericht von Dr. Fröhlich erhalten. Er meint, als Tatwerkzeug käme ein sehr scharfes Messer in Frage. Er tippt sogar auf ein Skalpell.«

»Skalpell?«, wiederholte Frauke und dachte an die Aussage Dr. Fröhlichs, dass der Täter über grundlegende medizinische Kenntnisse verfügen müsse, aber mit Sicherheit kein Arzt war.

Frauke äußerte die Idee, dass es sich vielleicht um einen Illegalen handeln könnte.

»Solche Fälle sind mir aus unserem Einzugsbereich nicht bekannt«, bedauerte Hauptkommissar Ulmer.

Nach dem Gespräch suchte Frauke die forensische Pathologie der Medizinischen Hochschule Hannover auf. Es dauerte eine Weile, bis sie mit Dr. Neugebauer den zuständigen Gesprächspartner gefunden hatte.

Der Arzt wirkte schlaksig. Das lag sicher auch an seiner Körpergröße. Frauke schätzte Dr. Neugebauer auf fast zwei Meter. Die blonden Haare hingen ihm bis auf die Schultern herab. Auf den ersten Blick ähnelte er mehr einem großen Jungen als einem Rechtsmediziner.

»Tach«, sagte er und reichte Frauke die Hand. Er zeigte zwei Reihen weißer Zähne und lachte. »Keine Sorge. Die Hände sind gewaschen und desinfiziert. Sie interessiert der Tote, den man heute Morgen einer Kripotante vors Haus gelegt hat?«

»Die Kripotante bin ich.«

»Oh.« Erneut lächelte er. »Wer hier arbeitet, muss sich seine Heiterkeit bewahren.« Dann zog er ungeniert und geräuschvoll die Nase hoch. »Ist Gewohnheit. Wenn Sie am Seziertisch stehen, können Sie nicht zum Taschentuch greifen. War eine lustige Sache. So etwas sieht man nicht so oft. Ich würde gern das Gehirn des Täters sezieren.« Er hob die Hand. »Legen Sie meine Worte nicht auf die Goldwaage. Wenn Sie tagein, tagaus im Tod herumwühlen, muss das Lebendige als Ausgleich auf andere Weise Ausdruck finden.« Er grinste Frauke an. »Haben Sie schon eine Idee, warum man ihn so zugerichtet hat?«

»Erklären Sie mir erst einmal, *wie* man den Toten zugerichtet hat.«

»Tja.« Mit einer lässigen Kopfbewegung schüttelte Dr. Neugebauer die Haare zur Seite, die ihm ins Gesicht gefallen waren. »Das ist ganz einfach. Jemand hat ein Skalpell —«

»Skalpell?«, unterbrach ihn Frauke.

»Würde ich sagen. Für mich als Arzt ist es das Naheliegende. Vielleicht benutzt man auf dem Schlachthof ähnliche Instrumente. Aber dort zerteilt man das Objekt. Hier hat der Täter in die Bauchdecke …«

Dr. Neugebauer berichtete detailliert und mit einer überraschenden Präzision, als wäre er Augenzeuge gewesen.

»Woher nehmen Sie die Sicherheit?«, fragte Frauke.

»Das sieht man. Na, zumindest der Rechtsmediziner.«

»Könnte der Täter ein Arzt gewesen sein?«

»Da habe ich erhebliche Zweifel. Auch mit viel Phantasie gibt es keine Operationsmethode, bei der im kreisrunden Schnitt der gesamte Genitalbereich herausgelöst wird.« Dr. Neugebauer wurde nachdenklich. »Das war ein Schlachten.«

»Wies das Opfer noch andere Verletzungen auf?«

»Nein. Ich habe lediglich an den Oberarmen und über den Fußgelenken Druckstellen gefunden. An den Beinen weniger ausgeprägt. Aber an den Oberarmen erkennt man fast Fingerabdrücke, ich würde es jedenfalls so sehen. Auch in Höhe der Schulterblätter und am Gesäß waren Druckstellen erkennbar.«

»Das Opfer wurde also durch mindestens zwei Personen niedergedrückt?«

»Sogar richtig heftig.«

Frauke suchte nach Parallelen zum Hildesheimer Toten. »Haben Sie Einstiche gefunden, die darauf schließen lassen, dass das Opfer sediert worden sein könnte?«

Dr. Neugebauer wurde ernst. »Nach solchen Stellen suchen wir standardmäßig. Es könnte ja sein, dass jemand vergiftet wurde. Nein. Davon war nichts zu sehen.«

»Also hat man dem Opfer das Betäubungsmittel oral eingeführt?«

»Eine andere Möglichkeit sehe ich nicht.« Er hob die Hand. »Nun behaupten Sie nicht, ich könnte etwas übersehen haben. *Nobody is perfect.* Aber das … Bestimmt nicht. Für solche Sachen hätte mir mein Prof an der Uni den Kopf abgerissen.« Er lächelte ein wenig verklärt, als würden Erinnerungen in ihm hochkommen. »War ein harter Bursche, aber als Chirurg Spitze. Der alte Schneidermeister.«

»Sie haben in Hannover studiert?«

Dr. Neugebauer zog eine Augenbraue in die Höhe. »Wo kann man sonst Medizin studieren?«

»Wie hieß ihr ›Schneidermeister‹?«

»Von Benckendorff.«

Georg!, schoss es Frauke durch den Kopf.

»Haben Sie schon mal von ihm gehört?«, wollte der Rechtsmediziner wissen.

»Beiläufig.«

»Ist schade, was man mit dem gemacht hat. Ich habe selten einen so guten Transplanteur gesehen. Der Prof war nicht nur hier oben«, dabei tippte sich Dr. Neugebauer an die Stirn, »sondern auch mit seinen Händen ein Genie.«

Das könnte ich bestätigen, dachte Frauke versonnen.

»Man hat ihm unterstellt, dass er sich die Taschen vollgestopft hat. Er soll angeblich einem Patienten eine lebensrettende Operation versagt haben, weil er die Leber einem zahlungskräftigen anderen implantiert hat. Man munkelt jedoch, dass der gerettete Mann nichts dafür bezahlt hat. Es soll sich angeblich um einen Kassenpatienten gehandelt haben. Aber das interessiert die Boulevardpresse nicht. Man hat ihn förmlich als ärztlichen Direktor der Klinik aus dem Amt gedrängt. Wie dumm. Sie haben keine Vorstellung, wie viele Menschen er noch hätte behandeln können.«

Es war gut, die Geschichte aus einem anderen, neutralen Mund zu hören. Georg hatte sie in der gleichen Weise Frauke berichtet.

»Wies das Opfer frühere Verletzungen auf?«

»Der linke Arm war zwei Mal gebrochen. Das war keine Spitzenleistung, wie man den wieder zusammengeflickt hat.«

»Die Operation?«

»Das wurde nicht operiert, sondern nur gerichtet und sich selbst überlassen.«

»Und sonst?«

»Der Tote war ein Freund geistiger Getränke. Seine Leber litt jedenfalls nicht unter Arbeitsmangel.«

»Wann liegt das toxikologische Ergebnis vor?«

»Das wird noch dauern.« Dr. Neugebauer versprach zum Abschied, Frauke zu informieren, sobald es Neuigkeiten geben würde.

Bei ihrer Rückkehr auf die Dienststelle wurde sie förmlich von Putensenf überfallen. Es wirkte fast so, als hätte er auf sie gewartet.

»Warum haben die mir nichts vom Hundekot erzählt, als ich

vorhin bei denen war?«, sagte Putensenf, während er neben Frauke über den Flur herlief.

»Vielleicht wussten die nichts davon«, vermutete Frauke.

»Doch. Das hatten die Spurensicherer entdeckt. Auch Büdinger hat es bemerkt. Der Kriminaldauerdienst hat ordentliche Arbeit geleistet. Sie haben nicht nur die Schleifspuren aufgenommen, sondern die Kotspuren auch am Hosensaum des Opfers und an dessen Hacken festgestellt. Es ist offensichtlich so, wie Sie es vermutet haben. Der Täter hat den Toten von der Straße zur Hauswand gezerrt. Übrigens hat man auch den Fußabdruck des rückwärtsgehenden Täters gesichert.«

»Dann haben wir doch schon die erste Spur, im wahrsten Sinne des Wortes.«

»Viel gibt die aber nicht her.«

»Vielleicht war Madsack erfolgreicher«, sagte Frauke und bog in das Büro des Hauptkommissars ab. Der sah erschrocken auf und hielt sich die linke Hand vor den Mund, während die rechte versuchte, mit dem angebissenen Schokoriegel abzutauchen.

»Mich interessieren Ihre künftigen Stoffwechselstörungen nicht im Geringsten«, sagte Frauke. »Was haben Sie herausgefunden?«

»Alles«, erwiderte Madsack, schluckte noch zweimal und fuhr fort: »Jede Form von organisierter Kriminalität ist vorhanden, wenn wir unsere Toten in eine entsprechende Schublade stecken wollen. Ich habe mich auf den osteuropäischen Raum konzentriert. Der geplante und logistisch bestens organisierte Autodiebstahl ist dort zuerst zu nennen. Man weiß, dass gezielt auf Bestellung gestohlen wird. Ebenso planmäßig scheinen die Wohnungsaufbrüche abzulaufen. Die Banden sind gut informiert. Späher erkunden die lohnenswerten Objekte. Die Einbrüche selbst werden oft von Kindern aus Rumänien oder den angrenzenden Staaten ausgeführt. Häufig sind die nicht einmal vierzehn Jahre alt, und die Behörden sind machtlos, da die Täter nicht strafmündig sind. Die Kids werden nach Haus geschickt, und eine Woche später sind sie wieder da. Bei der Polizei schweigen sie sich aus. Deshalb kommen die Kollegen nicht an die Hintermänner heran. Ähnlich funktioniert es mit der Bettelei. Ganze Kolonnen, meistens Frauen, werden in den Fußgängerzonen und an lohnenswert erscheinenden Plätzen abgesetzt.

Dabei sind sie oft auf aggressives Angehen der Passanten getrimmt. Die gesammelten Euros werden ihnen abends abgenommen. Man vermutet, dass es bei unbefriedigenden Sammelergebnissen auch Schläge geben soll. Es mag hart klingen, aber das einzig probate Mittel auch zum Schutz der Frauen ist es, nichts zu geben. Nur durch die Erfolglosigkeit stellen die Drahtzieher im Hintergrund die Aktivitäten ein.«

»Und was hat das mit unserem Fall zu tun?«, fragte Frauke.

»Wenn es sich um eine Bettelbande handelt, könnten die Opfer die Aufpasser sein, die sich stets in der Nähe der Frauen und Kinder aufhalten. Das Bild, das wir bisher gewonnen haben, könnte doch auch darauf hinweisen, dass ein Zeichen gesetzt werden sollte. Wenn das Opfer einer solchen Organisation angehörte und sich zu seinen eigenen Gunsten am erbettelten Geld bedient haben sollte, könnte man mit der publicityträchtigen Platzierung des Toten ein Zeichen zur Abschreckung aller anderen niederen Chargen einer solchen Organisation gesetzt haben.«

»Das klingt ja pervers«, sagte Putensenf.

»Das ist es auch, Jakob«, stimmte Madsack zu.

Frauke war froh, dass die Beamten den Mord nicht mehr mit ihrem Privatleben in Verbindung brachten. Madsacks Ausführungen hatten Substanz. Es war ein erster Ansatzpunkt, um die Ermittlungen voranzubringen, der Anfang eines Fadens, auch wenn das Knäuel noch unentwirrbar schien.

»Wir werden in dieser Richtung weiterermitteln«, beschloss Frauke. »Heute Abend sehen wir uns einmal am Reiterstandbild auf dem Bahnhofsvorplatz um. Kurz vor sieben, Putensenf.«

Sie war erstaunt, dass der Kriminalhauptmeister nicht protestierte.

★★★

Ostern ist die Zeit, in der die Uhren auf den Sommermodus umgestellt werden. Mit einem Schlag blieb es abends eine Stunde länger hell. Im Juni vermisste Frauke hier in Hannover manchmal die langen Tage früher im Norden. An denen musste man in Flensburg erst um halb zwölf abends das Licht einschalten. Dem standen natürlich die kurzen Helligkeitsperioden im Dezember entgegen. Heute war es um kurz vor sieben noch hell. Während zu dieser Stunde im ländlichen Bereich oder in Kleinstädten schon der abendliche Frieden eingekehrt war, toste hier noch das Leben. Menschenmassen schoben sich aus der City Richtung Bahnhof. Sie sah viele Leute, die in Hannovers Innenstadt bummeln waren, andere trugen beladene Taschen, deren Aufdruck mit den Geschäftsnamen auf den Inhalt schließen ließ. Deutlich davon unterschieden sich die Berufstätigen, die nach einem harten Arbeitstag ihrem Feierabend entgegenstrebten.

Rund um den Treffpunkt »Unterm Schwanz« hatten sich mehrere Leute eingefunden, allein oder in kleinen Gruppen. Frauke beobachtete, wie sich die Mienen aufhellten, wenn die Wartenden ihre Verabredungen erspähten. Es wurde sich umarmt, auf die Schulter geklopft, Wangenküsschen ausgetauscht und freundliche Worte wurden ausgetauscht, bis man gemeinsam von dannen zog. Daneben gab es jene Gruppen, die nicht auf andere Leute, sondern auf ein »Ereignis« zu warten schienen oder einfach darauf, dass die Uhr weiterlief und wieder etwas Zeit verstrich.

Frauke sah sich um. Putensenf stand etwas seitlich von ihr und trippelte mit kleinen Schritten hin und her. Beide hielten Ausschau nach einer jungen Frau, mit der sich der unbekannte Tote vielleicht verabredet hatte.

Es war nicht sicher, dass die geheimnisvolle »Semia« erscheinen würde. Viele Gründe hätten sie vom Treffen abhalten können: Sie hatte das Interesse daran verloren, war anderweitig verhindert, oder sie hatte Kenntnis davon erhalten, dass ihre Verabredung ermordet worden war. Unendlich langsam schlich der Minutenzeiger auf Fraukes Armbanduhr voran. Niemand unter den Wartenden oder Vorbeiströmenden hatte »Semia« sein können, auch nicht eine der türkischstämmigen Frauen, die allein oder zu mehreren an Frauke vorbeiliefen.

Es war schon nach sieben Uhr, als Putensenf sie mit einem unauffälligen Kopfnicken auf eine junge Frau aufmerksam machte, die sich von der Ernst-August-Galerie, dem modernen Einkaufszentrum neben dem Hauptbahnhof, zögerlich näherte. Sie verlangsamte das Tempo und sah sich suchend um. Ihr Alter war schwer zu schätzen, vielleicht Ende zwanzig, überlegte Frauke. Die dunklen Haare waren schulterlang. Sie trug sie offen – ohne Kopftuch. Dazu passten auch die Jeans und die hochgeschlossene Fleecejacke. Die Figur würde Frauke als an der Grenze zu »stämmig« bezeichnet haben.

Der Kriminalhauptmeister ging ihr drei Schritte entgegen. Die junge Frau hatte Putensenf bemerkt und blieb stehen. Noch einmal sah sie sich um, als würde sie Hilfe suchen. Die erhielt sie von unerwarteter Seite. Aus einer Gruppe von drei Jugendlichen löste sich einer, dessen dunkle Haare von einer übermäßigen Portion Gel glänzten. Die Art, wie er sein Kaugummi im offenen Mund bewegte, sollte Lässigkeit ausstrahlen. Der junge Mann, Frauke hielt ihn für einen Landsmann von Semia, packte Putensenf an der Schulter und drehte ihn unsanft um.

»Eh, alter Sack, glotz nicht so geil«, sagte er.

»Kümmern Sie sich um Ihre Angelegenheiten«, erwiderte Putensenf und wollte sich wieder in Richtung der Frau umdrehen.

»Suchst du Ärger, du Opfer?«

»Ich würde mich an Ihrer Stelle umdrehen und andere Leute zufriedenlassen.«

Putensenf hatte die Ruhe gewahrt. Seine Stimme war gleichbleibend in derselben Tonlage geblieben. Frauke registrierte, wie die beiden Begleiter des jungen Mannes Gefallen an dessen Provokation fanden. Einer rief ihm etwas auf Türkisch zu. Dann lachten alle drei.

»Sag mal, warum machst du mich an? Soll ich dir deine dämliche Visage verschieben?« Er verpasste Putensenf unvermittelt einen Stoß vor die Brust, sodass der Kriminalhauptmeister einen Schritt zurücktaumelte. »'n bisschen wackelig auf den Beinen, du alter Bock. Aber geil auf junge Mädchen sein, was?«

»Hören Sie sofort auf«, mischte sich Frauke ein. »Es wird Ihnen schlecht bekommen, wenn Sie nicht augenblicklich friedlich sind.« Resolut schob sie sich zwischen Putensenf und den Aggressor.

Der lachte schrill auf. »Sieh mal, die Tante. Der alte Krüppel braucht 'ne Tusse zur Verteidigung.« Demonstrativ ließ der Mann das Kaugummi im Mund kreisen, drückte es zwischen die Vorderzähne und schob es wieder in den seitlichen Mundbereich.

»Oma, zisch ab.« Er sah an Frauke vorbei Richtung Putensenf. »Du alter Wichser. Fick die alte Schrulle. An der ist ordentlich was dran.«

Im selben Moment streckte der Mann die rechte Hand vor und wollte Frauke an die Brust greifen. Doch sie war schneller. Geschickt wich sie seitlich aus und verpasste dem Mann eine schallende Ohrfeige.

»Nun verpiss dich, Jüngelchen«, sagte sie scharf und war sich bewusst, dass sie ihn vor den Augen seiner Kumpane tödlich beleidigt hatte.

Prompt erfolgte die Reaktion. Frauke sah, wie es in seinen dunklen Augen aufblitzte. Dann lag ein Messer mit feststehender doppelschneidiger Klinge wie hingezaubert in seiner Hand. Sie hatte nicht feststellen können, wo er es so schnell herhatte. Er hieb mit dem Messer in ihre Richtung, ohne sie zu treffen.

»Macht dich das nicht heiß, dass ich dich gleich schlitzen werde?«, fragte er lauernd und wiederholte mehrfach die Andeutung eines Stiches.

Frauke hätte es nicht geschafft, ihre Dienstwaffe zu ziehen, die sie seitlich unter ihrer Jacke verborgen trug. Außerdem war die Pistole nicht durchgeladen. Sie hätte gegen das auf sie gerichtete Messer keine Chance gehabt.

»Lass das Messer fallen«, forderte sie ihn auf und bemühte sich, nicht drohend zu klingen.

»Hast du dich schon nass gemacht?«, höhnte der junge Mann.

Zu gern hätte Frauke einen Seitenblick auf Putensenf geworfen, der selbst nicht von den beiden Freunden des Angreifers beobachtet wurde. Alle Blicke waren auf sie und ihr Gegenüber gerichtet.

»Sie kommen nie davon, wenn Sie nicht augenblicklich das Messer zurücknehmen«, sagte sie.

»Ha.« Er lachte. »Wenn ich dich hier vor allen Leuten schlitze, gibt es eine Menge Bonuspunkte für mich. Geil, was?«

Jetzt fuhr seine linke Hand vor und berührte ihre Brust. Es war ekelhaft. In seinen Augen sah sie, dass er dabei war, die Kontrolle über sein Handeln zu verlieren. Die rechte Hand mit dem Messer schwebte wenige Zentimeter vor ihrem Körper in Höhe der Leber.

Sie reagierte nicht. Lediglich ihre Augen versuchten, in seine zu dringen. Am Flattern seiner Lider erkannte sie, wie labil sein Zustand war.

Plötzlich erschrak sie und zuckte zusammen. Das Herz schien für einen Moment auszusetzen. So überraschend flog ein schwarzes Etwas von der Seite auf ihren Kontrahenten und krachte in ihn hinein.

Der Mann knickte mit einem lauten Schrei ein und fiel, wie vom Blitz getroffen, zu Boden. Ehe ihm bewusst war, was passierte, war das schwarzes Etwas über ihm, drückte mit der linken Hand den Kopf auf das Pflaster, presste ihm das Knie in den Rücken und bog den Arm mit dem Messer so weit um, dass es laut und vernehmlich knackte. Frauke wusste, dass der Unterarm gebrochen war.

Schwarczer!

Aus dem Nichts war der Kommissar in seiner dunklen Lederjacke aufgetaucht und mit angezogenen Knien aus vollem Lauf in den Angreifer hineingesprungen.

Laut gellte der Schrei des jungen Mannes über den Bahnhofsvorplatz. Schwarczer drückte ihm mit seinem Ellenbogen das Genick herunter.

»Wenn du dich bewegst, breche ich dir den Hals«, drohte er. »Das knackt noch schöner als der Arm.«

Wie sollte Frauke reagieren? Der Kommissar hatte in einer bedrohlichen Situation eingegriffen. Sie wusste aber auch, dass er dazu neigte, die Grenzen des Erlaubten zu überschreiten. Sie drehte sich zu den beiden regungslos dastehenden Kumpanen um.

»Haut ab«, zischte sie. »Sonst seid ihr auch noch dran.«

Die beiden wechselten einen schnellen Blick. Dann entfernten sie sich ohne jedes weitere Wort.

Jetzt konnte sich Frauke zu Putensenf umdrehen. Der Kriminalhauptmeister hatte die Zeit genutzt und seine Dienstwaffe gezogen. Sie hätte auch von Putensenf Unterstützung bekommen, fiel ihr zu ihrer Erleichterung ein. Sie atmete tief durch. Langsam wich die Anspannung. Inzwischen hatte sich ein Ring Neugieriger um sie gebildet. Durch den zwängten sich jetzt zwei Bundespolizisten, die vom nahen Bahnhof herbeigeeilt waren.

»Polizei«, sagte Putensenf und wollte seinen Ausweis zeigen, aber die Beamten lehnten ab.

»Ist gut«, sagte einer und zeigte auf den am Boden liegenden jungen Mann. »Den kennen wir.«

Schwarczer lockerte den Griff, stand auf und überließ es den Bundespolizisten, den Angreifer zu übernehmen. Mit schmerzverzerrtem Gesicht stieß er üble Drohungen gegen Frauke, den Kommissar und Putensenf aus.

»Was haben wir denn da?« Der eine Uniformierte hatte den jungen Mann abgeklopft und dabei Pfefferspray und einen Totschläger zutage gefördert. »In Verbindung mit dem feststehenden Messer reicht das.«

»Zusätzlich möchte ich Anzeige erstatten«, sagte Frauke. Sie war der Ansicht, dass Milde einen Unbelehrbaren nicht bessern würde. Hier galt es, das Recht auf ganzer Linie durchzusetzen.

Der Versuch des Mannes, Frauke anzuspucken, scheiterte. Dafür schrie er erneut auf, als ihn die beiden Bundespolizisten unsanft packten und zur Bahnhofswache abführten, nachdem Frauke einem Beamten ihre Visitenkarte zugesteckt hatte.

Obwohl sie auch ein Opfer der wütenden Attacke des Mannes geworden war, konnte sie den harschen Kommentaren der Zuschauer nichts abgewinnen. Leider schien die Unbeherrschtheit eines Einzelnen in manchen Köpfen eine fremdenfeindliche Welle ausgelöst zu haben.

Frauke sah sich um. »Wo ist Semia?« fragte sie.

Auch Schwarczer und Putensenf suchten den Platz um das Reiterstandbild ab. Vergebens. Die junge Frau hatte den Tumult genutzt und sich schnell entfernt. Es hatte keinen Sinn, unkontrolliert auszuschwärmen. Dafür herrschte zu viel Betriebsamkeit. Außerdem hätten sie nicht gewusst, in welcher Richtung sie suchen sollten.

»Danke«, sagte Frauke zu Schwarczer. Dann sah sie Putensenf an. »Alles okay?«

Der Kriminalhauptmeister nickte. »Auch danke. Das war eine unerwartete Aufregung.« Er klopfte Schwarczer kameradschaftlich auf die Schulter. »Gut gemacht, Putin.« Dabei grinste er. Putensenf war es gelungen, einen anderen Ton zu treffen, als wenn er sonst »der Russe« zu sagen pflegte. »Mist, dass uns das Mädchen entwischt ist.«

Recht hatte er. Fraukes Groll über den jugendlichen Angreifer wurde dadurch nicht gemindert. »Semia« war ihre bisher einzige Spur gewesen. Die hatten sie verloren.

»Gehen wir ein Bier trinken«, schlug Frauke vor. Die beiden Kollegen folgten ihr ins Paulaner am Thielenplatz.

»Tun wir etwas für die Völkerverständigung, indem wir ein bayerisches Restaurant aufsuchen«, kommentierte Putensenf den Vorschlag.

Sie hatten Glück und fanden in dem stets gut besuchten Lokal einen freien Tisch und gaben ihre Bestellung auf. Als die Getränke kamen, hoben sie die Gläser an und prosteten sich zu. Nach einem herzhaften Schluck setzte Putensenf sein Glas ab und fuhr sich mit der Zunge über die Lippen.

»Ist doch ein spannender Beruf, den wir haben«, sagte er.

Frauke sah Schwarczer an. »Wo sind Sie so plötzlich hergekommen?«

Der Kommissar hob nur leicht eine Hand in die Höhe.

»Das war kein Zufall«, behauptete Frauke.

»Ich war in der Gegend«, sagte Schwarczer leise. »Mich interessierte die unbekannte Frau. Dass ich Zeuge der Eskalation wurde, war nicht beabsichtigt.«

»Mensch, Putin, Sie haben aber ordentlich hingelangt.« In Putensenfs Anmerkung schwang ein Hauch Respekt mit.

Frauke zog die Stirn kraus. »Das dürfte nicht jedem gefallen. Wenn wir Pech haben, wird man in der Öffentlichkeit über die unangemessene Überreaktion der Polizei schwadronieren. Es ist hinterher immer einfach, Dinge zu beurteilen, insbesondere wenn man nicht Beteiligter war.«

Die beiden Männer nickten. Dann tranken die drei einträchtig von ihrem Bier.

## ZWEI

Georg hatte sich erschrocken gezeigt, als Frauke von ihrem Arbeitstag und dem rasanten Abschluss berichtete. »Nun erzähle mir nicht, dass dieser Beruf für eine Frau nicht geeignet ist«, hatte sie einer Diskussion im Vorhinein Einhalt geboten.

Georg hatte sie im Arm gehalten, das Rotweinglas gegen den Kerzenleuchter gehalten und nachdenklich das Rubinrot betrachtet.

»Hast du mir nicht gesagt, dass die Inflation von Frauen in den Fernsehkrimis illusionär wäre? Dass man in der Praxis fast keine Frauen in den sogenannten harten Kommissariaten antrifft?«

»Das ist zutreffend. Ich bin eben eine Ausnahme.«

Georg hatte sie an sich gezogen. »In jeder Hinsicht. Ich würde es trotzdem schön finden, wenn wir beide unser *gemeinsames* Leben anders gestalten würden.«

»Ach, Georg.« Damit war das Thema abgeschlossen gewesen.

Der Kriminaloberrat ließ sich nicht so leicht abwimmeln. Hartnäckig hinterfragte er den Bericht seiner Mitarbeiter, hakte nach und setzte sich mit jedem Detail auseinander.

»Burhan Küçü, so heißt der junge Mann, der sie gestern angegriffen hat, ist siebzehn Jahre alt. Er ist vorbestraft wegen Körperverletzung und derzeit auf Bewährung auf freiem Fuß. Das Jugendgericht hat ihm Auflagen erteilt, die er nicht eingehalten hat. Jetzt wird einiges auf ihn zukommen. Im Übrigen«, dabei zeigte Ehlers zunächst auf Putensenf, dann auf Frauke, »hat er in der ersten Vernehmung behauptet, er wäre von ›dem Alten‹ grundlos als ›Ausländerpack‹ beschimpft worden. Anschließend hätten Sie, Frau Dobermann, ihn sexuell belästigt. Er kann sich auch nicht erklären, weshalb der Dritte von der Bande, so sagte er wörtlich, grundlos über ihn hergefallen ist und ihn schwer verletzt hat.« Ehlers lächelte. »Den Kollegen von der Bundespolizei hat er angekündigt, dass er alle drei vor dem Europäischen Gerichtshof in Paris verklagen will.«

»Wo?«, fragte Madsack erstaunt nach.

»Sie haben sich nicht verhört«, erwiderte der Kriminaloberrat. »Dieser Fall ist ein Selbstgänger. Einzig die Arbeit, die damit verbunden ist, belastet uns.«

»Und die internen Ermittlungen gegen Herrn Schwarczer?«, fragte Frauke.

Ehlers winkte ab. »Da wird nichts nachkommen. Ich halte Ihnen den Rücken frei. Allen.«

»Ärgerlich ist nur, dass wir die junge Frau verloren haben. Wir wissen nur ihren Vornamen«, gab Putensenf zu bedenken.

»Und kennen ihr Aussehen«, ergänzte Frauke. »Das ist nicht sehr hilfreich.«

Schwarczer räusperte sich. »Als ich gestern ein wenig abseits stand und die Szene beobachtet habe, ist mir die Frau auch aufgefallen, die sich suchend umsah. Es könnte ›Semia‹ gewesen sein. Jedenfalls habe ich mit meinem Smartphone ein Bild von ihr geschossen.«

»Was? Das sagen Sie erst jetzt?«, sagte Frauke.

»Gestern Abend hätte es keinen Sinn gemacht. Ich war heute früh beim KTI und habe Bilder in Auftrag gegeben. Die könnten uns bei der Suche behilflich sein.«

»Mensch, Putin«, stöhnte Putensenf.

»Wir wissen immerhin mehr als vor der Begegnung gestern Abend. Wir werden sie suchen müssen.« Frauke versuchte, ihr Erstaunen nicht zu zeigen.

Putensenf lachte auf. »In Hannover? Das ist keine Kleinstadt wie Flensburg, wo Sie herkommen. Dort oben kennt man vielleicht jeden Einwohner, aber hier?«

»Wir werden mit System an die Sache herangehen.«

»Das möchte ich sehen«, sagte Putensenf skeptisch.

»Sie werden es. Und zwar so deutlich, dass Sie nicht einmal eine Brille dazu aufsetzen müssen«, erwiderte Frauke spitz. »Sie benötigen einzig bequemes Schuhwerk, da wir nach guter alter Art und Weise Polizeiarbeit leisten und uns auf die Suche machen werden.«

Dann erklärte Frauke, wie sie sich das vorstellte.

»Puh« war Putensenfs Kommentar dazu. Madsack zeigte sich nicht begeistert, enthielt sich aber jeder Stellungnahme. Auch Schwarczer schwieg. Wie immer.

Frauke wusste, dass die Erfolgsaussichten nicht sehr groß waren. Aber sie mussten es versuchen. Sie hatten die Bilder vom KTI geholt. Gemessen an den Umständen, unter denen sie entstanden waren, hielt Frauke sie für brauchbar.

Schwarczer sollte in der Ernst-August-Galerie und rund um den Bahnhof auf die Suche gehen. Vielleicht arbeitete Semia im Einkaufszentrum. Sie war kurz nach neunzehn Uhr erschienen. War das nach ihrem Feierabend? Schwarczer wollte auch nach den beiden Begleitern Burhan Küçüs Ausschau halten. Vielleicht kannten die Semia.

Putensenf hatte gemurrt. Ihm war die Aufgabe zugefallen, die Wochenmärkte aufzusuchen. Frauke glaubte, dass es Orte seien, an denen man am ehesten eine junge Frau wie Semia treffen könnte. Von Madsack war kein Protest gekommen. Er war in den Stadtteilen Linden und Limmer unterwegs. »Konzentrieren Sie sich auf Lebensmittelgeschäfte und Imbissbuden«, hatte Frauke ihm aufgetragen. Sie selbst wollte die Markthalle aufsuchen.

Frauke hatte Glück und fand einen Parkplatz auf der Rückseite des »Maritim Grand Hotel«, dessen Vorderseite am Friedrichswall gegenüber dem Neuen Rathaus lag.

In der Markthalle herrschte ein buntes Treiben. Vor den Ständen mit einheimischen und südländischen Spezialitäten standen die Menschen an, oder sie bummelten durch die Gänge und nahmen die verführerischen Angebote mit Augen und Nase wahr. Die Markthalle hatte sich einen besonderen Charme erhalten. Sie war Einkaufsstätte für fremdländische Leckereien, aber auch für den Alltagsbedarf. Die Cafés, Bier- und Weinschenken wurden für soziale Kontakte gern angenommen, und mancher hielt hier sein geliebtes Schwätzchen. Daher hoffte Frauke, dass einer der hier zahlreich vertretenen Mitbürger mit ausländischen Wurzeln Semia oder den unbekannten Toten von der Lister Meile wiedererkennen würde. Sie ging von Stand zu Stand. Die Menschen sahen auf das Bild, fragten interessiert nach dem Grund von Fraukes Nachforschungen und schüttelten bedauernd den Kopf.

Sie war überrascht, als ein freundlicher Standbetreiber, der hinter hohen Glasscheiben Fleisch anbot, heftig nickte.

»Klar. Das ist Semia.« Frauke hatte keinen Namen genannt.

Der Mann strahlte. »Die kennt hier fast jeder. Was ist mit ihr?«

»Ich bin ihr gestern begegnet und würde die Unterhaltung mit ihr gern fortsetzen«, sagte Frauke.

Der Mann störte sich offenbar nicht daran, dass jemand auf der Suche nach einer Gesprächspartnerin mit einem Bild unterwegs war. »Moment, schöne Frau«, sagte er zu einer betagten Kundin, die neben Frauke auftauchte. Er streckte den Arm aus. »Nächster Gang links. Das ist die Tochter von Bülent.«

Bülent Birkan betrieb einen Stand mit Oliven, gefüllten Peperoni, eingelegtem Schafkäse und anderen Spezialitäten. Frauke musste unwillkürlich an das Abendessen denken. Hinterm Tresen waren ein schnauzbärtiger Mann, eine im Alter dazu passende und eine jüngere Frau damit beschäftigt, aus den Holzbottichen die herrlich duftenden Leckereien in kleine Plastikgefäße einzufüllen, zu wiegen und in Klarsichttüten zu verpacken.

Frauke hatte Semia gefunden. So viel Glück hatte sie nicht erwartet. Die junge Frau reichte die Ware der Kundin, nahm das Geld entgegen und sah auf, um nach den Wünschen des nächsten Kunden zu fragen. Dabei entdeckte sie Frauke. Semia hielt mitten in der Bewegung inne. Sie starrte Frauke an, ein leichtes Zucken umspielte ihre Mundwinkel. Für Frauke war es ein Beweis dafür, dass Semia sie wiedererkannt hatte. Dann gab sich die junge Frau einen Ruck und bediente weiter.

»Hallo, gnädige Frau! Was darf es sein?«, holte eine sonore Stimme Frauke aus ihren Gedanken.

»Ich möchte zu Ihrer Tochter«, erwiderte Frauke und unterstellte dabei, dass die Familienverhältnisse zutrafen.

»Bei mir bekommen Sie auch alles«, lockte Bülent Birkan und breitete die Hand zu einer einladenden Geste aus.

»Trotzdem!«

»Wenn es sein muss.« Birkan sprach den nächsten Kunden an.

Semia vermied in der Folge den Blickkontakt mit Frauke und versuchte, andere Kunden vorzuziehen, bis sich ihr Vater einschaltete: »Jetzt ist die Dame dran.«

Es klang bestimmt.

Semia nickte ergeben und fragte: »Bitte?«

»Ich muss mit Ihnen reden.«

»Das geht jetzt nicht. Sie sehen es doch.« Die junge Frau sprach so leise, dass Frauke sie kaum verstand.

»Ich warte zehn Minuten«, antwortete Frauke entschlossen und zog sich ein Stück zurück, ohne den Stand aus den Augen zu verlieren. Die Wartezeit nutzte Frauke, um ihre Mitarbeiter zu informieren und deren Aktivitäten abzublasen.

Die Schlange vor dem Verkaufsstand lichtete sich, und Semia fand keine Ausflüchte mehr, der Begegnung mit Frauke auszuweichen. Sie flüsterte ihrem Vater etwas zu, band ihre Schürze ab, zog sich einen Anorak über und folgte Frauke.

»Lassen Sie uns vor die Tür gehen«, schlug Frauke vor und verließ die Markthalle durch die Mitteltür. Sie trotteten ein paar Schritte stumm auf dem schmucklosen Pflaster der Karmarsch-straße nebeneinanderher.

»Sie haben mich gestern gesehen?«

Semia Birkan nickte.

»Sie haben auch den kleinen Zwischenfall mitbekommen?«

Erneutes Nicken.

»Kannten Sie die drei jungen Männer?«

»Nein«, kam es schüchtern über Semias Lippen. »Wirklich nicht«, bekräftigte sie.

»Sie hatten eine andere Verabredung.« Es war keine Frage, sondern eine Feststellung.

Semia wandte den Blick ab und sah angestrengt durch die großen Fenster in die Markthalle.

»Frau Birkan, ich —«

»Kalpakçıoğlu«, korrigierte Semia. »Ich bin geschieden.«

»Frau Kalpak—« Frauke brach ab. »Entschuldigung, aber das ist ein Zungenbrecher.«

»Nennen Sie mich Semia.« Ein leichtes Lächeln huschte über das Antlitz der jungen Frau.

»Mein Name ist Frauke Dobermann. Ich bin von der Polizei.« Dann berichtete Frauke von dem Zettel, ohne die Umstände des Auffindens zu erklären.

»Ist etwas mit Serghei?«, fragte Semia, blieb stehen und sah Frauke an.

»Wer ist Serghei?«

»Ich habe ihn in der Markthalle kennengelernt.«

»Arbeitet er da?«

»Nein. Aber er ist oft dort. Trinkt einen Kaffee. Kauft ein. Bummelt durch die Gänge. So bin ich ihm begegnet.«

»Wie heißt er weiter?«

Sie hatten das Ende der Halle erreicht und kehrten um.

»Serghei. Mehr weiß ich nicht.«

»Keinen Zunamen?«

»Wir kannten uns noch nicht lange. Gestern – das wäre unsere zweite Verabredung gewesen.« Sie sah Frauke an. »Wir leben schon lange in Deutschland. Ich bin hier geboren.« Sie fasste sich an die Haare. »Sie sehen, ich trage kein Kopftuch. Auch dass ich geschieden bin, spricht dafür, dass wir uns angepasst haben.«

»Sehen Ihre Eltern das genauso?«

»Ja.« Nach zwei weiteren Schritten kam allerdings die Einschränkung. »Zum Teil. Wir stehen zu unserer Religion und zu unserer Tradition. Deshalb habe ich auch nichts von meiner Verabredung mit Serghei erzählt.« Semia sah sich um. »Es wäre auch gut, wenn meine Eltern nichts davon erfahren würden.«

»Was würde Ihr geschiedener Mann dazu sagen?«, fragte Frauke.

»Hakan? Dem würde das gar nicht gefallen. Der ist wieder verheiratet und hat zwei Kinder mit der neuen Frau. Aber ich … wissen Sie, bei uns ist manches anders.«

»Könnte Hakan etwas von Ihrer neuen Bekanntschaft mitbekommen haben?«

»Weiß nicht.«

»Wissen Sie, wo Serghei wohnt? Wo er arbeitet? Welche Freunde er hat?«

»Ich kenne nur seinen Namen. Halt! Er hat gesagt, dass er für wichtige Leute arbeitet. Ein Spezialjob. Manchmal kriegt er für Arbeiten Extrageld.«

»Was sind das für Aufgaben?«

»Weiß nicht. Ich kenne nur seinen Namen. Mehr nicht.«

»Hat Serghei ein Auto?«

»Darüber haben wir nie gesprochen. Er ist immer zu Fuß hierhergekommen.«

»Wie haben Sie Kontakt zu ihm aufgenommen? Über Handy?«

»Ich kenne keine Telefonnummer. Wir haben uns am Donnerstag vor Ostern hier in Hannover getroffen. Unterm Schwanz.« Sie sah auf die Uhr. »Ich muss jetzt wieder rein. Sonst wird mein Vater misstrauisch.« Sie wandte sich zum Eingang der Markthalle.

»Semia«, rief ihr Frauke hinterher. »Wo wohnt Hakan?«

»Weiß nicht«, antwortete die junge Frau, ohne sich umzudrehen, und verschwand in dem Gebäude.

Frauke kehrte ins Landeskriminalamt zurück und wartete, bis die Mitglieder ihres Teams auch eingetroffen waren. Sie berichtete von ihren Erkundungen.

»Dann ist der geheimnisvolle Serghei Semias neuer Liebhaber«, stellte Putensenf fest.

»So hat sie das nicht formuliert«, warf Frauke ein.

»Das würde ich an ihrer Stelle auch nicht machen. Vielleicht hat Semia aus Scham nicht alles erzählt. Was wissen wir wirklich von der türkischen Kultur? Könnte diesen Hakan nicht die Eifersucht gepackt haben? Die Tatausführung, ich meine das Herausschneiden der Genitalien, ist doch sehr ungewöhnlich. Das ist nicht die *übliche* Mordmethode hier bei uns an der Leine«, sagte Putensenf.

»Wir werden diese Spur verfolgen«, erklärte Frauke. »Auch wenn ich Zweifel habe. Wenn das Motiv in diesem Bereich liegt, ist es mir ein Rätsel, weshalb man die Leiche vor meine Haustür gelegt hat. Das ist nicht logisch.«

»Wie heißt der geschiedene Mann?«, wollte Putensenf wissen. »Hakan.«

»Wie – Hakan? Der Dritte? Der Große?«

Frauke musste zugestehen, es nicht zu wissen. Semia war so plötzlich verschwunden, dass sie nicht nach der Schreibweise des Zunamens hatte fragen können. Putensenfs Spott ließ Frauke über sich ergehen.

»Ich wollte einem findigen Kriminalhauptmeister nicht die Chance einer Bewährung entgehen lassen. Finden Sie es heraus.«

Putensenf quittierte die Bemerkung mit einem Grinsen.

»Serghei soll irgendwo im Umfeld der Markthalle gewohnt haben«, fuhr Frauke fort. »Dann setzen wir unsere Aktion ›Polizei zu Fuß‹ fort, diesmal nur mit einem anderen Ziel.«

Putensenf zeigte auf Madsack. »Soll Nathan wieder nach Linden und Limmer?«

»Ja«, sagte sie nicht ernst gemeint. »Und Sie beginnen am besten nördlich der Lüneburger Heide.«

»Siehste, Jakob«, setzte Madsack den Schlusspunkt. »Dumme Fragen fordern dumme Antworten heraus.«

»Ich kümmere mich um Semias vergangenes und aktuelles Liebesleben«, knurrte Putensenf und verließ den Besprechungsraum.

Erneut schwärmten die Mitglieder der Ermittlungsgruppe aus. Nach zwei Stunden meldete sich Schwarczer telefonisch bei Frauke.

»Ich habe jemanden gefunden, der glaubt, den Toten wiedererkannt zu haben. Er meint, der müsse irgendwo in der Nähe der Osterstraße wohnen. Dort habe er ihn ein paarmal in einem Imbiss gesehen, der Falafel führt. Ich werde da einmal vorbeischauen.«

Kurz darauf hatte Frauke auch Glück. In der Markthalle ließen sich zwei Männer das Bild vom Toten noch einmal zeigen, nachdem sie zuvor den Kopf geschüttelt hatten.

»Mensch, Fritze, ist das nicht der Dingsbums?«

Der Zweite beugte sich ebenfalls über das Bild. »Du meinst, der Russe? Wie heißt er noch gleich? Iwan?«

»Quatsch. So ähnlich wie ›Sarg‹.«

»Serghei«, half Frauke nach.

»Genau.« Der Erste schnippte mit dem Finger. Dann nahm er ein Schluck Herrenhäuser Pils. »Der kurvt hier manchmal rum. Vorhin noch habe ich ihn gesehen. Da drüben. Hat sich ein paar Brötchen gekauft.«

Es war die typische Reaktion von Zeugen, die Wahrnehmungen und Zeitgefühl nicht zueinanderbrachten. Vermutlich hatte der Mann Serghei gesehen, aber an einem anderen Tag.

»Haben Sie mit ihm gesprochen?«

»Sag mal, Mädchen, warum willst du das eigentlich wissen?« Der Biertrinker war misstrauisch geworden.

»Polizei«, erklärte Frauke. »Serghei hatte einen Unfall. Er ist nicht ansprechbar. Nun suchen wir Angehörige, da er auch keine Papiere bei sich hatte.«

Der Biertrinker kratzte sich den Kopf. »Der ist hier immer allein rumgegurkt. Ich weiß nicht, ob der Angehörige hat. Ich hab nie einen in seiner Begleitung gesehen. Du, Fritze?«

»Hab nicht drauf geachtet. Aber aufgefallen ist mir nichts.«

»Wie kommen Sie darauf, dass er Russe ist?«

»Der spricht doch so«, erklärte der Biertrinker und knuffte seinen Nachbarn. »Stimmt's, Fritze?«

Der Zweite bestätigte es mit einem Kopfnicken.

»Wissen Sie, wo Serghei wohnt?«

»Nee. Ehrlich nicht. Keine Ahnung.« Als Frauke sich abwandte, hörte sie hinter ihrem Rücken, wie der Biertrinker seinem Kumpel erklärte: »Das Mädchen hat aber einen Scheißjob.«

Stimmt!, gab ihm Frauke im Stillen recht.

Sie wartete noch eine Viertelstunde, dann rief sie Schwarczer an.

»Ich bin gerade im Imbiss. Kleinen Augenblick.« Sie hörte Stimmengemurmel im Hintergrund. Undeutlich vernahm sie die Stimme des Kommissars. Dann meldete er sich wieder.

»Der Dönermann hat bestätigt, dass Serghei – den Namen kannte er nicht – gelegentlich dort etwas zum Essen besorgt hat. Der vom Imbiss hat einmal vor der Tür gestanden und geraucht, als Serghei dort war. Dabei hat er gesehen, dass unser Toter gleich danach in den ›Senior-Blumenberg-Gang‹ eingebogen ist.«

»Wohin?«, fragte Frauke erstaunt.

Schwarczer wiederholte es. »Die Straße heißt wirklich so. Das ist eine kleine Gasse, die von der Osterstraße zur Marktstraße führt.«

»Und am Ende der Marktstraße ist die Markthalle«, ergänzte Frauke. »Wenn er vom Imbiss aus Richtung Markthalle gelaufen ist, muss er irgendwo zwischen dem Falafel-Laden und hier wohnen. Warten Sie auf mich. Ich bin gleich da.«

Es waren zweihundert Meter, bis sie auf Schwarczer stieß, der an der Straßenecke vor dem Schaufenster einer Spielhalle auf sie wartete. Gemeinsam gingen sie durch den schmalen Gang, der nur Platz für ein kleineres Fahrzeug bot, zurück und lasen die Namens-schilder am einzigen Hauseingang in der Straße. Nach wenigen Metern zweigte nach rechts ein Hinterhof ab, der auf der linken

Seite durch niedrige Gewerbebauten und Garagen begrenzt war. Ein Mann im grauen Overall schob einen grünen Müllcontainer über die Straße und bugsierte ihn auf seinen Stellplatz.

Frauke ging auf ihn zu, hielt ihm ein Foto von Serghei unter die Nase und fragte, ob er ihn kenne.

»Muss ich?« Der Mann hatte die Augen zusammengekniffen, weil ihn der Rauch seiner Zigarette, die er im Mundwinkel hielt, belästigte.

»Ja«, sagte Frauke.

»So. Warum?«

»Weil Sie ein guter Staatsbürger sind und wir von der Polizei kommen.«

Der Mann zeigte mit dem Daumen auf die andere Straßenseite. »Da oben haust ein Russe.«

»Der auf dem Foto abgebildete?«

»Die sehn doch alle gleich aus, die Flachköpfe. Und wenn ich sage ›ein Russe‹, dann muss es nicht immer derselbe sein. Die wechseln die Bude wie andere Leute das Hemd.«

»Gibt es hier einen Hausmeister?«

»Klar doch.« Er grinste. »Und einen Portier, einen Etagenkellner, ein Zimmermädchen. Noch was?«

»Wissen Sie, wo der Mann seinen Wagen geparkt hat?«

Die Zigarette wanderte in den Mundwinkel, bevor die Antwort kam. »Unsereiner reißt sich den Arsch auf. Trotzdem reicht es kaum zum Leben. Und diese Typen greifen die Sozialhilfe ab, die ihnen vorne und hinten reingeblasen wird. Ich kann mir keinen großen Geländewagen leisten.«

»Was für ein Typ?«

»Ein schwarzer Range Rover.«

»Kennzeichen?«

»Meinen Sie, ich notiere mir alles?«

Frauke sah sich um. »Wo steht das Fahrzeug?«

»Das hat der Russe nur manchmal hier geparkt.«

»Könnte es sein, dass es gar nicht ihm gehörte, sondern nur geliehen war?«

»Was weiß ich denn.« Dann entfernte er sich.

In den umliegenden Betrieben konnte ihnen niemand sagen,

wer der Eigentümer des Grundstücks war. Auch der Versuch, die Wohnung zu betreten, scheiterte. Die Tür war verschlossen. Ein Namensschild war nicht vorhanden. Direkte Nachbarn gab es nicht. Sie kehrten auf die Dienststelle zurück.

Madsack schien froh zu sein, als Frauke ihn beauftragte, Erkundigungen zu dieser Wohnung einzuholen, während sie von Putensenf wissen wollte, welche Ergebnisse er erzielt hatte.

»Hakan Kalpakçıoğlu heißt der geschiedene Ehemann von Semia. Er ist weiterhin türkischer Staatsbürger, hat aber eine unbefristete Aufenthaltserlaubnis. Seit zwei Jahren ist er wieder verheiratet und hat zwei Kinder mit der neuen Frau, einer Landsmännin von ihm. Er arbeitet als Paketfahrer. Vorstrafen liegen keine vor, obwohl er mehrfach auffällig geworden ist. Er soll seine ehemalige, aber auch die derzeitige Frau verprügelt haben.«

»Dann sprechen wir mit dem Herrn«, sagte Frauke.

»Wir beide?«

»Nein. Ich nehme Schwarczer mit.«

»Trauen Sie mir das nicht mehr zu?«

»Doch«, versicherte Frauke, obwohl sie nach den Erfahrungen vom Bahnhofsvorplatz skeptisch war.

Madsack hatte herausgefunden, wer der Eigentümer der Garage war. Die Verwaltung war einem Hannoveraner Makler übertragen worden. Mit dem hatte der Hauptkommissar ein Treffen um fünfzehn Uhr vor dem Haus vereinbart. Madsack und Frauke mussten bis halb vier warten, als ein schlaksiger junger Mann erschien und herablassend fragte, ob die Polizisten die Wohnung besichtigen wollten. Er fragte weder nach der Legitimation, nach einem Durchsuchungsbeschluss noch nach den Namen der Beamten.

»Wie heißt der Mieter?«, wolle Frauke wissen.

»Oleg Blochin.«

»Wollen Sie mich verarschen?«, schnauzte sie den Mann an. Erschrocken fuhr der zusammen.

»Wie reden Sie mit mir?«

»Wie mit jemandem, der es anders nicht begreift. Oleg Blochin ist der Name eines ehemaligen russischen Weltklassefußballers.«

»Sie verstehen was vom Fußball. Ich meine, so als Frau?«

»Nicht nur davon.« Sie zeigte auf sein Handy, das er lässig in die Brusttasche seiner Jacke gesteckt hatte. »Los. Rufen Sie im Büro an. Aber zügig.«

Während er telefonierte und nachfragte, beäugte er Frauke.

»Der Mietvertrag ist wirklich mit Oleg Blochin geschlossen«, erklärte er. »Der wohnt aber schon längere Zeit nicht mehr hier. Die Miete wird pünktlich bezahlt. Daher stört es nicht, wenn Blochin Freunde von sich hier wohnen lässt.«

»Und wer überweist die Miete?«

Er stöhnte auf und rief erneut das Büro an.

»Das wird eingezahlt.«

»Wer überweist es? Von welchem Konto?«

Nachdem er auch diese Frage geklärt hatte, berichtete er, dass es keine Überweisung sei, sondern die Miete pünktlich per Bareinzahlung auf das Konto des Maklers gezahlt werde.

»Madsack. Sie begleiten ihn«, dabei zeigte sie auf den jungen Mann, »und prüfen den Mietvertrag.«

Der Hauptkommissar nickte ergeben und stiefelte dann schnaufend die steile Treppe zur Wohnung empor.

»Wie heißen Sie überhaupt?«, fragte Frauke, als sie den oberen Absatz erreicht hatten.

»Schröder.«

»Los, Schröder. Machen Sie auf.«

Er probierte mehrere Schlüssel aus, bis sich die Tür öffnen ließ. Ein Schwall muffiger Luft kam ihnen entgegen. Der kleine Flur war mit Teppichfliesen ausgelegt, die sich an den Kanten hochwölbten. An die Wand mit den zugegipsten Löchern hatte jemand billige Haken geschraubt. Sie waren leer.

Die Wohnung bestand lediglich aus einem einzelnen Raum und einem kleinen Duschbad mit einem Miniwaschbecken und einer Toilette. Frauke warf einen Blick in den Raum, dessen Wände mit Ölfarbe versehen waren. Der Duschvorhang sah aus, als dürfe man ihn ohne Gefahr für die eigene Gesundheit nicht berühren, in den Ecken der Dusche hatte sich schwarzer Schimmel festgesetzt. Das Waschbecken war verschmiert, der Blick in die Toilettenschüssel ekelerregend. Ein billiger Rasierapparat lag auf dem Glasbord vor dem halbblinden Spiegel, der an den Ecken ausgeschlagen war.

Der Wohnraum war genauso armselig. Vor den ungeputzten Fenstern hing eine zerfetzte Gardine, die eher an einen Putzlappen erinnerte. Das Bett war nicht gemacht, die Bettwäsche war fleckig und wies Löcher auf. Ein wackliges Regal mit einem Wachsvorhang diente als Geschirrschrank. Auf dem Tisch mit der Resopalplatte standen schmutziges Geschirr, eine dreckige Kochplatte und ein Wasserkocher. Ein Campingstuhl diente als Sitzmöbel, auf einem anderen Stuhl stand ein moderner Flachbildfernseher.

Es roch nicht, es stank erbärmlich in dem Raum. Schuld waren die Essensreste, der überquellende Mülleimer und der gefüllte Aschenbecher. Daneben lagen benutzte Teebeutel. Eine angebrochene Flasche Wodka vom Discounter stand neben dem Tisch.

»Serghei scheint eine Vorliebe für Gurken und Rote Bete gehabt zu haben«, stellte Frauke fest, als sie die Batterie leerer Gläser entdeckte.

Madsack durchwühlte mit spitzen Fingern einen Wäschehaufen. Der Eigentümer schien nicht zwischen schmutziger und sauberer Wäsche unterschieden zu haben. Offenbar war es für ihn das Gleiche.

Plötzlich stutzte der Hauptkommissar, zog eine Art Pilotenhemd hervor und fand in dessen Brusttasche ein scheckkartengroßes Dokument.

»Das ist ein ›eAT‹«, erklärte er und meinte damit einen elektronischen Aufenthaltstitel. Dieses Dokument wurde allen Drittstaatenangehörigen als Aufenthaltskarte und Ausweisersatz ausgehändigt. Er las das Dokument. »Unser Mann heißt Serghei Testemitanu und ist vierunddreißig Jahre alt. Das Lichtbild stimmt überein. Wir haben Glück. Auf dem Chip im Karteninneren sind biometrische Merkmale wie zum Beispiel zwei Fingerabdrücke gespeichert. Darin sind auch Nebenbestimmungen und Auflagen enthalten.«

»Wer ist die ausstellende Behörde?«, fragte Frauke.

Madsack atmete tief durch. »Die Stadt Hildesheim.«

»Donnerwetter. Damit haben wir den ersten Hinweis zu unserem Hildesheimer Toten, zumindest den Ort betreffend. Madsack. Fordern Sie die Spurensicherung an. Die sollen hier alles gründlich auf den Kopf stellen. Nehmen Sie den ›eAT‹ mit. Das KTI soll prüfen, ob es sich um unser Opfer von der Lister Meile handelt.«

Sie wandte sich an den Mann von der Verwaltung. »Ihren Betrieb muss man sich merken. Wenn man in Hannover ein sauberes Komfortapartment sucht, sollte man sich vertrauensvoll an Sie wenden.« Sie streckte die Hand aus. »Schlüssel.«

»Sie können doch nicht einfach …«, stammelte der Vertreter des Maklers.

»Los. Sie haben keine Vorstellung davon, was ich alles kann.« Nachdem sie den Schlüssel empfangen hatte, schickte sie den Mann fort. »Ist Ihnen in dieser armseligen Behausung etwas Ungewöhnliches aufgefallen?«, fragte sie Madsack.

Der Hauptkommissar nickte. »Es ist erstaunlich, dass wir weder einen Computer noch ein Handy gefunden haben, nicht einmal ein Ladegerät, falls der Tote das Mobiltelefon selbst bei sich getragen hat.«

Sie warteten noch, bis die Spurensicherung eintraf. Danach trennten sie sich. Madsack suchte das Maklerbüro auf, während Frauke ins LKA zurückkehrte.

Thomas Schwarczer war zwischendurch nach Hause gefahren und hatte sich umgezogen. Frauke hatte die Zeit genutzt, um mit Georg zu telefonieren.

»Ich dachte immer, Ärzte und Manager wären so verrückt, dass sie keinen Feierabend kennen«, hatte Georg gescherzt. »Offensichtlich ist es bei Beamten genauso.«

»Polizeibeamten«, hatte Frauke ihn korrigiert.

»Sei vorsichtig. Und komme nicht zu spät. Sonst beginne ich ohne dich, den neuen Merlot auszuprobieren.«

Sie hatte es versprochen. Jetzt sah sie Schwarczer an. Die sportlich muskulöse Figur steckte in einem tailliert anliegenden T-Shirt, unter dem sich jeder Muskel seines Sixpack-Bauches spannte. Bei jeder Bewegung straffte sich der Stoff um die Oberarme und die Brustmuskeln, die sich deutlich abzeichneten, das fiel sicher noch anderen Frauen als Frauke auf. Es war merkwürdig, dass der Kommissar nie Klage führte, er habe kein Privatleben, wenn er abends zu einem Einsatz gefordert wurde. Seine einen Meter neunzig große Figur, das bartlose Gesicht, der schmale Mund und die schmale Nase harmonierten mit den hohen Wangenknochen.

Die grau-grünen Augen konnten stechend blicken. Das alles wurde aber von Fremden nur auf den zweiten Blick wahrgenommen. Der erste galt dem kahl geschorenen Schädel und dem goldenen Ring am linken Ohrläppchen. Der Kommissar hatte den linken Zeigefinger durch den Aufhänger der Lederjacke gesteckt, die er lässig über der linken Schulter hängen ließ.

Seine Eltern waren Volksdeutsche und kamen aus Kasachstan, er selbst war in Hannover geboren. Frauke empfand es manchmal als sonderbar, dass Schwarczer meistens schwieg. Sie fand es auch bedrückend, dass der Kommissar in brenzligen Situationen nicht nur seine körperliche Überlegenheit, sondern auch die Schusswaffe einsetzte, während andere Beamte anders gehandelt hätten. Ihm konnte nie etwas nachgewiesen werden, aber zumindest in einem Fall war sich Frauke nicht sicher, ob es wirklich Eigenschutz und Notwehr war, als Schwarczer ein Mitglied der Organisation bei der Verhaftung erschossen hatte.

»Wo müssen wir hin?«, fragte er. »Mein Wagen steht unten.«

»Wir nehmen meinen«, erwiderte Frauke. Sie wollte nicht mit dem knallroten Mercedes CLK 200 mitfahren. Es waren etwa drei Kilometer bis zur Nieschlagstraße im alten Arbeiter- und heutigen Multikulti-Viertel Linden-Limmer. Es herrschte reger Feierabendverkehr, und sie kamen nur mühsam voran.

Inzwischen fühlte Frauke sich in Hannover so weit heimisch, dass sie wusste, an welcher Stelle man sich zweckmäßig auf welche Fahrspur einordnete. Der Weg führte sie über die Arndtstraße, dann kam der Schlenker nach links und gleich wieder nach rechts in die Königsworther Straße. Kurz hinter der Brücke über die Ihme lag das in Verruf geratene Ihmezentrum, das bei seiner Errichtung ein städtebauliches Highlight gewesen war. Vis-à-vis streckte das Heizkraftwerk Linden seine drei Blöcke in den grauen Himmel. Frauke fuhr die Fössestraße entlang und rief ein wütendes Hupen des ihr folgenden Taxis sowie ein Aufblenden der Lichthupe des entgegenkommenden Fahrzeugs hervor, als sie trotz Verbots bei einem blauen Haus links in die enge Nieschlagstraße einbog.

Hakan Kalpakçıoğlu wohnte in einem der für diese Gegend typischen Arbeiterwohnhäuser aus der Zeit der vorletzten Jahrhundertwende. Vor dem Haus hatte ein Gemüseladen seine Auslagen auf dem Gehweg ausgebreitet. Auch zu dieser Abendstunde war das Schaufenster durch eine Markise halb bedeckt. Gegenüber hatte sich ein türkisches Restaurant breitgemacht und Tische und Bänke auf die Fahrbahn gestellt, obwohl es mittlerweile zu kühl zum Sitzen im Freien geworden war.

Der Gemüseladen hatte seine Ware selbst auf den Stufen zum Hauseingang abgestellt. Mit einem Achselzucken zwängten sich die beiden Beamten daran vorbei und klingelten. Als der Summer ertönte, stiefelten sie die gewundene Holztreppe bis zur zweiten Etage empor und wurden von einem Mann mit dunklen Augen empfangen.

»Herr Kalpakçıoğlu?«, fragte Frauke.

»Ja.« Es klang abweisend.

Sie erklärte, dass sie von der Polizei kämen und ein paar Fragen hätten. Dem Dienstausweis schenkte der Mann außer einem flüchtigen Blick kaum Beachtung.

»Wir haben ein paar Fragen zu Ihrer geschiedenen Frau.«

»Mit der habe ich nichts zu tun.« Er zeigte hinter sich in die Wohnung, aus der Babygeschrei ertönte. »Das ist meine Familie.«

»Können wir uns drinnen unterhalten?«, bat Frauke.

»Nein. Mit Semia habe ich nichts mehr am Hut.«

»Sie sprechen nicht mehr miteinander? Kein Kontakt? Es interessiert Sie nicht mehr, was Ihre frühere Frau macht?«

»Hören Sie. Was soll das?«

»Wir untersuchen einen Mord.«

»Na und? Ich habe niemanden umgebracht.«

»In diesem Zusammenhang möchten wir gern wissen, ob es Ihnen völlig gleichgültig ist, was Ihre geschiedene Frau macht.«

Kalpakçıoğlus Blick schien Frauke zu durchbohren. »Das ist mir piepegal, sofern sie nicht meine Ehre und die meiner Familie beschmutzt. Sie hat genug mit Dreck geworfen, indem sie sich scheiden ließ.«

»Vielleicht gab es triftige Gründe?«

»Triftige Gründe?«, echote Kalpakçıoğlu. »Was wissen Sie von unserem Leben? Die Frau hat zu tun, was der Mann sagt. Dafür ist sie da. Das ist ihr Leben. Und wenn sie das nicht will, so wie Semia, dann muss sie damit zurechtkommen.« Er schlug sich gegen die Brust. »Ich war großzügig genug, dass ich ihr die Scheidung erlaubt habe. Wenn sie den Rest ihres Lebens allein verbringen will … Von mir aus.«

»Moment mal«, widersprach Frauke. »Die Ehe ist geschieden.« Sie nickte in Richtung Wohnung. »Sie haben eine neue Familie, eine Frau, Kinder. Warum kann Semia keine neue Partnerschaft eingehen?«

Kalpakçıoğlu trat einen Schritt näher an Frauke heran und baute sich vor ihr auf. »Weil sie meine Frau ist.«

»War«, korrigierte Frauke.

»Das tut nichts zur Sache. Sie hat ihr Leben mir geweiht und Treue geschworen. Sie sollte sich hüten, meine Ehre noch weiter zu beschmutzen.« Er machte zwei Schritte rückwärts. »So! Nun haut ab. Verzieht euch.«

Dann knallte er die Tür zu.

»Das war deutlich«, sagte Frauke beim Verlassen des Hauses. »Was ist, wenn Kalpakçıoğlu von Semias zarten Anbahnungen zu Serghei erfahren hat und es zu einer Kurzschlussreaktion gekommen ist?«

»Möglich ist alles«, pflichtete Schwarczer ihr bei.

»Wir haben keine Vorstellungen, welche Kontakte in der türkischen Gemeinde gepflegt werden. Ich könnte mir vorstellen, dass es dort nicht anders zugeht als in der urdeutschen Bevölkerung und ein kleines Gerücht, eine unbedeutende Beobachtung aufgebauscht werden. Womöglich hat jemand am Ende der Kette Semia bezichtigt, mit Serghei eine intime Beziehung unterhalten zu haben. Dafür könnte die Art der Hinrichtung sprechen.«

»Warum hat sich der Zorn in diesem Fall gegen Serghei gerichtet, während die Frau ungeschoren davongekommen ist?«

Frauke war stehen geblieben. »Das hat nichts zu bedeuten, Schwarczer. Noch nicht. Wir müssen ein Auge auf Semia werfen. Es wäre unerträglich, wenn ihr auch etwas zustoßen würde.«

Dann lehnte sie Schwarczers Vorschlag, noch einen Drink zu sich zu nehmen, ab. Sie wollte nur noch nach Hause. Zu Georg.

# DREI

Der Morgen hatte sich nicht so grau gezeigt wie an den vorhergehenden Tagen.

Als Frauke, ihren Kaffeebecher in der einen Hand, die Handtasche über die Schulter baumelnd und das Notebook unter den anderen Arm geklemmt, den Besprechungsraum betrat, sah Putensenf von seiner ausgebreiteten Zeitung auf.

»Oh. Die höheren Besoldungsklassen trudeln auch allmählich ein.«

»Guten Morgen.« Frauke ging nicht darauf ein. Sie begrüßte Schwarczer, der wie immer ein wenig abseits Platz genommen hatte und die halb gefüllte Colaflasche drehte, die vor ihm stand, mit einem Kopfnicken. »Madsack noch nicht da?«

Sie hörte hinter sich ein Schnaufen. »Guten Morgen, Frau Dobermann«, sagte der Hauptkommissar kurzatmig. »Ich hatte nur etwas vergessen.« Er hielt Frauke die Tüte Color-Rado hin. Sie lehnte ab und setzte sich ans Kopfende. Madsack ließ die Tüte kreisen, fand aber nur bei Putensenf einen dankbaren Abnehmer.

Frauke erteilte dem Hauptkommissar das Wort. Der entschuldigte sich, hielt sich die Hand vor den Mund und beeilte sich, seine Gummibärchen herunterzuschlucken.

»Ich habe die Unterlagen des Hausverwalters, der die Wohnung über der Garage vermietet, ausgewertet«, berichtete Madsack. »Es liegt ein ordnungsgemäßer Mietvertrag vor. Dort ist wirklich Oleg Blochin eingetragen.«

»Da nimmt uns jemand auf den Arm«, unterbrach ihn Frauke.

»Das sehe ich auch so. Sicher ist es auch ungewöhnlich, dass die Miete bei der Sparkasse am Schalter eingezahlt wird. Aber verboten ist das nicht. Und der Verwalter hatte keine Veranlassung, misstrauisch zu werden. Den interessierte nur der regelmäßige Geldeingang. Beschwerden über den Mieter hat es auch nie gegeben. So ist offensichtlich niemandem aufgefallen, dass Blochin nur ein vorgeschobener Name war und in der Wohnung möglicherweise öfter unterschiedliche Leute gelebt haben.«

»Hat die Spurensicherung sich schon gemeldet?«, wollte Frauke wissen.

Madsack bedauerte. »Noch nicht. Und vom KTI habe ich auch noch nichts gehört. Ich meine, wegen der biometrischen Daten auf dem elektronischen Aufenthaltstitel.«

»Wir werden im Anschluss nach Hildesheim fahren und mit der dortigen Ausländerbehörde sprechen«, sagte Frauke. Dann erzählte sie von der Begegnung mit Hakan Kalpakçıoğlu und dessen unverhohlener Drohung Semia gegenüber.

»Das klingt bedenklich«, überlegte Madsack laut. »Muss man die Frau vor Kalpakçıoğlu schützen?«

»In diesem Punkt bin ich mir auch nicht sicher«, sagte Frauke. »Ist die Äußerung ernst zu nehmen?« Sie sah Madsack an. »Versuchen Sie, etwas über die Familie herauszufinden. Eltern. Geschwister. Cousins et cetera. Ich möchte auch noch einmal mit Semias Vater sprechen, ob es in der Vergangenheit diesbezügliche Drohungen gegen seine Tochter gegeben hat.«

»Weckt man damit nicht schlafende Hunde?«, wandte Putensenf ein. »Wenn der noch gar nichts von dem Rendezvous seiner Tochter weiß und die junge Frau sich plötzlich einer weiteren Front gegenübersieht?«

»Wir müssen hier abwägen, ob wir das in Kauf nehmen und dadurch Hintergrundinformationen erhalten oder schweigen und vielleicht Semia gefährden.«

Putensenf lehnte sich zurück. »Ich bin froh, das nicht entscheiden zu müssen.« Ausnahmsweise schwangen keine Untertöne mit.

Wenig später stand Frauke der alten Frau Becher in der Seniorenresidenz in der Lister Meile gegenüber. Zuvor hatte sie einen Blick in ihre Wohnung auf der anderen Straßenseite geworfen, gelüftet und festgestellt, dass sie nur noch sporadisch in ihren eigenen vier Wänden lebte.

Frau Becher hatte sie sofort wiedererkannt und zeigte sich erfreut über den Besuch. Frauke musste Geduld aufwenden, um der Frau zu lauschen, sich Geschichten aus ihrem Leben von gestern und heute anzuhören. Nur ein Morgen schien es in Frau Bechers Gedanken nicht zu geben. Schließlich fand Frauke

Gelegenheit, ein Foto hervorzuholen und es der alten Dame zu präsentieren.

Frau Becher setzte ihre Brille auf, nahm das Bild und betrachtete es sorgfältig. Dabei veränderte sie mehrfach die Distanz zwischen ihren Augen und dem Foto.

»Genau«, sagte sie schließlich mit Bestimmtheit. »Da bin ich mir hundertprozentig sicher. Das ist es.«

Frauke versicherte sich noch einmal und fragte nach, ob es nur eine Ähnlichkeit sei, aber Frau Becher beharrte darauf, dass es genau so sei. Sie hatte das Auto wiedererkannt. Frauke hatte ihr eine Abbildung eines schwarzen Range Rovers gezeigt. Der tote Serghei Testemitanu war mit dem Fahrzeug hierhergebracht worden, von dem der Zeuge im Garagenhof behauptet hatte, dass das Opfer es früher selbst gelegentlich gefahren habe. Der Range Rover war ein weiteres kleines Puzzleteilchen.

Zurück im LKA forderte Frauke Putensenf auf, sie nach Hildesheim zu begleiten. Madsack wurde die Aufgabe übertragen, die Suche nach dem Range Rover einzugrenzen.

Der Kriminalhauptmeister bestand darauf, sich ans Lenkrad des Ford Focus zu setzen, den ihnen die Fahrbereitschaft zugeteilt hatte. Für Putensenf schien es selbstverständlich, dass »der Mann« das Steuer in Händen hielt. Frauke ließ ihn gewähren.

Putensenf fuhr am Hauptbahnhof vorbei, schwamm im Großstadtverkehr mit, bis sie über den Bischofsholer Damm den Messeschnellweg erreichten. Der führte sie am Gelände der Hannover-Messe vorbei. Unwillkürlich musste Frauke an Lars von Wedell denken. Der junge Kommissar war hier bei seinem ersten großen Einsatz von seinem eigenen Kollegen brutal ermordet worden.

Auf der Autobahn drängelten sich die Lkws und beanspruchten zwei Fahrspuren für sich. Trotzdem kamen sie gut voran. Das galt auch für die zweispurig ausgebaute Bundesstraße, die sie von der Autobahnabfahrt fast bis an das nüchterne Funktionsgebäude der Hildesheimer Polizeiinspektion führte, das schon von Weitem am hohen Antennenmast zu erkennen war.

Hauptkommissar Ulmer zeigte sich überrascht, als die beiden Beamten des LKA bei ihm erschienen.

»Was soll das bedeuten?«, fragte er. »Wollen Sie sich einmischen?«

»Wir haben die gleichen Interessen wie Sie: Wir möchten einen Mord aufklären. Unsere Hannoveraner Spur scheint nach Hildesheim zu führen.«

»Davon hat Kollege Büdinger nichts gesagt. Die Umstände seines Mordes sind völlig anders als jene, die wir hier vorgefunden haben.«

»Sind Sie bei der Identifizierung des Opfers weitergekommen?«, wollte Frauke wissen.

»Wir haben nur das, was Sie auch wissen. Wir gehen davon aus, dass es sich um einen rumänischen Staatsbürger handelt. Dafür sprechen die Kleidungsetiketten.«

»Sonst haben Sie nichts?« Frauke war enttäuscht. Das war Ulmer nicht verborgen geblieben.

»Wir wissen nicht, wo der Tote untergekommen ist. Niemand hat ihn gesehen. Keiner kennt ihn. Es ist nicht auszuschließen, dass er gar nicht von hier stammt. Wir haben die Fingerabdrücke mit der zentralen Datei des Bundeskriminalamts verglichen. Nichts.« Ulmer rieb sich wie ein müdes Kind mit dem Zeigefinger über den Nasenrücken. »Und die DNA liegt uns noch nicht vor.« Er sah auf die Uhr, als müsse sie jeden Augenblick eintreffen. »Ich glaube aber, dass die uns auch nicht weiterbringt, wenn wir schon bei den Fingerabdrücken nicht fündig geworden sind.«

»Haben Sie ein Bild des Toten in der Presse veröffentlicht?«

Ulmer streckte den Arm aus und zeigte auf die Wand. »Der Harz liegt in diese Richtung. *Wir* leben hier noch *vor* den Bergen.«

»Gab es darauf eine Resonanz?«

»Das Bild ist heute erschienen. Es gab schon ein paar Anrufe, die klangen aber alle nicht verheißungsvoll.«

»Haben Sie unter den Vermisstenanzeigen gesucht?«

»Jetzt reicht es aber«, fuhr Ulmer aufgebracht in die Höhe. »Sie müssen mir nicht erklären, wie wir unseren Job machen sollen. Wer sollte den Toten vermissen?«

Darauf wusste Frauke auch keine Antwort.

Das »Auf Wiedersehen«, das der Hildesheimer zwischen den Zähnen hervorpresste, klang nicht sehr freundlich.

Nach dem niedersächsischen Kommunalverfassungsgesetz war Hildesheim zwar keine kreisfreie, aber eine »große selbstständige Stadt«, die kompetenzmäßig Aufgaben wahrnahm, die sonst dem Landkreis zufielen. Dazu gehörte auch eine eigene Ausländerbehörde. Die »Ausländerstelle« residierte im Rathaus am zentralen Platz der Stadt.

Direkt darunter befand sich die »Parkgarage Markt«. Frauke staunte über das Ensemble an Fachwerkhäusern, die den Marktplatz säumten. Eine in den Fußboden eingelassene Textplatte steigerte die Verwunderung. Obwohl es aussah, als stünden diese Gebäude mehrere hundert Jahre da, waren sie in dieser Form erst um 1990 entstanden, allerdings als Rekonstruktion der im Krieg zerstörten Häuser. Das alte Rathaus mit den Bögen, der Brunnen mit der Figur eines Stadtknechts, die ausdrücklich keinen Roland darstellte, sowie das von außen schon elegant wirkende Hotel »Van der Valk«, das von der »Stadtschänke« und dem »Gildehaus« eingerahmt wurde.

In üppiger Pracht gestaltete sich gegenüber das Finanzzentrum, von dessen kunstvoll gestalteter Fassade das Auge weiterwanderte zum Bäckeramtshaus und seinem Nachbarn, dem Knochenhauerhaus, das als das größte und sicher eines der schönsten Holzhäuser der Welt galt und seinen Namen der Metzgerzunft verdankte, die es ursprünglich errichtet hatte. Neben den zahlreichen Kirchen der Stadt, zu denen der Dom mit dem tausendjährigen Rosenstock und die beeindruckende frühromanische Michaeliskirche gehörten, war das Knochenhauerhaus eines der Wahrzeichen der Stadt. Die beiden Kirchen mit ihren Kunstschätzen waren zu Recht zum Weltkulturerbe der UNESCO ernannt worden.

Unter den Bögen eines Eckgebäudes versteckt befand sich der Eingang zum Rathaus.

Zügig wurden sie zu dem zuständigen Sachbearbeiter geleitet.

Herr Kellermeyer war ein kleiner Mann mit schütterem blondem Haar, obwohl er nach Fraukes Einschätzung gerade erst die dreißig überschritten haben mochte. Er spielte gedankenverloren mit dem goldenen Ring, der sein linkes Ohr zierte, und hörte sich die Bitte der Beamten an. Dann ließ er sich den elektronischen Aufenthaltstitel aushändigen, legte ihn in ein Lesegerät, sah versonnen auf den

Bildschirm und sagte: »Ah ja.« Er starrte eine ganze Weile auf den Bildschirm, bis er sich den beiden Polizisten zuwandte.

»Was ist mit dem?«

»Er wurde ermordet.«

»Oh.« Jetzt stand Kellermeyer ein Erschrecken ins Gesicht geschrieben. »Also«, kam es gedehnt über seine Lippen. »Serghei Testemitanu ist vierunddreißig und stammt aus Slobozia. Wissen Sie, wo das ist?«

Frauke verneinte.

»Das ist eine Bezirksstadt in Transnistrien.«

»Das erklärt die russischen Schriftzeichen«, sagte Frauke. Sie sah, dass Putensenf nicht Bescheid wusste. »Die Republik Moldau, früher sprach man von Moldawien, ist eine ehemalige Sowjetrepublik und grenzt unter anderem an Rumänien. Die Mehrheit der Bevölkerung zählt ethnisch zu den Rumänen. Es gibt aber auch eine größere russische Minderheit. Die fühlte sich unterdrückt und hat auf einem Teil der Republik Moldau ihrerseits einen eigenen Staat ausgerufen, eben Transnistrien. Der wird aber von keinem anderen Land anerkannt.«

»Das wäre ungefähr so, als würde Bayern die Unabhängigkeit erklären«, warf Putensenf ein.

»Serghei Testemitanu ist ethnischer Russe. Deshalb hat er hier Asyl beantragt«, erklärte Kellermeyer. »Das heißt, er hat den Antrag beim Bundesamt für Migration und Flüchtlinge gestellt und ist über Braunschweig nach dem Verteilungsschlüssel uns in Hildesheim zugewiesen worden.«

»Hätte das Aussicht auf Erfolg gehabt?«

Kellermeyer zog die Stirn kraus. »Das Verfahren ist noch nicht abgeschlossen, aber ich glaube, nein. Wir gehen noch Hinweisen nach, dass Testemitanu von den Behörden seines Heimatlandes gesucht wird. Er behauptet, das wäre aus politischen Gründen der Fall. Moldau wiederum sagt, der Mann sei ein Krimineller.«

»Was wurde ihm vorgeworfen?«

»Das weiß ich nicht«, gestand Kellermeyer.

»Wovon hat er gelebt?«

»Von dem, was Asylbewerber als Regelleistung erhalten. Eine Arbeitserlaubnis wurde ihm nicht erteilt.«

»Haben Sie eine Adresse?«

Kellermeyer nannte eine Anschrift. »Das ist eine Pension, in der wir als Leistungsträger Räume gemietet haben. Derzeit rollt wieder eine Welle auf uns zu, sodass wir zusätzlichen Wohnraum beschaffen müssen. Da Testemitanus Antrag wenig Aussicht auf Erfolg versprach, wurde er in diese Unterkunft eingewiesen.«

»Gibt es Meldeauflagen für die Asylbewerber?«

»Das ist von Fall zu Fall unterschiedlich. Zunächst einmal gibt es eine Residenzpflicht, das heißt, er kann nur in der Stadt Hildesheim wohnen und darf ohne Erlaubnis das Land Niedersachsen nicht verlassen. Außerdem muss er sich regelmäßig bei uns melden.« Er sah auf den Bildschirm. »Testemitanu war eine solche Auflage erteilt. Ich sehe, er hat die letzte nicht wahrgenommen.«

»Merkt das niemand?«, fragte Frauke.

Kellermeyer breitete die Hände aus. »Die Arbeit wird zusehends verdichtet. Wir müssen mit immer weniger Personal immer mehr Fälle bearbeiten. Außerdem kommt es oft vor, dass jemand verschwindet.«

»Was unternehmen Sie in solchen Fällen?«

»Nichts.« Es klang ehrlich. »Wo sollen wir suchen? Die Leute reisen weiter in ein anderes Land, bevorzugt nach Schweden oder Norwegen. Manche kehren auch desillusioniert wieder in ihre Heimat zurück.«

Frauke zeigte Kellermeyer eine Fotografie des Hildesheimer Opfers. »Kennen Sie den?«

Der Beamte besah sich das Bild. »Hier laufen so viele Fälle über meinen Schreibtisch. Beschwören kann ich es nicht, aber ich kann das Gesicht nicht zuordnen. Tut mir leid.«

Kellermeyer führte sie noch zu seinen Kollegen. Auch dort hatte niemand Erinnerungen an den unbekannten Toten.

»Wenn es sich wirklich um eine Schleuserbande handelt, ist der Hildesheimer Tote natürlich nicht bei der Ausländerbehörde vorstellig geworden. Aber ich verstehe nicht, warum der sich einer solchen Bande hätte anvertrauen müssen. Rumänien ist doch Mitglied der EU. Damit hätte er sich überall frei bewegen können«, überlegte Putensen laut, als sie das Rathaus wieder verlassen hatten.

»In Moldau wird auch Rumänisch gesprochen. Es ist naheliegend, dass es sich um einen Landsmann von Testemitanu handelt. Der identifizierte Tote konnte sich in Deutschland bewegen. Deshalb ist er vermutlich als Handlanger angeworben worden. Mit dem Range Rover wurden die Illegalen transportiert. Aber warum musste Testemitanu sterben? Und dann auf diese scheußliche Weise? Da passt etwas nicht zusammen. Das Herausschneiden der Genitalien könnte eher auf einen Racheakt des geschiedenen Ehemanns von Semia hinweisen.«

»Und warum hat man den Unbekannten aus Hildesheim so zugerichtet?«

Frauke zuckte mit den Schultern. »Darauf habe ich auch keine Antwort.«

»Könnte es etwas Religiöses sein? Ein Ritual?«

»Diese Frage steht weiterhin im Raum.«

Es war ein kurzes Stück bis zur Marheinekestraße. Unweit lag der Gebäudekomplex der Kreisverwaltung, etwas weiter entfernt zog das »Wasserparadies« Schwimmer und Wellnessfreunde an. Eine besondere Art der Wellness bot gegenüber das »Haus Rose«. Rote Fenster und ein rotes Neonherz zeugten von der Zweckbestimmung des Gebäudes.

Wäre nicht der Neubau der Sparkasse Hildesheim gewesen, hätte die ganze Gegend einen sehr trostlosen Eindruck gemacht. Frauke fand, dass die Sparkasse Mut bewiesen hatte, als sie ihre Zentrale an diesen Fleck gesetzt hatte. Der große Eingangsbereich aus Glas und Chrom wirkte wie ein Kontrapunkt zu dem verfallenen Gebäude, in dem die Pension residierte. Auch die sauber gestrichenen Wellblechgaragen in der Nähe, die Gewerbeansiedlung im Hintergrund und die beiden Plakatwände waren keine Farbtupfer. Die Straße mit ihrem Kopfsteinpflaster und das ungepflegte Grün auf der gegenüberliegenden Seite unterstrichen nur die Trostlosigkeit des Gebäudes.

Wer hier leben musste, gehörte zu den Verlierern. Die Wände waren mit Graffiti besprüht, der ockerfarbene Putz war schmutzig. An der Vorderfront hatte fast jedes Fenster ein anderes Aussehen. Dort, wo zwei neue Kunststofffenster eingesetzt waren, hatte man den Putz herausgeschlagen. Nackte Ziegel zierten die Fensterhöhle. Auf der anderen Seite befanden sich noch die alten Fenster aus vergammeltem Holz, bei dem nur mit viel Phantasie das ursprüngliche Braun zu erkennen war. Da störten auch die blinden Glasscheiben kaum. Die Eingangstür ähnelte mehr einem Bretterverschlag als einer Pforte.

Die Luft war abgestanden, als sie eintraten. Es roch übel nach einer Mischung aus Kochdünsten und Latrine.

Der Tresen aus dunklem Holz war auf der Kundenseite zerkratzt und abgesplittert. Ganze Generationen schienen ihn mit den Füßen malträtiert zu haben.

Frauke sah sich um. Niemand war zu sehen. Erst nachdem Putensenf das zweite Mal mit der flachen Hand auf die altmodische Tischglocke geschlagen hatte, schlurfte ein dürrer Mann in einem kanariengelben Hemd durch eine Schiebetür aus dem Hintergrund heran.

»Herrje, was ist denn schon wieder«, murrte er. Auf den hohlen Wangen sprossen Bartstoppeln. Die grauen Haare hingen ungewaschen über die Ohren. Wenn er den Mund öffnete, wurde der Blick auf dunkelgelbe Zahnstummel sichtbar.

»Polizei«, sagte Frauke.

Der Mann unterzog sich nicht der Mühe, aufzusehen. »Nicht schon wieder. Was ist denn jetzt los?«

»Landeskriminalamt. Mordkommission.« Das entsprach nicht der exakten Bezeichnung der Ermittlungsgruppe, aber es zeigte Wirkung.

»Moment. Ich rufe die Chefin.« Der Mann drehte sich um. »Mausi«, rief er.

Frauke hätte fast laut gelacht, als »Mausi« auftauchte. Es war wie eine Szene aus einem schlechten Comic. Die Frau wog bestimmt weit über einhundert Kilo, hatte ein Doppelkinn und fleckig gefärbte tizianrote Haare.

»Die«, dabei zeigte der Mann auf Frauke und Putensenf, »sind von der Mordkommission.«

Die Frau drängte den Mann zur Seite, legte ihren ausladenden Busen auf den Tresen, setzte die Brille auf, die an einer Schnur um den Hals baumelte, und musterte die Beamten.

»Von der Mordkommission? Hier ist keiner umgebracht worden.«

»Aber möglicherweise einer Ihrer Gäste.«

»Würde mich nicht wundern. Oft genug prügeln die sich ja.« Sie zeigte keinerlei Regung.

»Interessiert es Sie nicht, wer das vermutliche Opfer ist?«

»Sie werden es mir gleich sagen.«

»Serghei Testemitanu.«

»Ach der.«

»Kennen Sie ihn?«

»Nicht wirklich. Steht auf der Liste für die Abrechnung. Aber sonst … Nein. Du?« Sie sah den Mann an.

»Einer von den Russen.«

»Seit wann wohnte Testemitanu bei Ihnen?«

Sie zog eine abgegriffene Kladde hervor und blätterte darin zurück. Unzufrieden warf sie das Buch fort und tauchte durch die Schiebetür in den Hintergrund ab. Bei ihrer Rückkehr trug sie einen Ordner, in dem sie zu suchen begann.

»Der muss es sein. Ist von der Ausländerstelle der Stadt zugewiesen worden. Der ist jetzt seit sieben Wochen hier.«

»Ist Ihnen an Testemitanu etwas Besonderes aufgefallen?«

»Nö.«

»Mit wem verkehrte er?«

»Woher sollen wir das wissen?« Es klang entrüstet.

Hinter ihrem Rücken betrat eine Gruppe junger Afrikaner die Pension. Sie waren in lautstarkes fröhliches Palaver vertieft.

»Grölt nicht so«, rief ihnen die Pensionswirtin hinterher. »Wir sind hier nicht im Kral.«

Frauke streckte die Hand aus. »Den Schlüssel.«

»Den hat der Russe bei sich«, behauptete die Frau. »Wir haben hier keinen Empfangschef. Haben Sie eine Ahnung, wie oft die ein und aus gehen? Und keiner tritt sich die Füße ab. Kennt das Pack auch nicht.«

»Dann geben Sie uns den Generalschlüssel«, forderte Frauke. »Wie heißen Sie eigentlich?«

»Wallmeister.«

»Hat der Waldmeister auch einen Vornamen?«, mischte sich Putensenf ein.

»Krimhild.«

Die Frau stieß den Mann an. »Los, Adolf, latsch mit rauf. Und pass auf, dass die keinen Mist machen.«

Seufzend hob Adolf die Klappe hoch, die den Bereich hinterm Tresen abtrennte, und stapfte die knarrende Treppe voraus. Ein übler Geruch hing in der Luft. Es war wieder eine Mischung aus Kochdünsten, Latrinengeruch und dem süßlichen Gestank von Rauch. Frauke nahm sich vor, den Kollegen von der Betäubungsmittelkriminalität einen Tipp zu geben.

Auch hier waren die Türen zerkratzt. Rund um das Schloss waren deutliche Spuren zu erkennen, die darauf hinwiesen, dass die Türen nicht immer mit dem passenden Schlüssel geöffnet wurden.

Das Zimmer, das Testemitanu bewohnte, befand sich in einem erschreckenden Zustand. Die Wände waren feucht, die von jahrelangem Nikotingebrauch dunklen Tapeten wiesen Flecken auf. Das Bett, dessen Matratze eine tiefe Kuhle hatte, und ein windschiefer Kleiderschrank waren neben einem einfachen Holzstuhl die ganzen Einrichtungsgegenstände.

»Adolf« protestierte, als Frauke ihn fortschickte. Aber ihre Aufforderung war unmissverständlich.

»Gemessen an dieser Unterkunft war die Bruchbude in Hannover ein wahres Paradies«, sagte Frauke und sah in das vom Kalkstein braune Waschbecken, das die sanitäre Ausstattung darstellte.

Putensenf zog die Nase kraus. »Das riecht, als wenn das Waschbecken als Urinal benutzt worden wäre.« Dann machte er Frauke auf ein paar weiße Turnschuhe aufmerksam, die neben einem anderen Paar Schuhe unter dem Bett standen. »Merkwürdig. Wer trägt Schuhe in unterschiedlichen Größen? Die abgelaufenen Lederschuhe sind Größe zweiundvierzig, das andere Paar hat vierundvierzig.«

»Das bedeutet, Testemitanu hat Besuch gehabt.«

Der Kriminalhauptmeister sah sich um. »In dieser Hütte?« Er zeigte auf das Bett. »Das ist schon für einen zu eng. Und dann zu zweit?«

Auch bei der schmutzigen Kleidung stellten sie fest, dass eines der Hemden wesentlich größer war. »Das könnte dem Mann auf dem Bild passen«, überlegte Frauke laut, als sie ein zerknittertes Foto hochnahm, das unter den Kleiderschrank gefallen war. Es zeigte einen Mann auf einem altersschwachen Traktor. Er hielt ein kleines Kind auf dem Arm. Gegen den Schlepper hatte sich eine Frau in einem geblümten Sommerkleid gelehnt. Alle drei lächelten in die Kamera. Frauke war überrascht.

»Das ist der Tote aus Hildesheim. Hier.« Sie gab das Bild an Putensenf weiter.

»Tatsächlich«, stimmte Putensenf zu. »Wenn man ein wenig Phantasie walten lässt, ist eine Ähnlichkeit vorhanden. Wir haben vom Mordopfer ja nur das Bild von der Rechtsmedizin.« Er hielt die Fotografie ins Licht. »Das sieht aus, als hätte er Familie. Oder zumindest Angehörige. Und der Trecker sowie der Hintergrund … Das ist nicht Deutschland. Bei uns sehen die landwirtschaftlichen Fahrzeuge anders aus.«

Er hatte recht. »Die kennen sich«, sagte Frauke. »Damit gibt es einen Zusammenhang zwischen den beiden Morden. An so viele Zufälle mag ich nicht glauben.«

»Das KTI soll das alles hier untersuchen. Ich bin mir sicher, die DNA wird zu unseren beiden Opfern passen.«

Frauke rief Hauptkommissar Ulmer an und beauftragte ihn, sich um die Sicherung der Spuren zu kümmern.

»Wie sind Sie darauf gekommen?«, fragte er erstaunt.

»Gute alte Polizeiarbeit«, erwiderte sie und fügte unhörbar an: »Made in Flensburg.«

Im Zimmer gab es nichts weiter zu entdecken. Sie stiegen die steile Treppe hinab und baten »Adolf«, die Pensionsinhaberin noch einmal zum Tresen zu rufen.

»Ich habe Besseres zu tun«, schnauzte Frau Wallmeister.

»Sie haben das Zimmer doppelt vermietet, kassieren zum einen von der Stadt, darüber hinaus aber auch noch von einem anderen Gast. Das ist Betrug.«

»Was? Wie?« Die Wirtin hatte die Fassung verloren. »Das stimmt nicht.«

Frauke berichtete von eindeutigen Beweisen dafür, dass dort oben zwei Menschen gelebt hatten.

»Das ist nicht wahr.« Frau Wallmeister sprach kurzatmig. »Ich habe nicht doppelt kassiert. Es kommt manchmal vor, dass andere im Zimmer übernachten. Die eigentlichen Gäste vermieten die Unterkunft an andere weiter. Sie schlafen dann im Freien und versaufen das Geld, das sie dafür bekommen haben. Und wir sind die Leidtragenden. Wenn jede Nacht ein anderer da oben pennt, dann duschen die auch ausführlich. Was meinen Sie, was das kostet, wenn für jedes Zimmer die Gemeinschaftsdusche täglich benutzt wird? Das bekommen wir von der Stadt nicht erstattet.«

»Haben Sie es nicht unter Kontrolle, wer hier ein und aus geht?«, fragte Frauke in scharfem Ton.

»Sie sehen doch selbst, was hier los ist. Das ist doch mehr ein Heerlager als eine Pension.«

»Dafür tragen Sie die Verantwortung. Also! Wie lange war Testemitanu nicht mehr hier?«

»Adolf!« Es war ein spitzer Schrei.

Sofort erschien der schmächtige Mann in der Schiebetür.

»Seit wann ist der Russe nicht mehr hier gewesen?«

Adolf sah die Frau mit staunendem Blick an.

»Nun sag schon. Die wissen, dass da oben andere übernachtet haben.«

»Das ist schon ein paar Tage her«, druckste Adolf herum. »Genau kann ich das nicht sagen.«

Frauke zeigte das Bild des Hildesheimer Toten. »Kennen Sie den?«

Adolf nickte schüchtern. »Der war in der Woche vor Ostern ein paar Tage hier.«

»Haben Sie mit ihm gesprochen? Wie hieß er?«

»Der hat nie einen Ton gesagt. Verstand auch kein Deutsch.«

»Hat er Russisch gesprochen?«

»Nein. Ein anderes Kauderwelsch. Waren viele ›Us‹ dabei.«

Das wäre typisch für Rumänisch, schloss Frauke aus der Erklärung.

»Seit wann ist der Fremde nicht mehr gekommen?«

»Das weiß ich genau. Das war Mittwoch vor Ostern. Da hat ihn Testemitanu abgeholt. Allerdings ohne Gepäck. Hab mich noch gewundert.«

»Wie wurde er abgeholt?«

»Mit einem schwarzen Geländewagen. Wo hatte der die Kiste her?«

»Welche Marke?«

»Da kenn ich mich nicht aus.«

»Haben vor diesem Mann«, dabei tippte Frauke auf das Bild, »noch andere in dem Loch da oben übernachtet?«

»Loch?«, empörte sich Krimhild Wallmeister.

»Ja.« Es kam so leise, dass Frauke es kaum verstehen konnte.

»Lauter!«, forderte sie Adolf auf.

»Da kamen immer mal andere. Die blieben aber immer nur ein oder zwei Tage. Einmal habe ich mich gewundert. Da war ein Penner da oben. Den kannte ich. Ich habe ihn gelegentlich mit anderen Obdachlosen am Bahnhof gesehen.«

»Wurde der auch mit dem Auto abgeholt?«

»Natürlich. Immer.«

»Mensch!« Frauke war laut geworden. »Sie haben sich über diese Merkwürdigkeiten nicht gewundert?«

»Ach«, wiegelte Frau Wallmeister ab. »Wenn Sie so lange Hotelier sind wie ich, dann verblüfft Sie nichts mehr.«

»Hotelier!« Frauke ließ es betont verächtlich klingen. Dann drohte sie mit dem Finger. »Sie werden noch von uns hören.«

»Da hat man ein gutes Herz und dann das …«, hörten die beiden Beamten hinter ihrem Rücken, als sie die heruntergekommene Pension verließen.

Beide atmeten tief durch, als sie wieder auf der Straße standen.

»Und nun?«, fragte Putensenf.

»Hören wir uns in der Obdachlosenszene um. Hildesheim ist nicht so groß, dass es dort anonym zugeht.«

Der Bahnhof gehörte nicht zu den städtebaulichen Glanzlichtern. Ein nüchterner Betonbau im Chic der sechziger Jahre, ein großer Busparkplatz mit lebhaftem Betrieb und triste Betonbauten rundherum ließen den Ort als reines Mittel zum Zweck erscheinen. Einzig die Jugendlichen sowie jene Menschen, für die der Tag keinen anderen Inhalt als das Warten auf sein Verstreichen hat, hielten sich hier auf. Sie hatten keinen Blick für das Mosaik im Pflaster oder die zahlreichen Fahrräder, die an allen dazu geeigneten Gegenständen angekettet waren. Die wenigen Stahlbügel reichten für die Menge nicht aus. Betonringe hatten ein paar Bäume eingefasst. Um die Pflege schien sich schon lange niemand mehr gekümmert zu haben. Klötze aus Waschbeton in unterschiedlichen Höhen dienten ebenso wie die Baumeinfassungen den Herumlungernden als Sitz- und Ablagefläche für ihre Getränkedosen.

Sie mussten eine Weile suchen, bis sie an den Stellen, die häufig Treffpunkt der Nichtsesshaften waren, fündig wurden. Automatisch hielt ihnen der am Boden sitzende Mann, der einen friedlichen Mischlingshund auf dem Schoß hielt und kraulte, mit der anderen Hand den Pappbecher hin.

»Bares gegen eine Information«, sagte Frauke.

Prompt zog er den Becher wieder zurück.

Sein Nebenmann, der sich gegen ein abgestelltes Fahrrad lehnte, drehte in aller Ruhe seine Zigarette zu Ende, leckte sie der Länge nach an und hielt Frauke die Hand mit den abgebrochenen Fingernägeln entgegen.

»Was gibt es denn?«, wollte er wissen.

»Hängt von der Güte der Auskunft ab.«

»Lass hören, Muttchen.«

Frauke zeigte die beiden Bilder.

»Nie gesehen.« Der schmuddelige Finger tatschte auf das Bild des Hildesheimer Toten. Dann rieb er den Daumen gegen den Zeigefinger, bevor er auf das Foto Testemitanus tippte. »Kostet zwanzig.«

»Fünf«, sagte Frauke.

»Pöhh.«

»Dann nicht.« Sie drehte sich um. Im selben Moment zupfte er sie am Ärmel.

»Zehn.«

Frauke fingerte das Portemonnaie aus der vorderen Seitentasche ihrer Jeans, öffnete es und hielt es dabei so, dass ihrem Gegenüber der Blick ins Innere verborgen blieb. Sie zog einen Zehn-Euro-Schein hervor.

Der Obdachlose griff danach, aber Frauke war schneller. »Erst die Info.«

Der Mann fuhr sich mit der Zunge über die spröden Lippen. »Der kommt manchmal vorbei. Ist 'n Russe. Oder so. Die sind von der DDR jetzt hier rübergekommen. Schmeißt 'ne Runde Kippen.«

»Und was will er?«

Der Obdachlose griff sich an die Kehle. »Verflixt. Ich kann plötzlich nicht mehr reden. Ist so trocken hier. Da versagt mir glatt die Stimme.«

»Dann besorgen Sie sich eine Halspastille, und ich komme heute Nachmittag wieder. Vielleicht.« Frauke ließ den Geldschein ganz langsam in ihrer Hosentasche verschwinden.

»Nun wart doch. Warum so hektisch, Mann?«

»Ich habe keine Lust auf eine langatmige Stehparty.«

»Hast du 'ne Ahnung. Wir hocken hier den ganzen Tag. Und morgen. Und übermorgen. Immer wieder.«

»Was hat der Russe hier gewollt?«

Der Mann kam näher. Frauke roch seine unangenehmen Ausdünstungen. Dennoch wich sie nicht zurück.

»Ich glaube, der war schwul.« Dagegen sprachen Testemitanus Verabredungen mit Semia, überlegte Frauke.

»Wie kommen Sie darauf?«

»Der hat sich an Blondie-Atze herangemacht.«

»Wer ist das?«

»So'n Spinner. Ist auch auf Platte. Hat davon gefaselt, dass er mal ganz normal im Büro gehockt hat. Mit Reihenhaus und so. Hatte 'ne wuchtige blonde Frau. War wohl 'n Klasseweib. Das ham aber auch andere gesehen. Und als die mit einem anderen Typen durchgebrannt ist, ist Atze unter die Räder gekommen. Scheidung. Haus weg. Job weg. Eben alles scheiße. Wenn das man wahr ist. Hier hörst du so viele Geschichten.« Er ließ den Arm kreisen. »Demnach waren das alles Professoren und Direktoren.« Er schlug sich gegen die Brust. »War bei mir anders. Hatte nie Bock. Nicht auf die Schule. Nicht auf die Arbeit. So bin ich hier. Atze hatte dann wohl doch Glück. Der Russe, also der von deinem Bild, hat ihm wohl 'nen Floh ins Ohr gepinkelt. Atze hat rumgelallt, dass ihm der Iwan 'nen kleinen Job verschaffen wollte. Fünf Riesen sollte er kriegen. Auf die Kralle.«

»Fünfhundert Euro?«, fragte Frauke nach.

»Tütterkram.« Der Mann hielt seine fünf Finger in die Luft. »Fünftausend. Außerdem sollte er ein paar schöne Tage verbringen. Mit weißen Bettlaken, Badewanne, gutem Essen. Wenn du mich fragst, war daran was oberfaul. Der schwule Russe sah nicht so aus, als hätte er was an den Hacken.« Erneut rieb der Mann Daumen und Zeigefinger gegeneinander.

»Was hat Atze dazu gesagt?«

»Nix. Der wollte das machen. So viel Kohle … der wäre doch blöd gewesen, wenn er das nicht gegriffen hätte. Ich wollte ja 'n bisschen mehr wissen. Aber der Hund hat geschwiegen. Hatte wohl Schiss, dass ihm einer den Job wegschnappt.«

»Wo finden wir Atze jetzt?«

»Der ist wohl mit dem Kies auf und davon. In der letzten Woche … Nee. Wart mal. War wohl schon früher. Plötzlich ist er weg. Ist einfach weg. Ohne was zu sagen. Das glaubst du nicht. Dabei hätte die Arschgeige doch 'ne Runde für seine alten Kumpels springen lassen können.«

Frauke reichte ihm den Zehner.

»Die Auskunft war aber mehr wert.«

»Deal ist Deal.«

»Na gut. Dann sag ich auch nicht, dass vor Atze noch ein anderer Kumpel genauso viel Glück hatte. Der … äh.« Er stieß den am Boden Sitzenden mit dem Fuß an. »Sag mal. Wie hieß der noch gleich, der mit der schiefen Nase?«

»Lass mich zufrieden.«

»Also. Der war noch nicht lange hier. Kam aus Bremen. Wollte nach Bayern. Hat gehört, dass da Milch und Honig fließen. Weil – die sind doch alle katholisch. Da kriegst du bei jedem Landpfarrer was auf die Kralle. Hat er gesagt.«

Frauke gab dem Mann weitere fünf Euro.

»Eh. Das ist aber nicht dicke.«

»Das ist ausreichend für eine geschundene Leber.« Sie zeigte auf den Leib des Mannes. Dann gab sie Putensenf das Zeichen zum Aufbruch.

»Ach, fick dich«, rief ihr der Obdachlose hinterher.

Auf der Rückfahrt diskutierte sie mit Putensenf noch einmal das Ergebnis der Hildesheimer Erkundigungen.

»Wohin sind die Obdachlosen verschwunden?«, fragte sie. »Und warum? Hat Testemitanu die Männer wirklich für die Schwulenszene rekrutiert? Das ist kaum zu glauben. Die waren alle ungepflegt.«

»Und wenn es sich um eine besondere Szene handelt?«, gab Putensenf zu bedenken. »Wenn dort abnorme Spiele getrieben werden? Masochisten, die zu Grenzüberschreitungen neigen? Das könnte auch ein Indiz für die Verletzungen sein, die man Testemitanu zugefügt hat. Das deutet auch auf eine aus dem Ruder gelaufene Perversität hin.«

Putensenf hatte recht. Dieser Ansatz war nicht zu leugnen.

»Und den Hildesheimer Toten hat man ausgeweidet. Mensch, Putensenf. Wann war das?«

»Ostern. Genau genommen Karfreitag.«

»Und? Hat dieser Tag im Christentum nicht eine ganz besondere Bedeutung? Christus ist am Karfreitag gedemütigt und misshandelt worden, bevor man ihn ans Kreuz schlug. Das war eine äußerst brutale Vorgehensweise.«

»Wie in unseren Fällen«, stimmte Putensenf zu. »Ob da ein paar Psychopathen unterwegs sind?«

»Ich möchte nichts mehr ausschließen«, erwiderte Frauke. Den Rest der Fahrt verbrachten sie schweigend. Jeder hing seinen eigenen Gedanken nach.


Im Landeskriminalamt rief Frauke alle Teammitglieder in den Besprechungsraum. Niemand widersprach, nachdem sie die Ergebnisse der Exkursion nach Hildesheim vorgetragen und die mit Putensenf auf der Rückfahrt entwickelten Ideen vorgestellt hatte.

»Gibt es hier etwas Neues?«, fragte sie.

Madsack meldete sich. »Das KTI hat bestätigt, dass die biometrischen Angaben auf dem elektronischen Aufenthaltstitel, also die Fingerabdrücke, mit denen des Toten aus Hannover übereinstimmen. Wir sind zwar davon ausgegangen, dass es sich um Serghei Testemitanu gehandelt hat, aber nun haben wir Gewissheit. Das trifft auch auf die Vergleichsspuren in der Wohnung über den Garagen zu.«

»Aus Hildesheim müssen wir noch die Ergebnisse abwarten, aber die Zeugenaussagen sind meines Erachtens eindeutig. Wir wissen also schon einiges über den Toten. Aber warum hat er die Obdachlosen angesprochen und verschleppt? Wem gehört der schwarze Range Rover?«

Madsack hob den Zeigefinger wie ein Pennäler, der sein Wissen kundtun will. Als ihn alle ansahen, fuhr er fort: »Wir haben keinerlei Hinweise auf das Kennzeichen.«

»Mensch, Nathan. Ein Range Rover ist kein Golf«, unterbrach ihn Putensenf.

Der füllige Hauptkommissar sah Putensenf irritiert an. »Wir kennen nicht einmal den genauen Typ. Hast du eine Ahnung. Rund neuntausend Range Rover laufen in Deutschland.«

»Na und? Das ist nicht viel bei über einundfünfzig Millionen zugelassenen Fahrzeugen. Und diese Marke dürfte eher rund um den Starnberger See oder im Taunus auf den Straßen zu finden sein als in Hannover-Linden.«

»Allein in Niedersachsen bleiben rund fünfhundert Range Rover, fast alle sind schwarz.«

»Und wenn wir uns auf die Stadt Hannover, den Landkreis Hannover, Hildesheim und die angrenzenden Kreise beschränken?«, mischte sich Frauke ein.

»Immer noch genug.«

»Sie bleiben am Ball, Madsack. Sind in der letzten Zeit welche gestohlen worden?«

»Das sind begehrte Allrad-Offroader«, erklärte der Hauptkommissar. »Natürlich habe ich auch das geprüft. Drei Stück stehen auf der Liste. Einer wurde am Grenzübergang Pomellen gesehen, konnte aber nicht mehr angehalten werden.«

»Der Autodiebstahl via Polen«, kommentierte Putensenf.

»Ein weiterer wurde offenbar von Jugendlichen für eine Spritztour entwendet. Die haben den Wagen in der Nacht zu Ostersonnabend auf einer Landstraße östlich von Bad Pyrmont zerlegt. Der Fahrer liegt immer noch schwerverletzt auf der Intensivstation. Und der dritte ist zitronengelb.«

»Gut und schlecht gleichzeitig«, sagte Frauke. »Entweder gehört das Fahrzeug jemandem, der es für spezielle Zwecke an Testemitanu ausgeliehen hat, oder der Wagen ist in einem anderen Bundesland zugelassen. Das wäre schlecht.«

»Und warum wäre der erste Fall gut?«, wollte Putensenf wissen.

»Wenn wir den Halter haben, könnten wir ihn fragen, was Testemitanu mit dem Fahrzeug gemacht hat. Ich glaube nicht, dass unser Mordopfer einen Bekanntenkreis hatte, in dem er sich einen Range Rover für private Zwecke ausborgen konnte.«

»Ah.« Putensenf überkam ein Strahlen, als wäre es sein Gedanke gewesen. »Dann steckt der Halter hinter diesen mysteriösen Vorgängen.«

»Das könnte sein.«

»Aber warum ist er unvorsichtig und leiht Testemitanu so ein auffälliges Fahrzeug? Haben wir es hier mit einem blöden Verbrecher zu tun?«, zeigte sich Putensenf skeptisch.

»Jeder Gesetzesbrecher ist ›blöde‹«, belehrte ihn Frauke. »Sonst würde er sich nicht aufs Glatteis begeben.«

»Es gibt weitere Neuigkeiten.« Madsack schien froh, dass die Diskussion um den Range Rover abgeschlossen war. »Die Göttinger Rechtsmedizin hat das vorläufige Ergebnis der toxikologischen Untersuchung veröffentlicht.«

»Und? Machen Sie ein bisschen schneller«, sagte Frauke, der alles zu langsam vorankam.

»Das Opfer wurde über einen Venenzugang, die Mediziner sprechen häufig von einer Braunüle, nach einem bestimmten Hersteller, betäubt. Man hat Trapanal, Morphin, Halothan und eine Überdosis Kalium gefunden.«

»Das hört sich professionell an«, sagte Frauke.

»Na ja. Der Gärtner war wohl nicht der Mörder«, ergänzte Putensenf.

»Beim Stichwort ›Gärtner‹ fällt mir der Trecker ein, den wir auf dem Bild in der Hildesheimer Pension gesehen haben. Putensenf. Das ist eine Aufgabe für Sie, dieser Spur zu folgen«, sagte Frauke.

»Soll ich ebenfalls die Liste der angemeldeten Fahrzeuge durchforsten, so wie Nathan, und alle Trecker heraussuchen?« Es war herauszuhören, dass Putensenfs Einwand nicht ernst gemeint war.

Von ihrem Büro aus wählte Frauke die Rechtsmedizin in der Medizinischen Hochschule Hannover an. Dr. Neugebauer war im Augenblick jedoch nicht zu sprechen. Er meldete sich eine halbe Stunde später.

»Liegt Ihnen schon das toxikologische Ergebnis vor?«, wollte Frauke wissen.

»Haben Sie den Bericht nicht verstanden?« Der Arzt stieß einen Stoßseufzer aus.

»Welchen Bericht?«

»Meinen Bericht. Es gibt allerdings dem Ergebnis des Labors nicht viel hinzuzufügen.«

»Ich habe keinen Bericht erhalten.«

»Bürokraten«, schimpfte Dr. Neugebauer. »Muss ich jetzt alles noch einmal erzählen, was ich dem Büdinger schon auseinandergesetzt habe?«

Frauke war verärgert. Warum zeigte sich der Hauptkommissar so unkollegial und unterließ es, Frauke und ihr Team über neue Ergebnisse zu informieren? Sie wollte die polizeiinterne Auseinandersetzung aber nicht vor dem Rechtsmediziner ausbreiten.

»Können Sie mich bitte noch einmal in Kurzform informieren?«

»Da ist nicht viel. Eigentlich nichts.«

»Wurden Narkotika nachgewiesen?«

»Das ist es eben. Nein.«

Frauke war überrascht.

»Sie wollen doch nicht behaupten, dass …«

Es entstand eine Pause.

»Doch«, sagte der Arzt schließlich leise.

Frauke glaubte, schon viel gesehen zu haben, zuerst in Flensburg als Leiterin des im Volksmund »Mordkommission« genannten Kommissariats, aber auch während ihrer Zeit in Hannover. Jetzt schüttelte sie sich. Man hatte Testemitanu bei vollem Bewusstsein so zugerichtet. Der Mann musste unbeschreibliche Qualen durchlitten haben. Auch wenn jemand abgrundtiefen Hass gegen ihn gehabt hätte, war es nahezu unvorstellbar. Reichte ein verletztes Ehrgefühl, wie es Semias Exmann proklamiert hatte, für eine solche Tat aus?

»Wir können den Angehörigen des Opfers nicht ruhigen Gewissens versichern, dass er nicht hat leiden müssen«, sagte sie.

»Nein. Das können Sie nicht.« Auch Dr. Neugebauer hatte die Stimme gesenkt.

Nachdem sie aufgelegt hatte, saß Frauke noch eine Weile regungslos an ihrem Schreibtisch. Vor ihr lief ein Film ab. Die Figuren blieben im Halbdunkel. Gesichter waren nicht zu erkennen. Mehrere kräftige Männerarme drückten Testemitanu nieder, während ein Unmensch das Messer …

Bei ihrem Besuch in der Pathologie hatte Dr. Neugebauer sie darauf aufmerksam gemacht, dass Testemitanu an den Oberarmen und an den Beinen blaue Flecken aufwies. Bei der Bluttat waren also noch mehr Menschen – Menschen? – anwesend gewesen.

Was waren das für *Menschen*?, überlegte Frauke. Wer so etwas sah, dem konnten die Bilder doch nicht wieder aus dem Kopf weichen. Die Helfer mussten traumatisiert sein. Auch das war ein möglicher Ansatzpunkt für eine Spur. Aber wie griff man das auf? Die Zeugen würden sich kaum freiwillig melden.

Bisher gab es nur einen einzigen Anhaltspunkt. Frauke gab sich einen Ruck und stand auf.

Sie musste mit Semias Vater sprechen.

Die Konerdingstraße war eine schmale Wohnstraße in Bemerode. Dort reihten sich Einfamilienhäuser aneinander. Auf den ersten Blick war ersichtlich, dass hier ein ruhiges und friedliches Miteinander herrschte. Das weiß geputzte Haus der Familie Birkan unterschied sich in nichts von seinen Nachbarn. Der Garten war gepflegt, die Büsche beschnitten. Frauke hätte das Haus auch ohne Adressangabe gefunden. Auf dem schmalen Bürgersteig vor dem Grundstück parkte der Mercedes Vito mit der Aufschrift »Türkische Spezialitäten Bülent Birkan«.

Frau Birkan öffnete und reagierte reserviert, als Frauke sich als Polizeibeamtin vorstellte und um ein Gespräch bat.

»Kleinen Augenblick«, sagte die Frau und schloss wieder die Tür.

Wenig später öffnete sie erneut und bat Frauke ins Haus. Der

Ehemann saß im Wohnzimmer, das den Blick in einen zugewachsenen Garten eröffnete. Er sah Frauke entgegen, stand auf und lachte, als ihr Blick auf das Glas Bier fiel, das vor ihm stand.

»Feierabend.« Dann bot er ihr einen Sitzplatz an. Der Raum war eine multikulturelle Mischung zwischen Gelsenkirchener Barock und türkischer Kultur.

»Es geht um Ihre Tochter.«

»Semia?« Die Mutter zeigte sich erschrocken. »Was hat die mit der Polizei zu tun?«

Frauke beruhigte das Ehepaar Birkan. »In Verbindung mit einer Straftat tauchte ein Hinweis auf Semia auf —«

»Unmöglich«, fuhr Bülent Birkan dazwischen. »Semia würde sich nie etwas zuschulden kommen lassen. Das muss ein Irrtum sein.«

»Es besteht keinerlei Verdacht gegen Ihre Tochter. Wäre das der Fall, würde ich mit ihr selbst sprechen. Ich möchte mich nur vergewissern, ob sie nicht womöglich einer Gefahr ausgesetzt ist. Unsere Überlegungen beruhen auf einer Notiz, die wir in der Tasche eines Mordopfers gefunden haben. Darauf war eine Verabredung mit Semia niedergeschrieben.«

»Oh.« Frau Birkan hielt sich die Hand vor den Mund.

Frauke hatte das ungute Gefühl, dass sie Semias Vertrauen missbrauchte, wenn sie von ihrem Rendezvous erzählte. Die junge Frau war volljährig, aber hier galten offenbar andere Gesetzmäßigkeiten.

»Hm.« Bülent Birkan fuhr sich mit dem Finger durch den dichten schwarzen Schnurrbart, der seine Oberlippe zierte. »Geht es um den Mann, der immer in der Markthalle um unseren Stand herumgeschlichen ist und Semia schöne Augen gemacht hat?«

Jetzt war Frauke verblüfft.

Der Vater zog mit dem Zeigefinger das Augenlid herab. »Warum glauben die Kinder immer, die Eltern sind blind? Natürlich ist uns das aufgefallen. Meine Tochter ist schließlich nicht hässlich.« Stolz schwang in seiner Stimme mit. »In Deutschland wird jede dritte Ehe geschieden. Ich hätte es gern gesehen, wenn die meiner Tochter nicht darunter gefallen wäre. Aber so ist es besser, als sich ein Leben lang mit dem falschen Mann herumzuquälen. Und eine

Scheidung bedeutet doch nicht, dass das Leben aufhört. Warum sollte Semia nicht flirten?«

Das hatte Frauke nicht erwartet. Bülent Birkan schien es bemerkt zu haben. Er zeigte auf sein Bierglas.

»Ich trinke gern ein Glas Bier zum Feierabend. Weder meine Frau noch meine Tochter tragen ein Kopftuch. Das sind Vorurteile. Trotzdem gehe ich in die Moschee und bin ein gläubiger Moslem. Aber wir leben hier – in Hannover. Semia ist hier geboren. Also – wo ist das Problem?«

»Gab es Drohungen nach der Scheidung? Semias Exmann sprach von Ehrverletzung.«

Birkan winkte ab. »Hakan Kalpakçıoğlu ist ein Dummkopf. Natürlich war er verletzt, als Semia sich nicht länger so von ihm behandeln ließ. Das kränkt einen Mann, wenn sich die Frau von ihm abwendet. Nun sagen Sie nicht, das wäre nur bei uns Türken so.«

»Das ist unabhängig von der Herkunft«, stimmte Frauke zu. Sie wusste aus langjähriger Erfahrung, dass verschmähte Liebe nicht selten das Motiv für eine Gewalttat war.

»Hakan hat nicht viel in der Birne.« Um seine Worte zu unterstreichen, schlug sich Birkan gegen den Kopf. »Sein Mund ist wie ein geplatztes Abflussrohr. Da tröpfelt nur Scheiße heraus. Aber ernst nehmen … das müssen Sie es nicht.«

»Wir sind uns nicht sicher«, meinte Frauke skeptisch.

»Aber ich. Hakan weiß, dass es ihm nicht gut ergehen würde, wenn er sich im Ton oder sonst wie an Semia vergreifen würde.«

»Sie sehen keine Gefahr?«

»Absolut nicht«, bestätigte Birkan und demonstrierte Gelassenheit. »Semia ist unser einziges Kind.«

»Ein Wunschkind«, flocht die Mutter ein.

»Mein ganzer Stolz. Wissen Sie, das ist alles Quatsch, was man so sagt. Ich meine, dass nur ein Junge zählt. Hätte ein Knabe so schön sein können wie Semia?«

»Sie sind sich absolut sicher?«

»Glauben Sie mir: Der Goldschatz des Padischahs wird nicht so gut gehütet wie meine Tochter.«

Frauke widersprach ihm nicht, obwohl es Semia »ganz bürgerlich« gelungen war, ihre zarte Romanze mit Testemitanu vor ihren Eltern zu verbergen. Na ja. Nicht ganz.

Beruhigt fuhr sie weiter in die Bethlehemstraße, die unweit der Wohnung Hakan Kalpakçıoğlus lag. Die Sackgasse konnte nur von der Kirche aus, die der Straße ihren Namen gab, befahren werden. Wäre nicht die Baumreihe auf der linken Straßenseite gewesen, hätten die alten Häuser, bei denen etwas mehr Pflege Wunder gewirkt hätte, einen trostlosen Eindruck vermittelt. An die Häuserfront waren Müllboxen angebracht. Um eine hatte sich eine Gruppe Jugendlicher versammelt. Sie waren lautstark in ein fröhliches Palaver verwickelt.

Frauke hatte Glück und fand fast vor der Haustür eine Parklücke. Sie warf einen Blick auf die Fassade des ehemals schmucken Gebäudes. Der Putz mit den Zierelementen war in der Mitte durch einen Ziegelvorbau verschönert worden. Die Rundbögen der Fenster bildeten einen scharfen Kontrast zu den nur auf Zweckmäßigkeit ausgerichteten Kunststofffenstern. Irgendjemand hatte sich die drei Schritte bis zur Müllbox gespart und mehrere Plastiktüten mit Abfällen gegen die Hauswand gelehnt.

Während es in der Natur der Hunde lag, ihre Duftmarke an Bäumen, Laternenpfählen und Hauswänden abzusetzen, nutzten menschliche Schmierfinken die Fassaden für ihre *Tags*. Davon war auch die Bethlehemstraße nicht verschont geblieben. Ob die Familie um die biblische Bedeutung des Namens wusste?

Basri Küçü öffnete selbst. Mit finsterem Blick musterte er Frauke. Nachdem sie sich vorgestellt und erwähnt hatte, sie sei von der Polizei, warf der Mann einen Blick an ihr vorbei ins Treppenhaus.

»Und?«

»Was, und?«, fragte Frauke.

»Wo sind die richtigen Polizisten, ich meine, die Männer?«

»*Ich* bin die richtige Polizei. Und wenn Ihnen das nicht passt, lasse ich gleich eine ganze Abteilung weiblicher Polizistinnen antreten, um allen Nachbarn in der Straße zu zeigen, dass bei uns die Gleichberechtigung zwischen Mann und Frau herrscht. Kapiert?«

Er sah sie böse an. »Spricht man so mit einem Mann?«

»Ja! Was ist nun? Wollen wir das Palaver hier im Treppenhaus abhalten?« Frauke war lauter geworden. »Ich habe kein Problem damit, vor aller Ohren über Ihren Sohn und seine Straftaten zu sprechen.«

»Sind Sie verrückt geworden?«

»Geworden?« Frauke lachte schrill.

Ihr war bewusst, dass sie ihn provozierte. Es war vielleicht nicht der klügste Weg, aber dieses Machogehabe ödete sie an. Jetzt war ihr auch klar, wo der Sohn sein Verhalten abgeguckt hatte.

»Hat Ihr Sohn schon mehr Straftaten begangen? Nach meiner Information ist er ein Wiederholungstäter.« Jeder in diesem Mehrfamilienhaus musste es gehört haben.

»Kommen Sie rein.«

Sie betrat die Wohnung, in der exotische Gerüche waberten.

Basri Küçü führte sie ins Wohnzimmer und verjagte mit harschen Worten einen Zwölfjährigen, der vor dem großen Fernseher hockte und gebannt einen Film auf einem der »bildungsfernen Kanäle« verfolgte.

»Ich will mit Ihrem Sohn sprechen.«

»Warum? Ich bin der Vater. Reden Sie mit mir.«

»Nein!«

»Burhan ist nicht da.«

»Dann warte ich.«

»Das geht nicht.«

»Doch!«

Sie zog aus ihrer Handtasche das Smartphone hervor und begann, ihren Nachrichteneingang zu prüfen.

Küçü sah eine Weile schweigend zu. »Was soll das?«, fragte er schließlich.

»Ich nutze die Wartezeit sinnvoll.«

Es klang gleichgültig. Im Stillen dachte sie dabei an den Husumer Oberkommissar Große Jäger. Dies war seine Methode.

Küçü hielt es noch zehn Minuten aus. Frauke zuckte zusammen, als er plötzlich etwas in seiner Muttersprache losbrüllte. Nur einen Wimpernschlag später betrat Burhan Küçü das Zimmer. Der junge Mann senkte den Blick und vermied es, Frauke anzusehen. Der Arm war eingegipst. Er trug ihn in einer Schlinge.

Schlimmer sah das Gesicht aus. Es war mit blauen und roten Flecken übersät. Ein Auge war geschwollen, die Augenbraue aufgeplatzt.

Das waren nicht die Folgen von Schwarczers Vorgehensweise. Frauke warf dem Vater einen Blick zu. In dessen Erwiderung war der Trotz erkennbar. Der Senior hatte den Sohn nach seinen Regeln bestraft.

»Wir brauchen Sie nicht«, sagte der Vater. »Das machen wir unter uns aus.«

»Aber nicht auf diese Weise. Deutschland ist ein Rechtsstaat. Hier gelten Regeln und Gesetze. Und danach haben sich alle zu richten. Auch Sie.«

»Wir haben auch unsere Regeln. Das geht Sie gar nichts an.«

Frauke wandte sich an den jungen Mann. »Das war saublöd gestern. Es wird Folgen haben, zumal Sie vorbestraft sind und Bewährung haben. Ich fürchte, Sie werden nicht ohne eine Haftstrafe davonkommen.«

»Scheißtussi.«

»Solche hohlen Sprüche machen die Sache nicht besser. Ist ganz schön dumm, für einen anderen den Kopf hinzuhalten. Wer hat euch beauftragt, auf das Mädchen achtzugeben?«

»Niemand.«

»Hat Hakan euch beauftragt? Hat er gesagt, ihr sollt jeden aufmischen, der sich der jungen Frau nähert?«

»Das war doch widerwärtig, wie der alte geile Bock die Frau aufreißen wollte.«

Frauke kamen Zweifel. Woher hätte Hakan Kalpakçıoğlu von der Verabredung »unterm Schwanz« wissen können? Und wenn er Testemitanu aus Eifersucht oder Ehrverletzung bestialisch ermordet haben sollte, erübrigte sich die Überwachung von Semia, da Testemitanu nicht mehr zum Rendezvous hätte erscheinen können.

»Mein Kollege hat sich in keiner Weise auffällig der jungen Frau genähert.«

»Dem ist die Geilheit doch aus dem Gesicht gesprungen.« Burhan Küçü spreizte Zeige- und Mittelfinger und führte sie an sein linkes Auge.

»Was hat Hakan euch gezahlt? Viel zu wenig für das, was Sie als Konsequenz aus dem tätlichen Angriff jetzt ausbaden müssen.«

»Mensch, Alte. Schnallst du das nicht? Wir haben da nur gechillt. Wenn der alte Sack —«

»Jetzt reicht es«, schrie Frauke ihn an. »Wir unterhalten uns hier vernünftig. Ist das klar? Oder sind Sie einer ordentlichen Ausdrucksweise nicht mächtig?«

»Ruhe!«, brüllte der Vater dazwischen. »Hier habe nur ich was zu sagen.«

»Irrtum«, entgegnete Frauke. »Jetzt rede *ich*.« Sie wandte sich wieder dem jungen Mann zu. »Was ist nun mit Hakan?«

»Ich kenn nur einen Hakan. Das ist der kleine Bruder von Cem. Der ist vierzehn.« Es klang ein wenig kleinlauter.

»Und wer hat euch beauftragt, unterm Schwanz Terz zu machen?«

»Wir haben da nur abgehangen. Wir sind nicht schuld.«

»Und wenn man ganz harmlos auf dem Bahnhofsvorplatz steht, trägt man verbotene Waffen wie ein feststehendes Messer und einen Totschläger mit sich herum. Ganz zufällig, was?« Es klang höhnisch.

»Das geht doch nicht anders. Die Scheißdeutschen —«

»Vorsicht!« Frauke drohte mit dem Zeigefinger.

»Die Skins. Die machen doch Jagd auf uns Türken. Da müssen wir uns doch wehren. Und dann kommen auch noch die Bullen und machen Hatz auf die Ausländer.«

»Das war andersherum. Und wenn es ausländerfeindliche Übergriffe gibt, solltet ihr zur Polizei gehen.«

»Das regeln wir selbst.«

»Aber nicht hier in Deutschland. Basta.« Sie zeigte auf Burhan Küçü. »Sie hören von uns. Bestimmt.« Dann wies sie auf den Vater. »Und Sie auch. Bestrafung erfolgt bei uns ausschließlich durch die Justiz.«

Als sie ging, zischte ihr der junge Mann zu, als sie ihn passierte: »Ich weiß, wo du wohnst.«

Frauke tippte ungerührt auf seinen gesunden Arm. »Und mein Kollege kennt deine Adresse. Wen willst du mit zwei gebrochenen Armen erschrecken?«

Den Flüchen in fremder Sprache, die sie verfolgten, schenkte sie keine Beachtung mehr.

Frauke fuhr nach Hause. Nach Hause? Wie selbstverständlich schien es ihr mittlerweile, Georgs Villa in Isernhagen anzusteuern. Ebenso freute sie sich über seine Begrüßung. Er kam ihr aus der Küche entgegen, hielt die Hände in die Höhe und gab ihr einen Kuss.

»Was kochst du Schönes?«, fragte sie und zupfte an der Schürze, die er umgebunden hatte.

»Betriebsgeheimnis.«

Frauke schnupperte in der Luft. Ein zarter Knoblauchhauch drang aus der Küche.

»Das riecht heftig.«

Georg lachte. »Purer Eigennutz. Dann kommt dir morgen kein anderer Mann zu nahe.«

Sie ging ins Obergeschoss, duschte und zog sich um. Als sie später ins Esszimmer kam, hatte Georg eingedeckt. Es erschien ihr immer noch wie ein Traum. First class war gar nichts gegen diese Welt.

Georg tauchte aus der Küche auf.

»Heiß«, sagte er und stellte die Schüssel ab.

Sie beobachtete ihn dabei, wie er mit seinen gepflegten schlanken Chirurgenhänden die Teller füllte. Professor Dr. med. Georg von Benckendorff war trotz seiner über sechzig Jahre immer noch eine ebenso attraktive wie elegante Erscheinung. Die kurzen grau-weißen Haare, die dunkelbraunen Augen, der schmale Mund und das kantige Kinn passten hervorragend zu der gesunden Gesichtsfarbe. Lachfalten hatten neben den Augen ihre Furchen ins Antlitz gegraben. Wangen, Oberlippe und Halsansatz waren von einem gepflegten Dreitagebart überzogen.

Frauke genoss es, verwöhnt zu werden. Die Scampi in Tomatensoße, in der Zwiebelringe aufgelöst waren und die mit Sahne abgelöscht war, schmeckten mit dem zarten Knoblauchgeschmack ebenso gut wie der Weißwein von der Mosel.

»Langsam setzt sich der Trend vom trockenen Wein zum mehr abgerundeten wieder durch«, erklärte Georg.

Frauke brach etwas Fladenbrot ab und betrachtete nachdenklich das Stück, bevor sie es in die Soße tunkte.

»Ist etwas damit?«, fragte Georg sorgenvoll. »Habe ich frisch vom Türken besorgt.«

»Ich hatte heute mit Türken zu tun«, sagte Frauke, »mit solchen und mit solchen.«

Georg fragte nicht nach. Er wusste, dass sie nie über die laufenden Ermittlungen sprach. Deshalb sah er sie überrascht an, als sie fragte: »Wer benutzt Halothan?«

»Also«, begann Georg und dehnte das Wort. »Das ist ein Inhalationsanästhetikum. Es ist schon lange nicht mehr *state-of-the-art*, aber wirkungsvoll.«

»Es wird also nicht gespritzt?«, fragte Frauke.

»Nein. Wie der Name schon sagt, wird es als Gas oder verdampfte Flüssigkeit mittels eines Vaporizers, das ist eine Atemmaske, oder über einen Endotrachealtubus verabreicht. Damit soll das Bewusstsein ausgeschaltet und eine Schmerzhemmung erzielt werden. Außerdem werden die Reflexe unterdrückt. Halothan wurde seit Mitte der fünfziger Jahre eingesetzt, also vor deiner Zeit.« Dabei strich er ihr über den Arm. »Heute benutzt man in Europa und Amerika andere Mittel, Flurane, zum Beispiel Sevofluran.«

»Moment«, unterbrach ihn Frauke. »Du sagtest, in Amerika und Europa. Könnte das heißen, dass Halothan immer noch eingesetzt wird? In anderen Ländern?«

»Möglich«, sagte Georg. »Es ist preiswerter.«

»In Osteuropa?«

»Ja.« Georg sah sie erstaunt an. »Könnte sein, dass es abseits der städtischen Zentren noch in der Anästhesie eingesetzt wird.«

»In der Republik Moldau?«

»Moldawien?« Georg nannte noch den alten Namen. »Das gilt als Europas Armenhaus. Ich würde es nicht ausschließen.«

»Wie ist die Kombination mit Trapanal zu verstehen?«

Georg zeigte sich belustigt. »Willst du Medizin studieren?«

»Wozu habe ich einen Professor an meiner Seite?«

»Trapanal wird zur Einleitung einer Narkose gegeben, laienhaft ausgedrückt: zum Einschlafen. Es hat sich als unkompliziert bewährt, wenn der Patient nicht an Herz oder Lunge vorgeschädigt ist.«

»Es macht also Sinn, beide Mittel einzusetzen?«

»Nein. Wie gesagt – Halothan ist nicht mehr aktuell, aber Sinn macht diese Kombination.« Georg legte den Löffel zur Seite. »Bei Halothan muss man allerdings aufpassen, dass es nicht zu einer malignen Hyperthermie kommt. Das wäre fatal. Willst du mir nicht endlich sagen, weshalb du dich dafür interessierst?«

Frauke berichtete vom toxikologischen Befund der Göttinger Rechtsmediziner.

»Mit solch spannenden Themen beschäftigst du dich?« Es klang leicht spöttisch.

Frauke ging nicht darauf ein. »Und wenn dann noch Morphin hinzukommt?«

»Hallo. Das ist aber eine geballte Ladung. Das klingt nicht nach einer heißen Party, bei der man sich einen besonderen Kick verschaffen wollte. Du weißt, dass Morphin, früher sagte man ›Morphium‹, ein Alkaloid des Opiums ist. In der Medizin ist es eines der stärksten bekannten, dabei aber natürlichen Analgetika, also Schmerzmittel. Man setzt es verantwortungsvoll unter anderem bei Krebspatienten im Endstadium ein.«

»Aber Trapanal und Morphin werden intravenös zugeführt?«

»Richtig. Über einen Zugang, den man normalerweise legt.«

»Kann das jeder?« Als Georg sie fragend ansah, ergänzte Frauke: »Einen Zugang legen?«

»Das will gelernt sein. Einem Laien traue ich es nicht zu.«

»Also eine Krankenschwester oder ein Arzt.« Es klang wie eine Feststellung.

Georg nickte zur Bestätigung. »Und diese Kombination, die du aufgeführt hast ... Ich behaupte, da steckt ein Medizinmann dahinter.«

»Bist du dir sicher?«

»Ziemlich.«

»Danke«, sagte Frauke und aß weiter. Plötzlich stockte sie. »Und was ist, wenn auch noch Kalium hinzukommt? Ich meine, eine größere Menge. Etwa zweihundert Milliliter, intravenös zugeführt.«

»Willst du mich veräppeln?« Es klang irritiert.

»Wieso?«

»Ja, was soll das denn vorher? Mit Trapanal, Halothan und Morphin begleite ich eine schon etwas größere Operation. Für die Beseitigung von Hämorrhoiden würde ich das nicht einsetzen. Und dann Kalium? Absolut tödlich. Das ist Mord.«

»Eben«, sagte Frauke und war durch nichts dazu zu bewegen, Georgs weiter gehende Fragen zu beantworten.

## VIER

Putensenf hatte Fraukes Guten-Morgen-Gruß mit zusammenge-
bissenen Zähnen erwidert. Ohne aufzusehen, blätterte er weiter
im Lokalteil der Hannoverschen Allgemeinen. Zwischendurch
griff er, ohne hinzusehen, zu seinem Kaffeebecher und nahm
einen Schluck.

Frauke betrachtete den Senior der Ermittlungsgruppe. Sicher.
Der altgediente Haudegen hatte manchmal überkommene Vorstellungen – auch davon, wie Frauen zu sein hatten. Ob dabei auch
eine gewisse Verbitterung mitschwang, dass er als Dienstältester
der Einzige war, der nicht dem gehobenen Dienst angehörte, hatte
Frauke noch nicht herausgefunden.

Heute absolvierten die jungen Leute nach dem Abitur ein Studium an der Polizeiakademie Niedersachsen und wurden nach dem
Bachelor als Kommissar eingestellt. Putensenf war den steinigen
Weg gegangen. Ausbildung als Handwerker, Eintritt in den Poli-
zeidienst, Tätigkeit im Schicht- und Wechseldienst als uniformierter Beamter, und irgendwann war er zur Kripo gewechselt. Als
Hauptmeister hatte er das Ende der ihm möglichen Karriereleiter
erreicht. Trotz seiner gewöhnungsbedürftigen Ansichten hielt
Frauke den Beamten mit dem zerfurchten Gesicht, den grauen
Haaren und dem gepflegten weißen Bart, der Oberlippe und Kinn
zierte, für einen leidenschaftlichen Kriminalisten.

Nachdem auch die anderen eingetroffen waren, berichtete sie
von ihren beiden Besuchen am Vorabend und der Einschätzung
von Semias Vater, der Hakan Kalpakçıoğlu für einen »Lautsprecher«
hielt, aber nicht glaubte, dass von Semias Exmann eine Gefahr
ausging.

»Da bin ich anderer Auffassung«, widersprach Putensenf. »Das
gilt auch für den Wüstling vom Bahnhof.«

»Dem sollten durch die Justiz die Flügel gestutzt werden«,
stimmte Frauke zu. »Aber auch in diesem Fall vermute ich nur
das Gehabe eines Jugendlichen. Ich sehe keinen Zusammenhang
mit unseren beiden Mordopfern. Die Begegnung mit Semia auf

dem Bahnhofsvorplatz war Zufall.« Dann trug sie Georgs Theorie vor.

»Woher haben Sie diese Weisheit?«, fragte Madsack.

»Das würde mich auch interessieren«, hakte Putensenf nach.

»Sie können es jederzeit nachschlagen«, wich Frauke aus.

Putensenf schüttelte energisch den Kopf. »Dahinter steckt eine andere Quelle. Warum verschweigen Sie uns die?«

»Hören Sie mir nicht zu? Machen Sie sich an die Arbeit und prüfen Sie meine Erklärungen. Natürlich steht es Ihnen frei, Dr. Neugebauer in Hannover oder Dr. Fröhlich in Göttingen zu konsultieren. Aufgrund der Zusammenfassung zum toxikologischen Ergebnis liegt die Vermutung nahe, dass unter den Tätern ein Arzt ist. Einer, der überholte Kenntnisse hat oder nicht an moderne Narkosemittel herankommt. Vielleicht ist es auch ein osteuropäischer Arzt, der nicht mit dem hiesigen Stand der Medizin vertraut ist.«

»Was macht das alles für einen Sinn?« Madsack schob sich ein Vitaminbonbon in den Mund. »Der Arzt ist dem Eid des Hippokrates verpflichtet.«

»Der wird heute nicht mehr geleistet«, erklärte Frauke. »Nicht mehr in der klassischen Form. Deshalb hat er auch keine Rechtswirkung.«

»Das bedeutet aber nicht, dass ein Arzt Menschen umbringen darf«, protestierte Putensenf.

»Das Gebot der ärztlichen Ethik gilt nach wie vor. Dazu gehören die Schweigepflicht, das Verbot, sexuelle Handlungen an Patienten vorzunehmen, und im Kern die Verpflichtung, Kranken nicht zu schaden.«

»Schön wäre es, wenn sich alle daran hielten. Aber es gibt Seelsorger, die das Vertrauen von Kindern missbraucht haben, Politiker, die trotz Amtseid nicht das Wohl des Volkes gemehrt und sich nicht bemüht haben, Schaden von ihm abzuwenden, und korrupte Beamte und Polizisten«, sagte Putensenf.

»So wie wir Richter und Staatsanwälte oder Lehrer und Jugendbetreuer unter den Pädophilen finden, können wir nicht ausschließen, dass seelisch fehlgeleitete Ärzte in einer Gruppe von Psychopathen mitwirken, die sich aus was weiß ich für Motiven bestialisch an Menschen vergehen und diese regelrecht als Schlachtopfer darbieten.«

»Sie meinen …« Madsack hatte Frauke aufmerksam zugehört. Jetzt geriet er ins Stocken.

»Sie meinen«, setzte er erneut an, »dass wir es mit einer Gruppe von Psychopathen zu tun haben, die … die rituell Menschen ausnehmen, um die Organe als Opfer darzubieten?«

»Auszuschließen ist das nicht. Warum sind die Obdachlosen in Hildesheim spurlos verschwunden?« Frauke sah die Mitarbeiter ihres Teams an. Niemand widersprach ihr.

»Madsack«, schloss sie die Besprechung. »Prüfen Sie, ob sich unter den Haltern der Range Rover ein Arzt befindet. Oder jemand mit osteuropäischer Herkunft. Unser Täter muss ja nicht mehr praktizieren.«

Zehn Minuten später erschien der Hauptkommissar bei Frauke im Büro und wedelte mit einem Computerausdruck.

»Einen habe ich gefunden. Dr. Daniel van Rhynern. Der praktiziert in Sarstedt. Einen osteuropäischen Halter habe ich nicht entdecken können.«

»Sarstedt. Das liegt doch auf der Strecke zwischen Hannover und Hildesheim?«

»Genau. Aber der Mann ist HNO-Arzt.«

»Ich melde mich gleich bei Ihnen«, sagte Frauke und trug Madsack auf, die Tür zu schließen. Dann rief sie Georg an. Der zeigte sich erfreut.

»Ich habe wenig Zeit«, unterbrach sie ihn. »Du erinnerst dich an die Narkosemittel, über die wir gestern sprachen?«

»Ich bin nicht dement.«

»Könntest du dir vorstellen, dass ein HNO-Arzt damit arbeitet oder zumindest in Berührung kommt?«

Georg lachte. »Dazu fehlt mir die Phantasie. Es gibt einen abgedroschenen Scherz unter den Ärzten, dass die HNO-Kollegen es sehr einfach haben. Die müssen sich nur um fünf Löcher kümmern.«

»Und der Urologe?«, warf Frauke ein.

»Das ist etwas anderes. Das geht im wahrsten Sinne des Wortes in die Tiefe. Da hängt im Verborgenen noch einiges dran. Aber beim HN—«

»Also nicht«, unterbrach Frauke Georgs Exkursion.

»Operiert der Kollege? Ist er im Krankenhaus? Oder ist er zumindest als Belegarzt tätig? In seiner Praxis kommt er mit Sicherheit nicht mit den Mitteln in Kontakt.«

»Danke. Bis später.« Frauke legte auf, bevor Georg antworten konnte.

Dann forderte sie Madsack auf, sie nach Sarstedt zu begleiten.

»Aber ich sollte doch —«, wollte der Hauptkommissar protestieren, brach aber mitten im Satz ab.


Sarstedt, südlich der Landeshauptstadt gelegen, war eine Wohn- und Schlafstadt für Hannoveraner. Wie viele Orte im Umfeld von Metropolen fehlte auch Sarstedt ein eigenes Profil. Man nahm die »Leistungen« der benachbarten Metropole in Anspruch. Die war bequem mit der Straßenbahn zu erreichen. Und direkt an der Endhaltestelle der Straßenbahn stand ein schmuckloser Betonbau, das Ärztehaus in Sarstedt. Neben weiteren Praxen, einer Apotheke und einem Optiker im Erdgeschoss hatte hier auch Dr. Daniel van Rhynern seinen Sitz. In der Praxis des Hals-Nasen-Ohren-Arztes herrschte reger Betrieb. Helferinnen wuselten umher, im Schlepptau Patienten, die in irgendwelche Räume geschickt wurden. Im Wartezimmer harrte ein gutes Dutzend Leute auf weitere Behandlung.

Die ältere Frau am Empfangstresen zeigte sich nicht erfreut über die Bitte der Polizisten, bevorzugt mit dem Doktor sprechen zu wollen.

»Ausgerechnet heute, am Freitag. Da sind wir nur einen halben Tag hier. Sie sehen ja selbst, was hier los ist. Muss es wirklich sein? Die Patienten haben zum Teil sechs Wochen auf einen Termin beim Doktor gewartet. Und dann – das.«

Frauke trug ihr Bedauern vor, versicherte aber, dass es dringend sei. Es gehe um das Auto des Arztes.

»Den Porsche?«

»Nein, den Range Rover.«

»Ach der. Mit dem ist doch Frau van Rhynern unterwegs.«

Plötzlich stutzte sie. »Sagen Sie, ist was passiert? Mit der Frau vom Chef?«

»Wir können nur mit Dr. van Rhynern persönlich sprechen«, nahm Frauke die Vorlage auf.

»Ja. Sicher, natürlich. Nehmen Sie einen Moment im Warte-zimmer Platz. Ach. Halt. Lieber nicht. Hier vorne. Das ist besser.« Sie zeigte auf zwei Stühle, die im Flur standen.

Frauke blieb stehen, während Madsack sich wie ein Mehlsack auf eines der Sitzmöbel fallen ließ.

Ich muss ihm irgendwann erklären, dass er etwas für die Gesund-heit tun muss, dachte Frauke. Das Übergewicht, der Bewegungs-mangel, das unkontrollierte Hineinstopfen von Süßigkeiten … Das konnte nicht ohne Folgen bleiben. Dem Hauptkommissar drohten ernsthafte gesundheitliche Beeinträchtigungen, abgesehen davon, dass seine Einsatzfähigkeit darunter litt. Ihre Überlegungen wurden durch ein schmächtiges junges Mädchen unterbrochen, das sie in ein Behandlungszimmer bat.

»Arztpraxen sind mittlerweile auch Hightech-Zentren«, stellte Madsack fest und betrachtete neugierig die Gerätschaften und Anlagen.

Sie mussten noch ein paar Minuten warten, bis sich eine Zwi-schentür öffnete und ein dynamisch wirkender Mittdreißiger eintrat. Der Arzt trug eine weiße Jeans und ein kurzärmeliges weißes Poloshirt. Die behaarten Arme waren ebenso gebräunt wie das kantige Gesicht. Die etwas längeren braunen Haare verdeckten die Ohren.

Er gab erst Frauke, dann Madsack die Hand. Es war ein ange-nehmer, fester Händedruck.

»Was haben wir denn auf dem Herzen?«, fragte er geschäftsmä-ßig, sah die beiden Polizisten an und schien sich intern entschieden zu haben, dass Madsack der Patient sei.

»Wir sind von der Polizei«, erklärte Frauke.

»Ach, Sie sind das.«

»Sie haben einen schwarzen Range Rover?«

»Ja? Ist was mit dem?«

»Wo ist Ihr Auto?«

»In Vera Playa. Das ist in Südspanien an der Mittelmeerküste.«

Als er die fragenden Blicke der Beamten bemerkte, nickte er besonnen und ergänzte: »Meine Frau macht da Urlaub. Wir haben dort ein Haus.«

»Und da ist Ihre Frau mit dem Auto hin? Ganz bis in den Süden Spaniens?«, fragte Madsack erstaunt.

Der Arzt zuckte mit den Schultern. »Warum nicht?«

»Allein? Oder haben Sie Kinder?«

Dr. van Rhynern lachte amüsiert. »Kinder?« Dann sah er auf die Armbanduhr. »Ich möchte Ihnen gern behilflich sein, aber meine Zeit ist knapp bemessen. Können Sie mir bitte erklären, was Sie zu mir führt?«

»Wir kontrollieren die Halter von schwarzen Range Rovern.«

»Ist es nicht einfacher, Sie nennen das Kennzeichen, und dann wissen Sie, dass es nicht mein Wagen sein kann?«

»Nicht jeder Zeuge merkt sich das komplette Kennzeichen.« Frauke hatte mit Bedacht eine vage Formulierung gewählt, die offenließ, ob den Ermittlern ein Teil des Nummernschildes bekannt war. Erstaunt registrierte sie, wie Dr. van Rhynerns Augenlid unmerklich zuckte.

»Wann soll der Unfall denn gewesen sein?«, fragte der Arzt.

»Es geht nicht um einen Unfall, sondern um Mord.«

»Mord?« Dr. van Rhynern schluckte heftig. »Und darin soll meine Frau verwickelt sein?«

»Seit wann ist Ihre Frau in Spanien?«, wollte Frauke wissen.

»Wir haben jetzt die Woche nach Ostern?«, überlegte er laut. »Dann ist sie zweieinhalb Wochen weg. In der Woche vor Ostern, am Donnerstag, ist sie gefahren.«

»Ist Ihre Frau telefonisch erreichbar?«

»Über ihr Handy. Aber in unserer Ferienwohnung ist oft kein Empfang«, schränkte er ein und nannte den Beamten die Rufnummer.

»Eine letzte Frage. Operieren Sie auch?«

Dr. van Rhynern sah Frauke irritiert an. »Das verstehe ich jetzt nicht. Was hat das mit dem Auto zu tun?«

»Gar nichts«, gab Frauke zu. »Es ist nur eine persönliche Frage. Sie haben hier eine schöne Praxis. Alles neu. Modern. Erstklassige Technik. Dazu einen Range Rover, einen Porsche und das

Ferienhaus in Spanien. Hinter alldem muss ein erfolgreicher und fleißiger Mann stehen. Reicht eine Praxis dazu aus?«

»Ja ... Sicher.« Es kam stockend über die Lippen des Arztes. »Ich habe eine Alleinstellung in Sarstedt. Dazu kommt das Glück, viele Privatpatienten zu haben. Zu Ihrer zweiten Frage: Nein, ich operiere nicht. Ich bin auch nicht als Belegarzt tätig, sondern voll und ganz mit der Praxis ausgelastet. Sie sehen selbst, wie voll es ist. Deshalb bitte ich Sie um Verständnis, wenn ich das Gespräch an dieser Stelle abbrechen muss.« Er zeigte Richtung Tür. »Bitte.«

Auf dem Weg zum Ausgang schien Frauke noch etwas eingefallen zu sein. »Ach, Herr Dr. van Rhynern ... Sie führen aber durchaus kleine Eingriffe in der Praxis durch.«

»Sicher. Das ist Alltag.«

»Sedieren Sie Ihre Patienten dabei auch?«

»Nein. Sicher nicht. Lokale örtliche Betäubungen – das kommt vor. Aber mehr nicht.«

Er gab ihnen die Hand, drehte sich um und ging rasch zum Tresen. »Wen haben wir jetzt?«, fragte er.

»Was ist Ihnen aufgefallen?«, fragte Frauke, als sie wieder im Dreier-BMW saßen, den ihnen der Schirrmeister zugewiesen hatte.

»Es kommt nicht oft vor, dass jemand mit dem Auto bis nach Südspanien fährt. Aber warum nicht? Wenn sie etwas Größeres zu transportieren hatte? Dann ist das Flugzeug ungeeignet. Und im Unterschied zu Jakob Putensenf behaupte ich nicht, dass eine Frau es nicht bis nach Spanien schaffen könnte«, erklärte Madsack. »Ich werde mit der Ehefrau telefonieren«, ergänzte er.

Frauke führte von ihrem Büro aus mehrere Telefonate, aber weder die Hannoveraner noch die Göttinger Rechtsmedizin konnten Neuigkeiten melden. Putensenf beauftragte sie, die Gesundheitsbehörden und Ärztekammern zu befragen, ob dort in den letzten zwei Jahren Anträge von osteuropäischen Ärzten auf Zulassung in Deutschland gestellt worden waren, die man aber abgelehnt hatte. Vielleicht fand sich auf diesem Weg jemand mit überholten medizinischen Kenntnissen. Dann nahm sie sich die Berichte vor und studierte sie noch einmal akribisch. Sie fand nichts, was sie weiterführte.

Schließlich rief sie die Kripo in Hildesheim an. Hauptkommissar Ulmer war nicht zu erreichen, aber einer seiner Mitarbeiter zeigte sich kooperativ. Leider waren die dortigen Beamten nicht weitergekommen. Fraukes Versuch, mit Büdinger in Hannover Kontakt aufzunehmen, scheiterte. Der Hauptkommissar ließ sich verleugnen und weigerte sich, mit ihr zu sprechen.

Auch die Polizei war eine Behörde. Dort gab es Kompetenzgerangel, Streit um Zuständigkeiten und ein eifersüchtiges Wachen darüber, dass an den eigenen Futtertrögen nicht von anderen genascht wurde. Hinzu kam, dass nicht nur in Hannover bei den örtlichen Polizeidienststellen häufig eine kritische Distanz zum Landeskriminalamt bestand.

Madsack hatte die Zwischenzeit genutzt und versucht, Dr. van Rhynerns Ehefrau zu erreichen.

»Wie er gesagt hatte: Es meldet sich nur die Mobilbox. Ich habe um Rückruf gebeten.«

»Ja«, antwortete Frauke geistesabwesend. »Ich habe noch eine andere Idee.«

»Und?«

»Veranlassen Sie, dass eine Streife nach Langenhagen zum Flugplatz fährt. Die sollen die Parkhäuser absuchen, ob der Range Rover dort steht.«

»Aber ...«, wagte Madsack Zweifel anzumelden. »Wissen Sie, wie groß das ist?«

»Das ist nichts im Vergleich zu dem, was wir suchen.« Sie wedelte mit der Hand. »Los.«

Madsack seufzte und verschwand. Er hatte kaum den Raum verlassen, als Fraukes Telefon schnarrte. Hauptkommissar Ulmer aus Hildesheim war nur schwer zu verstehen. Er rief von seinem Mobiltelefon aus an und befand sich in einem Funkloch.

»Danke«, sagte Frauke. »Ich habe gerade mit einem Ihrer Mitarbeiter gesprochen. Der hat mir gesagt, dass es nichts Neues gibt.«

»Von wegen. Ich bin in einem Waldstück bei Diekholzen, das ist eine Gemeinde ungefähr fünf Kilometer von Hildesheim entfernt. Das nennt sich hier Hildesheimer Wald. In einer Tannenschonung hat ein Jäger eine Leiche gefunden.«

»Wollen Sie mir damit sagen, dass Sie jetzt keine Zeit und Kapazität mehr haben, um sich um den anderen Fall zu kümmern?«

»Ich fürchte, dass es derselbe Fall ist«, antwortete Ulmer. »Es spricht vieles dafür, zumindest der Zustand des Opfers.«

Frauke ließ sich den genauen Ort beschreiben. Kurz darauf war sie mit ihren Mitarbeitern auf dem Weg dorthin.

Auf der Fahrt recherchierte Madsack Einzelheiten zum Fundort.

»Unter dem Wald führt die Trasse der Hochgeschwindigkeitsstrecke Hannover–Kassel entlang. Wenn man von einem Gewerbegebiet absieht, das etwa eineinhalb Kilometer entfernt liegt, gibt es keine Besiedelung. Es handelt sich um ein größeres Areal. Und«, ergänzte er, »bis Sarstedt sind es auch nur fünfzehn Kilometer.«

»Was hat das mit Sarstedt zu tun?«, erkundigte sich Putensenf. Madsack erklärte es ihm.

Sie suchten eine Weile, bis sie in dem weitläufigen Gebiet die Stelle fanden, an der es von Einsatzkräften wimmelte. Dank Ulmers Positionsangaben in Grad und Minuten hatte Frauke Kommissar Schwarczer, der das Fahren übernommen hatte, über die Waldwege zum Fundort gelotst.

Hauptkommissar Ulmer empfing sie.

»Es ist ein unerfreulicher Anblick«, erklärte er vorbeugend.

»Glauben Sie, das wäre neu für mich?«

»In diesem Punkt ist sie unerschrocken, obwohl sie eine Frau ist«, warf Putensenf ein.

»Müssen Sie immer Ihren Senf dazugeben, Pute?«, herrschte Frauke ihn an.

Ihr fiel der Leiter der Flensburger Spurensicherung ein. Klaus Jürgensen hatte jedes Mal kunstvoll gestöhnt, wenn er mit seinen Männern zu einem Leichenfundort gerufen wurde, der nicht klinisch rein war.

Das Areal war durch Flatterband abgesperrt. Schaulustige hatten sich noch keine eingefunden. Lediglich der Jäger stand ein wenig abseits und hielt seinen Hund an der Leine.

»Guten Tag«, begrüßte ihn Frauke. »Sie haben die Entdeckung gemacht?«

Der ältere Mann in grober Jägerkleidung war immer noch blass.

»Eigentlich Fargo.« Dabei zeigte er auf seinen Hund, einen unruhig an der Leine zerrenden Münsterländer. »Wir haben Spuren einer Rotte Wildschweine ausgemacht. Deshalb war ich im Revier unterwegs und wollte nach dem Rechten sehen.«

»Ist das Ihr Revier?«

Er nickte. »Wir sind eine Gruppe und haben es gepachtet.«

Frauke fragte nach dem Namen und dem Wohnort.

»Bentzin. Ich komme aus Alfeld. Dort gehört mir eine Apotheke.« Dann schüttelte er sich. »Ich bin schon lange Jäger und habe keine Scheu vor erlegtem Wild, aber ein Mensch … Das ist etwas anderes.«

»Kommen hier viele Spaziergänger vorbei?«, fragte Frauke.

»Es geht. Die Gegend ist als Wandergebiet beliebt. Hier gibt es zahlreiche Berge, dazu eine Reihe von Aussichtstürmen. Die Leute halten sich aber an die Wege. Deshalb war es Zufall, dass ich, also Fargo −« Er brach ab.

Frauke folgte Ulmer zum Fundort. Dort waren die Spurensicherer bereits am Werk. Einer der Beamten filmte den Fundort und die Umgebung mit einer Videokamera. Sie konnten sich der Leiche nur bis auf drei Meter nähern. Es reichte, um zu erkennen, wie sie zugerichtet war.

»Vom Prinzip her ähnelt es unserem Hildesheimer Fall. Aus den äußeren Umständen könnte man schließen, dass es derselbe Täter ist, wenn man davon absieht, dass der Tote in eine Art Nachthemd gekleidet war. Der Leichnam ist vorne geöffnet worden. Nach Auskunft des Rechtsmediziners fehlen innere Organe.«

»Welche?«, fragte Frauke.

»Das steht noch nicht fest. Hinzu kommt, dass der Tote schon ein paar Tage länger liegt. In der freien Natur wie hier gibt es Lebewesen, die sich über Aas hermachen.« Ulmer bemerkte im selben Moment seinen Fauxpas. »Entschuldigung. So war das nicht gemeint. Ich wollte damit nur gesagt haben, dass es Tiere gibt, die von verstorbenen anderen Wesen leben. Das trifft zum Teil hier auch zu.«

Der Hauptkommissar musste es nicht weiter erläutern.

»Gibt es Hinweise auf die Identität des Opfers?«

»Männlich. Das Alter ist schwer bestimmbar. Auffällig ist das ungepflegte Erscheinungsbild. Es zeigt sich an abgebrochenen und schwarzen Fingernägeln und Schmutz, der sich in die Hände eingefressen hat. Der ist von einer Art, die man auch mit mehrmaligem Händewaschen nicht abbekommt.«

»Könnte es sich um einen Osteuropäer handeln, wenn man eine gewagte These aufstellen möchte?«

»Das kann ich bei dem Zustand der Leiche auf den ersten Blick nicht beurteilen«, meinte Ulmer. »Ich will niemandem unrecht tun, aber es könnte ein Landstreicher sein.«

»Ein Obdachloser?«, präzisierte Frauke.

»Da könnte ich mich eher mit anfreunden.«

Sie erinnerte Ulmer an die Aussagen der Männer am Bahnhof, die vom Verschwinden anderer Nichtsesshafter berichtet hatten.

»Und Sie meinen, er da«, dabei wies Ulmer auf den Toten, »könnte es gewesen sein?«

»Können Sie ein Foto des Toten bereitstellen?«

Der Hauptkommissar schüttelte den Kopf. »Unmöglich. *So* können Sie es niemandem zeigen. Das muss bearbeitet werden.«

»Lassen Sie mir das Bild zukommen. Ich werde alles Weitere veranlassen.«

Ulmer versprach es.

»Dann können wir nach Hannover zurück«, schlug Madsack vor.

»Lassen Sie uns noch ein wenig durch den Wald streifen«, entschied Frauke.

»Wir haben genug zu tun, anstatt hier bei einem Wandertag einen Betriebsausflug zu veranstalten«, maulte Putensenf. Auch Madsack wirkte nicht begeistert.

»Wonach suchen wir?«, wollte er wissen.

»Nach dem, was einem aufmerksamen Kriminalbeamten auffällt«, entgegnete Frauke. »Ich gehe mit Schwarczer in die Richtung. Sie nehmen sich die andere Seite vor. Sie dürfen dabei gern durchs Unterholz streifen. Die Wege bringen uns nichts.«

»Toll. Das wollte ich schon immer«, stichelte Putensenf. »Komm, Nathan.«

Dann stiefelten die beiden missgelaunt davon.

Frauke ging mit Schwarczer in die andere Richtung. Hier standen hohe Nadelbäume, die nur im oberen Bereich noch grün waren. Etliche Meter vom Boden an wiesen sie nur trockene kleine Seitenzweige auf. Der Grund war über und über mit getrockneten Nadeln übersät. Frauke hat einmal irgendwo gehört, dass auf solchen Böden nichts anderes mehr wuchs. Im Unterschied zu Laub- oder Mischwäldern gab es auf diesem Boden keine Vegetation.

Langsam verstummten die Geräusche, die von den Ermittlern am Leichenfundort ausgingen. In der Ferne hämmerte ein Specht. Sonst waren wenig Vögel zu hören. Im Unterschied zu ihrer alten Heimat Flensburg war es auch windstill. Hört man in einem Nadelwald das Rauschen der Wälder?, überlegte sie. Nein. Das war Laubbäumen vorbehalten. Trockene Zweige knarzten unter ihren Füßen, der Teppich aus Nadeln knirschte. Der Waldboden bestand an den Stellen, an denen er nicht mit Nadeln bedeckt war, aus grauem Sand. Obwohl die Bäume nicht zu dicht standen, drang das Tageslicht nur spärlich bis hierher.

Als sie einen Waldweg erreichten, drehte Frauke um.

»Die Leiche wurde am Rande einer dichten Tannenschonung gefunden. Das war Zufall. Dort kommt kaum jemand hin. Spaziergänger stromern auch lieber durch einen Laubwald. Dort gib es Unterholz, Pilze …«

Als Schwarczer sie ansah, schränkte Frauke ein: »Gut. Nicht zu dieser Jahreszeit. Sie finden kleine Wasserläufe und vieles mehr. Ich habe gesehen, dass es auch solche Bereiche in diesem Forst gibt. Das muss der Täter gewusst haben. Die Leiche wurde nicht zufällig am Rande der undurchdringlichen Tannenschonung vergraben. Der Täter muss sich in diesem Gebiet auskennen.«

»Kein Stadtmensch«, sagte Schwarczer.

»Warum trug das neue Opfer keine Kleidung, sondern ein Nachthemd?«

»Wurde es im Schlaf überrascht?«, überlegte der Kommissar.

»Das glaube ich nicht. Das ist ein Ritual. Wenn hinter den Taten wirklich eine religiös verwirrte Truppe steckt, hat man dem Toten ein Opfergewand angezogen.«

»Oder ein Büßergewand.«

»Das würde zu Ostern passen«, sagte Frauke. »Kommen Sie, wir kehren um.«

Sie schlugen einen Bogen und kehrten zum Leichenfundort zurück, ohne irgendetwas zu entdecken. Dort trafen sie Madsack und Putensenf. Auch denen war nichts aufgefallen.

»Putensenf. Fordern Sie die Hunde an. Außerdem möchte ich, dass das ganze Waldstück durchkämmt wird.«

Niemand fragte nach dem Grund. Es schien sicher, dass die Leiche schon länger dort lag. Über Ostern hatte es ausgiebig geregnet. Irgendwelche Fahrzeugspuren würden nicht mehr zu finden sein. Trotzdem musste der Tote irgendwie hierhergebracht worden sein. Vielleicht fanden sich Zigarettenkippen, Stofffetzen oder andere Hinweise. Auch wenn die Polizei genauso wie andere Behörden sparen musste, standen bei Ermittlungen in Todesfällen nahezu unbegrenzte Mittel zur Verfügung.

Ulmer berichtete zum Abschied, dass es keine weiteren Neuigkeiten gebe. Er sagte zu, Frauke umgehend zu informieren, wenn ihm Untersuchungsergebnisse vorliegen würden.

Frauke suchte das KTI auf und bat darum, das Foto vom neuen Opfer so zu bearbeiten, dass es Zeugen anlässlich einer Befragung gezeigt werden könnte. Die Experten der Kriminaltechnik verfügten über Möglichkeiten, das Bild eines übel zugerichteten Toten so zu verändern, dass es wie die Aufnahme eines Lebenden wirkte.

Sie war unzufrieden. Es schien, als würde ihr die Zeit zwischen den Fingern zerrinnen. Derzeit waren ihr aber die Hände gebunden. Sie hatte viele Aktivitäten angestoßen und wartete dringend auf Ergebnisse.

Eines traf unverhofft ein. Oberkommissar Berthold vom Polizeikommissariat Langenhagen meldete sich bei ihr.

»Wir hatten den Auftrag, am Flughafen Hannover die Parkhäuser abzufahren und nach einem schwarzen Range Rover mit dem Kennzeichen …« Er las es von einem Blatt Papier ab. Frauke hörte es rascheln. »Wir sind fündig geworden. Der Wagen steht in den ›Parkhäusern Ost‹.«

»Konnten Sie —«, wollte sie nachhaken, aber Berthold unterbrach sie.

»Ich bin noch nicht fertig. Wir haben auch kontrolliert, wann das Fahrzeug eingefahren ist. Das war am Dienstag nach Ostern um sieben Uhr dreiundvierzig. Natürlich gibt es hier auch eine Kameraüberwachung. Falls Sie daran Interesse haben, können Sie sich mit Frau da Rosa-Schwanen in Verbindung setzen. Und falls Sie mal wieder etwas suchen … Das Kommissariat Langenhagen ist immer zu Diensten.«

Das war eine erfreuliche Zusammenarbeit, ganz im Gegensatz zu Hauptkommissar Büdinger, der sich gegen jede gemeinsame Ermittlung sträubte.

»Madsack!« Frauke nutzte nicht das Telefon, sondern rief den Namen so laut, dass es über den Flur in das Büro des Hauptkommissars drang. Wenig später erschien Madsack.

»Versuchen Sie herauszufinden, wann Frau van Rhynern geflogen ist. Prüfen Sie nicht nur die Daten, die uns ihr Mann genannt hat, sondern auch die Tage danach, speziell um Ostern herum«, beauftragte sie ihn, nachdem er schnaufend an ihrem Schreibtisch aufgetaucht war. »Und jetzt will ich Schwarczer sprechen.«

Der Kommissar tauchte ein paar Minuten später auf und setzte sich lässig auf die Ecke ihres Schreibtisches.

»Fahren Sie zum Flughafen Hannover und sehen Sie sich die Videoaufzeichnungen von den Parkhäusern Ost an. Madsack soll Sie anrufen, wenn er herausgefunden hat, wann Frau van Rhynern geflogen ist. Dann prüfen Sie auch die Aufzeichnungen am Gate. Das Foto besorgen Sie sich aus den Meldedaten. Ich möchte auch wissen, ob sie allein unterwegs war.«

Schwarczer nickte knapp. Dann verschwand er.

Wenn die Leiche Serghei Testemitanus mit dem Range Rover transportiert worden war, würde es zeitlich passen. Der Täter hatte das Opfer vor Fraukes Wohnung abgelegt und war dann zum Flughafen gefahren, um das Fahrzeug dort abzustellen. Wo war er in der Zwischenzeit gewesen?

Noch war nichts bewiesen, aber Dr. van Rhynern hatte ihnen die Unwahrheit gesagt.

Frauke versuchte selbst, die Ehefrau in Spanien zu erreichen. Vergeblich. Es meldete sich nur die Mobilbox, die verriet, dass Julia van Rhynern zurzeit nicht erreichbar sei.

Frauke sah erstaunt auf, als Putensenf mit zwei Bechern Kaffee erschien und wortlos einen vor sie auf den Schreibtisch stellte. Er nahm gegenüber Platz.

»Ich weiß nicht, warum die Gewerkschaften so vehement für eine Verkürzung der Arbeitszeit eintreten. Man kann den Eindruck gewinnen, wir hätten schon eine Vier-Tage-Woche. Heute, am Freitag, ist kaum jemand zu erreichen.«

Frauke nahm einen Schluck Kaffee. Das heiße Gebräu war schwarz, wie sie es bevorzugte.

»Wollen Sie mit mir über das schwere Los der Polizeibeamten sprechen, die nicht am Freitagmittag ins Wochenende gehen können?«

»Ich wollte damit nur zum Ausdruck bringen, dass es schwierig ist, Informationen einzuholen.« Er grinste. »Man muss schon ein alter geduldiger sturer Bock sein, um trotzdem etwas zu erfahren.« Dann hüstelte er. »Es ist erstaunlich, wie viele ausländische Ärzte nach Deutschland drängen.«

»Dafür wandern unsere jungen Mediziner nach dem Studium nach Skandinavien aus. Oder sie entscheiden sich für eine Karriere außerhalb des Arztberufes.«

»Mediziner aus dem Nahen Osten, aus Ägypten, dem Iran … Alle wollen hier arbeiten. In der Welt scheint noch das Vorurteil zu grassieren, bei uns würden Milch und Honig fließen, wir wären das gelobte Land.«

»Ist das jetzt Ihre Bewerbungsrede als gesundheitspolitischer Sprecher im Gemeinderat auf Hallig Hooge?«

Putensenf stutzte kurz, dann lächelte er. »Als ich zur Schule ging, haben wir noch gelernt, einen Aufsatz mit einer Einleitung zu beginnen. Es geht um die osteuropäischen Ärzte. Auch da werden die Gesundheitsämter, die für die Zulassung zuständig sind, mit Anträgen überhäuft. Die Bewerber streben einen Job in einem Krankenhaus oder in einer Kurklinik an, fast nie wollen sie frei praktizieren. Da fehlt das Startkapital für die Einrichtung einer eigenen Praxis.«

»Was bedeutet das für unsere Ermittlungen?« Frauke war ungeduldig. Sie spürte, dass Putensenf sie zappeln lassen wollte.

»Natürlich werden auch Antragsteller abgelehnt, weil ihre Papiere nicht vollständig sind oder sie die Bedingungen der Approbationsordnung nicht erfüllen. Ich habe keine vollständigen Informationen über diesen Personenkreis zusammentragen können. Wie gesagt – es ist Freitag. Lediglich einer ist mir aufgefallen. Man hat ihm die Zulassung versagt, weil nicht ersichtlich war, ob er wirklich ein Medizinstudium nach den Bedingungen seines Heimatlandes abgeschlossen hat. Das konnte auch durch Rückfragen über den konsularischen Weg nicht einwandfrei geklärt werden.«

»Ein Moldauer?«, riet Frauke.

Putensenf schüttelte den Kopf. »Einer aus Aserbaidschan. Er arbeitet jetzt als Sanitäter bei einem privaten Krankentransportdienst.«

»Als Rettungsassistent?«, fragte Frauke.

»Nein. Auch dafür hat er keine Erlaubnis erhalten. Der Betrieb darf nur Krankentransporte ausführen, also vom Altersheim ins Krankenhaus und so.«

»Und so«, sagte Frauke pointiert. »Wie heißt der Mann?«

Putensenf begann, in seinen Taschen zu suchen, bis er einen zerknitterten Zettel zutage beförderte. »Russland Agayev.«

»Mensch, Putensenf. Sie meinen sicher ›Ruslan‹ und nicht Russland.«

»Kann auch sein. Mir ist aufgefallen, dass Agayev in Hildesheim wohnt.«

»Schön. Dann sehen wir uns den Mann einmal an.«

»Wir beide?«, fragte Putensenf ungläubig.

»Sicher. Oder sehen Sie hier noch einen anderen? Wenn Sie sich fürchten, können wir ja Ihren Freund Harvey mitnehmen. Aber vorher gehen Sie zum KTI und holen das bearbeitete Bild von dem Toten ab, das heute Morgen im Wald aufgenommen wurde.«

»Immer ich«, murrte der Kriminalhauptmeister und verschwand.

Putensenf zeigte seinen Unmut dadurch, dass er sich stumm auf den Beifahrersitz zurückzog und unterwegs mehrfach knurrte: »Typisch. Frau am Steuer.«

Im Schatten der beeindruckenden, auf einem Hügel über der Stadt thronenden Michaeliskirche befand sich die Straße »Wohl«. Am Ende der Straße, einem kleinen, als Sackgasse ausgebildeten

Zipfel, führte ein Tor in den großzügigen Magdalenengarten, der zum gleichnamigen Senioren- und Pflegeheim gehörte und in den Seniorengraben sowie den Liebesgrund überging, zwei beschauliche Grünanlagen fast im Herzen der Stadt.

Die Ruhe und der Frieden waren fast spürbar. Die Mülltonnen vor dem Haus, ein Rosenstock an der Hauswand, ein Telefonkasten störten ebenso wenig wie die Satellitenschüssel an der Hauswand.

In einem der in zarten Pastelltönen gestrichenen Reihenhäuser fanden sie ihr Ziel.

An der Wohnungstür erwartete sie eine rundliche Frau, die ihre Haare zu einem Dutt zusammengebunden hatte. Sie lief auf Strumpfsocken und zeigte kräftige Waden, bis die Leggings begannen, die ihre stattliche Figur nicht gerade vorteilhaft herausstellten.

»Ruslan?«, fragte sie, nachdem Frauke sich und Putensenf vorgestellt hatte. »Der hat sich hingelegt. Frühschicht, wissen Sie? Kleinen Augenblick. Ich weck ihn.« Vertrauensvoll ließ sie die Haustür offen. Sie hörten, wie die Frau zu jemandem sprach, kurz darauf zurückkehrte und sagte: »Kommen Sie doch rein.«

Sie ging voran in die kleine Wohnküche. Obwohl sie nicht aufgeräumt war und sich das Geschirr stapelte, machte die Wohnung einen sauberen Eindruck.

Frau Hassenrieth, wie sie sich vorgestellt hatte, bemerkte Fraukes Blick. »Entschuldigung, aber wir sind beide berufstätig. Als Nächstes kommt hier ein Geschirrspüler rein. Aber alles hübsch der Reihe nach. Mein Vater war schließlich kein Millionär. Soll ich einen Kaffee aufsetzen?«

Ohne die Antwort abzuwarten, befüllte sie die Kaffeemaschine und setzte sie in Betrieb. Dann stellte sie drei Becher auf den Tisch. Jeder hatte ein anderes Design.

»Ich hab schon«, entschuldigte sie sich und legte die Hand auf den Bauch. »Von zu viel Kaffee krieg ich Sodbrennen.«

»Guten Tag.« Die Aussprache war hart, wie man es oft bei Osteuropäern hört.

Frauke nannte erneut ihren und Putensenfs Namen, während Agayev mit dem Fuß einen Hocker herbeiangelte, den Becher, den Frau Hassenrieth gefüllt hatte, mit beiden Händen umschloss und einen Schluck trank.

»Sie haben sich vergeblich um eine Zulassung als Arzt in Deutschland bemüht?«

»Ich verstehe nicht, weshalb man mir die verweigert. Ich habe in Baku an der Universität studiert und anschließend in Mingəçevir im Krankenhaus gearbeitet. Wissen Sie, wo das ist?«

Frauke schüttelte den Kopf.

»Das ist die viertgrößte Stadt. Fast nur Plattenbauten. Keine wirkliche Schönheit.«

»Weshalb sind Sie nach Deutschland gekommen?«

Er musterte Frauke mit seinen dunklen Augen. »Das fragen Sie? Sie kennen nicht die Lebensumstände der Menschen dort. Und als Arzt konnte ich nichts ausrichten. Die Operationssäle waren veraltet, es mangelte an Medikamenten, die Technik hing dreißig Jahre zurück. Geröntgt wurde noch mit richtigen Strahlenbomben.« Er lachte. »Dagegen war Tschernobyl gar nichts. Und das alles, obwohl Mingəçevir lebenswichtig für Aserbaidschan ist. Fast alle im Land erzeugte Energie kommt von dort.«

»Sie waren Chirurg?«

Er fuhr mit der Hand durch die Luft. »Chirurg. Anästhesist. Internist. Kinderarzt. Alles.«

Frauke und Putensenf wechselten einen raschen Blick.

»Auf was hatten Sie sich spezialisiert?«

Erneut lachte er. »Das klingt gut. So etwas gab es bei uns nicht. Knochenbrüche, Krebs, Blinddarm, Schilddrüse.«

»Ich verstehe nicht«, warf Putensenf ein. »Waren Sie nun Chirurg oder Anästhesist?«

»Davon konnten wir nur träumen. Wir haben die Narkose vorbereitet und eingeleitet. Während der Operation hat eine Krankenschwester die Narkose überwacht.«

»Sie verstehen also etwas von Narkosen?«

»Sicher.«

»Sie können mit Sevofluran umgehen?«

»Das gab es nur in Baku. Bei uns wurde noch Halothan eingesetzt.«

Das war das Anästhetikum, das die toxikologische Untersuchung im Blut des Hildesheimer Opfers nachgewiesen hatte.

»Wo waren Sie am Dienstag nach Ostern?«

Frau Hassenrieth, die dem Gespräch bisher stumm gefolgt war, beugte sich vor. »Sagen Sie mal, was soll das Ganze hier? Werfen Sie Ruslan etwas vor?«

Frauke ignorierte den Einwand und wiederholte ihre Frage.

»Zuerst hatte ich Dienst. Dann bin ich nach Hause gekommen und habe mich hingelegt. Wie immer.«

»Wann hatten Sie Dienst?«

»In dieser Woche – da hatte ich Frühschicht. Die ganze Woche über. Das geht morgens um sechs Uhr los.«

Frauke fragte nach der Anschrift des Arbeitgebers und schnippte mit dem Finger in Putensenfs Richtung, um ihm zu bedeuten, dass der Kriminalhauptmeister es notieren sollte. Sie fing sich dafür einen bösen Blick Putensenfs ein. Sicherlich würde er ihr hinterher erklären, dass er nicht als ihr Sekretär mitgekommen sei.

»Weshalb haben Sie keine Zulassung als Arzt in Deutschland erhalten?«, fragte Frauke.

»Die Deutschen sind ein sonderbares Volk. Da sitzt einer in der Behörde und glaubt, alles besser zu wissen. Der hat meine Papiere nicht verstanden, weil er kein Kyrillisch kann. Er wollte auch nicht begreifen, dass wir Ärzte in Aserbaidschan unter viel schwierigeren Bedingungen arbeiten mussten, als es hier in Deutschland der Fall ist. Hier wird für jede Kleinigkeit der Spezialist gerufen. Wir mussten selbst damit klarkommen. Das ist wie mit einem Mechaniker im afrikanischen Busch. Der hat keine Computeranalyse für den Motor zur Verfügung, und die Ersatzteile muss er sich auch selbst fertigen. Den Afrikaner würde aber keine Werkstatt in Deutschland einstellen.«

Frauke widersprach nicht, weil sie Agayevs Argumente verstehen konnte. Zumindest teilweise. Andererseits gab es in Deutschland ein hoch entwickeltes und zu Recht gerühmtes Gesundheitswesen, und wenn auch nur leiseste Zweifel bestanden, entschied man wie im Fall Agayev. Sie vermochte nicht zu sagen, ob man ihm unrecht tat oder die Ablehnung berechtigt war.

»Wollen Sie es noch einmal versuchen?«, fragte sie. »Es sollte doch möglich sein, alle erforderlichen Papiere zu beschaffen. Wenn das Konsulat Ihres Landes in …« Sie sah Agayev fragend an.

»Berlin.«

»… in Berlin die Ordnungsmäßigkeit der Papiere bestätigt, dürfte einem erneuten Versuch nichts im Wege stehen.«

»Sie wissen nichts, aber auch gar nichts.« Agayev hob seinen Stuhl an und rückte etwas zurück. »Sie können das Land nicht mit der Bundesrepublik vergleichen. Stellen Sie sich vor, heute würde schon feststehen, dass der Sohn von Angela Merkel der nächste Bundeskanzler wird. So funktioniert Aserbaidschan.«

Er atmete tief durch. Frauke verstand das Beispiel, auch wenn die Bundeskanzlerin kinderlos war.

»Man unterstützt niemanden wie mich, indem man mir meine medizinische Qualifikation bestätigt. Mein Vater hat im Stahlwerk gearbeitet. Mir hat man das Medizinstudium ermöglicht. Nach Auffassung der Behörden meiner Heimat habe ich mich als undankbar erwiesen, indem ich ins Ausland gegangen bin. Wissen Sie, was man mir im Konsulat gesagt hat? Ich kann wieder zurückkommen und im Krankenhaus anfangen. Im Spital in Zaqatala würde schon lange ein Arzt gesucht. Nein. Ich bleibe hier.«

Wie um das zu unterstreichen, streckte ihm Frau Hassenrieth die Hand entgegen, die Agayev aber geflissentlich übersah.

»Haben Sie einen Führerschein?«

»Sonst könnte ich meinen Beruf als Mitarbeiter bei einem Krankentransportdienst nicht ausüben.«

»Kennen Sie Serghei Testemitanu?«

Agayev runzelte die Stirn. »Wer soll das sein?«

»Ein Mordopfer.«

Es schien, als würde Agayev die Luft wegbleiben. »Ein Mordopfer?«, wiederholte er überrascht. »Was soll ich damit zu tun haben?«

»Fahren Sie manchmal Auto? Privat?«

Der Mann sah seine Partnerin an. »Doch. Schon. Mein Job wird schlecht bezahlt. Kümmerlich. Wir haben einen alten Fiesta. Eigentlich gehört er Karin. Aber auf solche Kleinigkeiten achten wir nicht.«

»Nein, bestimmt nicht«, flocht Frau Hassenrieth ein und streckte erneut die Hand aus. Dieses Mal wurde sie nicht zurückgewiesen.

»Haben Sie Kontakt zu einer Sekte?«, fragte Frauke.

Agayev fuhr erregt in die Höhe. »Auf welchem Weg ist Deutschland? Meine Religion ist der Islam. Ist das jetzt schon eine Sekte?«

»Nein«, beschwichtigte Frauke ihn. »So ist das nicht gemeint. Ich möchte nur wissen, ob Sie Mitglied einer speziellen Gemeinschaft sind, die ungewöhnliche religiöse Praktiken ausübt.«

Agayev atmete heftig aus. Es klang verächtlich. »Sie haben keine Ahnung. Wirklich! Absolut keine Ahnung vom Islam.«

Sie kamen nicht weiter. Agayev hatte sie missverstanden. Er war so aufgebracht, dass er für Argumente oder Erklärungen nicht mehr zugänglich war.

Deshalb entschloss sich Frauke, aufzubrechen. Agayev blieb verstimmt, bis die Wohnungstür hinter den Beamten ins Schloss fiel.


»Nicht alles ist dumm, was aus dem Islam kommt«, stichelte Putensenf auf dem Weg zum Auto.

»Spielen Sie schon wieder darauf an, dass ich eine Frau bin?«, antwortete Frauke giftig. »*The best man for the job is a wo-man.*«

»Wow. Das hätte ich Ihnen gar nicht zugetraut. War das ein spontaner Einfall?«

»Das ist nicht von mir, aber trotzdem zutreffend. Jetzt fahren wir zum Bahnhof. Dann kommt Ihre große Stunde.«

»Was wollen Sie damit sagen?« In Putensenfs Frage steckte etwas Lauerndes.

»Sie als *Mann* können doch viel besser mit den Leuten dort umgehen als ich.«

Putensenf brummte irgendetwas Unverständliches, steuerte aber auf die dort sitzenden Männer zu.

Der zahnlose Mann, der ihnen beim ersten Mal Auskunft erteilt hatte, grinste Frauke an.

»Na, Muttchen? Willst du wieder einen Fuffi loswerden?«

»Ein Mineralwasser. Mit ein wenig Glück einen Becher Kaffee.«

Der Mann lachte kehlig. »Ha. Kaffee pur schlägt mir immer auf den Magen.«

»Wir haben Unterbringungsmöglichkeiten, um das auszukurieren«, sagte Frauke gleichmütig.

»Seid ihr von der Heilsarmee? Oder ist er da«, dabei zeigte er auf Putensenf, »Pastor?«

»Das nicht, aber predigen kann ich hervorragend«, mischte sich der Kriminalhauptmeister ein und zog das Bild des Toten aus dem Wald hervor. »Ist das Atze?«

Der Mann sah gar nicht auf das Bild. »Die Stütze ist so mies, da kann man sich keine Brille leisten.« Er war irritiert, als Putensenf ihn am Ärmel packte und ein wenig daran zog.

»Dann kommen Sie mit. Bei uns gibt es Lesehilfen. Und dabei können wir auch gleich feststellen, wie Sie heißen.«

»Scheiße. Seid ihr von der Schmiere?«

»Mordkommission«, sagte Putensenf, auch wenn das nicht zutraf.

»Mord...?« Das Wort blieb dem Mann im Hals stecken.

»Wie heißen Sie?«, mischte sich Frauke ein.

»Ich?«

»Natürlich. Oder schiele ich?«

»Da hat schon lange keiner nach gefragt. Das hab ich glatt vergessen.«

»Dann müssen wir Ihrem Gedächtnis ein wenig nachhelfen.«

»Eh. Warum denn? Ich hab keinem was getan.« Er schien es sich anders überlegt zu haben und streckte den Arm aus. »Zeig noch mal das Bild.« Der Mann warf nur einen kurzen Blick darauf. »Klar. Das ist Atze. Aber der ist abgetaucht. Hat wohl was Besseres gefunden.« Plötzlich stutzte er. »Mordkomm...? Mach keinen Scheiß. Ist was mit Atze?«

Frauke nickte ernst. »Er ist tot.«

»Jemand hat ihn ...?« Die schmutzige Hand fuhr am Hals entlang.

»Man hat Atze übel zugerichtet.«

»Aber warum denn? Der hat niemandem was getan.«

»Was ist mit den anderen, die verschwunden sind?«, fragte Frauke.

»Sag mal – woher soll ich das wissen? Mensch Meier. Das klingt, als wär da einer hinter unserer Gesellschaft hinterher.«

»Das wissen wir noch nicht.«

»Verflixt und zugenäht. Nee. Ohne mich. Morgen mach ich

die Platte. Ich lass mich doch nicht umbringen.« Plötzlich schien ihm etwas einzufallen. »Wie haben die Atze umgelegt?«

»Darüber sprechen wir nicht«, erklärte Frauke.

»Also denn.« Er stand auf. »Ich bin dann mal weg.«

Putensenf wollte ihn aufhalten, aber Frauke hinderte ihn daran. Mehr würde ihnen der Mann auf der Dienststelle auch nicht erzählen können.

»Einen Augenblick«, rief ihm Frauke hinterher. Als er sich noch einmal umdrehte, fragte sie: »Wer hat ihn Atze genannt? ›Atze‹ heißt doch auch ›Freund‹ oder ›Kumpel‹.«

»Davon weiß ich nichts. Er selbst hat gesagt, dass er Atze heißt.« Dann verschwand der Mann.

»Zur Identifizierung hat das nicht beigetragen«, stöhnte Putensenf. »Wir wissen nur, dass der Tote sich hier unter den Pennern herumgetrieben hat.«

»Sie sollten solche Ausdrücke vermeiden«, ermahnte ihn Frauke.

»Ja, ja«, wiegelte Putensenf ab.

»Der Tote hat sich selbst mit dem Namen ›Atze‹ eingeführt«, erklärte Frauke. »Diese Bezeichnung findet man häufig im Berliner Raum. Es könnte sein, dass unser unbekanntes Opfer von dort kommt. Wir haben gehört, dass er früher als Angestellter tätig war, ein Reihenhaus besaß und geschieden ist. Alles hat er verloren.«

»Na super. Hat man in Flensburg schon einmal gehört, dass in Berlin dreieinhalb Millionen Menschen leben?«

»Natürlich ist mir bekannt, dass Berlin die zweitgrößte Stadt in der Europäischen Union ist.«

Putensenf blieb stehen. »So ein Quatsch. London. Ja. Aber Paris, Rom – die sind alle größer.«

»Irrtum. Sie dürfen nicht die Metropolregion zählen, sondern nur die Städte in ihren administrativen Grenzen ohne die politisch selbstständigen Vororte.«

»Müssen Sie immer alles besser wissen?«, beklagte sich Putensenf.

»Ich *weiß* es besser«, erwiderte Frauke ungerührt. »Bestimmt wird es nicht einfach, die Identität des Toten zu ermitteln. Haben Sie eine bessere Idee?«

»Nein«, knurrte Putensenf verdrießlich. »Nur eines ist auffällig:

Wir haben es bei diesem Toten nicht mit einem Osteuropäer zu tun. Wie passt der ins Schema?«

Das konnte Frauke auch nicht beantworten. Sie rief Schwarczer an.

»Wir sind noch beim Sichten der Videos aus den Überwachungskameras«, berichtete der Kommissar. »Am Dienstag sind wir fündig geworden. Leider sind die Bilder unscharf. Meine Hoffnung liegt darin, dass das KTI die Aufnahmen nachbearbeiten kann.«

»Ist es Dr. van Rhynern?«, fragte Frauke.

»Ich weiß es nicht. Dem bin ich nicht begegnet. Und ein Foto habe ich auch nicht gesehen. Es handelt sich um einen sportlichen Mann, ein wenig gedrungen. Halbglatze.«

»Mitteleuropäischer Herkunft?«

»Ich würde eher auf Osteuropa tippen. Aber das ist alles sehr vage.«

Nach Schwarczers Schilderung schien es nicht der Arzt aus Sarstedt gewesen zu sein, der den Range Rover im Flughafenparkhaus abgestellt hatte.

»Schwarczer«, sagte Frauke, aber der Kommissar fiel ihr ins Wort.

»Halt! Ein wenig zurück. Ja. Das ist er.« Dann galten seine Worte wieder Frauke. »Wir haben eben die Aufnahme gefunden, bei der der Range Rover das Parkhaus verlässt. Das war am Ostersonntag. Abends. Kurz nach halb acht.«

»Können Sie den Fahrer erkennen?«

»Undeutlich. Es scheint aber ein anderer zu sein als der, der das Fahrzeug wieder zurückgebracht hat. Mit ein wenig Phantasie könnte man vermuten, dass es sich um Serghei Testemitanu handelt.«

»Was wird da gespielt?«, überlegte Frauke laut. »Die fürchterlich zugerichteten Opfer. Alles Männer. Einer davon in ein Nachthemd gekleidet. Es sieht so aus, als hätte Testemitanu dazu beigetragen, die späteren Opfer zu beschaffen. Und am Ostersonntag holt er den Range Rover aus dem Parkhaus, um später selbst ermordet und mit dem Wagen zur Lister Meile zu meiner Wohnung gebracht zu werden.«

»Ich werde hier weitersuchen«, verabschiedete sich Schwarczer, während Frauke Madsack anrief und ihn beauftragte, dafür zu sorgen, dass der Range Rover vom Flughafen zum KTI gebracht wurde.

»Ich will es versuchen«, sagte der Hauptkommissar. »Es ist schwierig, solche Aktionen an einem Freitagnachmittag zu organisieren.« Dann gestand er, noch nicht weitergekommen zu sein. »Wie gesagt – es ist Freitag.«

Frauke rief in der Praxis von Dr. van Rhynern an. Dort sprang sofort der Anrufbeantworter an und verkündete, dass die Praxis jetzt geschlossen sei. Anschließend wurden die Sprechzeiten angesagt. Den Abschluss der Ansage bildete der Hinweis auf die Verfahrensweise in Notfällen.

Auch auf dem Mobilanschluss des Arztes meldete sich die Mailbox. Sein privater Festnetzanschluss blieb ebenfalls stumm. Freitag! Sie konnte Madsack nur recht geben.

»Kommen Sie, Putensenf. Wir fahren nach Hannover zurü…«

Der Kriminalhauptmeister hatte sein Handy am Ohr, sagte zwischendurch: »Ja – ja«, und zeigte Frauke an, still zu sein. Er machte dabei einen äußerst konzentrierten Eindruck. Als er das Gespräch abgeschlossen hatte, sah er Frauke ernst an.

»Das war Ulmer von der hiesigen Kripo. Die haben oben im Wald unweit der Stelle, wo wir heute Morgen waren, drei weitere Leichen gefunden, die alle in der unwegsamen Tannenschonung vergraben waren. Auf den ersten Blick sieht es so aus, als wäre es derselbe Täter. Alles ist nach dem gleichen Muster abgelaufen. Den Toten, alles Männer, wurde der Bauch aufgeschnitten, und sie wurden regelrecht ausgehöhlt. Und alle waren mit einem weißen Nachthemd bekleidet.«

»Gibt es Hinweise auf die Identität?«

»Die Kollegen haben nichts gefunden.«

»Und auf die Ethnie?«

»Ulmer meint, einer könnte ein Einheimischer sein. Sieht ungepflegt aus. Die anderen beiden sind möglicherweise Ausländer.«

»Osteuropäer?«

Putensenf schwenkte das Handy. »Dazu ist es noch zu früh. Man hat eine Hundertschaft angefordert. Die durchkämmen jetzt den ganzen Wald.«

»Mensch, Putensenf. Was geht hier vor?« Frauke war ratlos.

Die Mitglieder ihres Teams straften das Vorurteil Lügen, dass alle Beamten ab Freitagmittag ins Wochenende gehen. Schwarczer war noch mit der Auswertung der Videoüberwachung beschäftigt. Madsack saß, wie immer korrekt mit Krawatte und Sakko bekleidet, in seinem Büro und bemühte sich, Informationen über Julia van Rhynern und ihren Spanienaufenthalt zu gewinnen.

»Herr Ehlers bittet darum, dass wir uns noch einmal zusammensetzen«, sagte er.

Der Kriminaloberrat hockte hinter seinem Schreibtisch. Er sah auf, als Frauke, gefolgt von Madsack und Putensenf, eintrat.

»Nehmen Sie Platz«, forderte er die Beamten auf und zeigte auf den Besprechungstisch. Er selbst rollte mit seinem Schreibtischsessel heran und ließ sich von den neuesten Entwicklungen berichten.

»Das ist erschreckend, was dort im Hildesheimer Wald gefunden wurde«, sagte er, nachdem er geduldig zugehört hatte. »Ich habe den Eindruck, dieser Fall hat Ausmaße angenommen, die unsere Möglichkeiten bei Weitem übersteigen. Bei diesen Dimensionen müssen wir eine größere Sonderkommission bilden und erheblich mehr Kräfte heranziehen. Ich werde es dem Abteilungsleiter vortragen. Sicher wird auch der Präsident eingeschaltet werden müssen. Haben Sie in den letzten Tagen einen Blick in die Medien geworfen?«

»Es ist verständlich, dass die Zeitungen und das Fernsehen davon berichten.«

Selbst in der Tagesschau waren die beiden mysteriösen Leichenfunde erwähnt worden. Die regionalen Medien beschäftigten sich ausführlich mit dem Thema. Besonders die Boulevardpresse brachte jeden Tag neue Spekulationen hervor. »Das Monster von Hildesheim« lautete eine Überschrift. »Er ernährt sich von menschlichen Herzen.«

»Welcher Kult steckt hinter diesen Taten?«, warf Ehlers ein.

Putensenf meldete sich zu Wort.

»Mit Frau Dobermann haben wir die beste Teamleiterin, die man sich für einen solchen Fall vorstellen kann. Ohne sie wären wir mit Sicherheit noch nicht so weit. Wir sind ja nicht allein auf der Welt. Parallel ist der Kollege Büdinger mit einer großen Mannschaft am Werk. Und in Hildesheim und Göttingen wird auch mit Hochdruck an den dortigen Mordfällen gearbeitet. Eine andere Konstellation würde meiner Meinung nach nicht erfolgreicher sein.«

Alle sahen den altgedienten Haudegen an. Frauke versuchte, ihre Verblüffung zu verbergen. Sie hatte nicht erwartet, dass Putensenf sie vor ihrem Vorgesetzten so loben würde.

Der Kriminaloberrat runzelte die Stirn.

»Schön«, entschied er. »Das hat etwas für sich. Also! Welcher Kult steckt hinter diesen Taten? Benötigen wir Unterstützung durch einen Psychologen? Jemanden, der sich mit okkulten Praktiken auskennt?«

Ehlers sah erst Putensenf an, als würde er dessen Zustimmung erwarten, dann wandte er sich Frauke zu.

»Das ist ein nicht alltägliches Gebiet«, sagte Frauke. »Wir tappen hinsichtlich des Motivs immer noch im Dunkeln. Ist es wirklich ein Opferkult einer unheimlichen Sekte? Ausschließen möchte ich einen Einzeltäter. Dafür ist der logistische Aufwand zu groß.«

»Sind Sie sich sicher?« Ehlers war noch nicht überzeugt.

»Ein Psychopath, auch wenn vieles auf einen solchen hinweist, handelt allein. Hier scheint aber einiges planvoll und gut organisiert abzulaufen. Da stecken mehrere Leute dahinter.«

Ehlers hatte seine Brille abgenommen und ließ sie am Bügel pendeln. »Und wenn es sich um eine Gruppe von Psychopathen handelt, die religiös motiviert ist? Es wäre nicht das erste Mal, dass im Kreis einer elitären Sekte Mitglieder durch eine Gehirnwäsche aus der Bahn geworfen werden, weil verrückte Gurus mit ihren abstrusen Weltformeln und kruden Gedanken auch Unschuldige in ihren kriminellen Bann ziehen.«

»Sie meinen, eine Sekte wie die Sonnentempler, die in der Schweiz kollektiv Selbstmord begangen haben? Da gibt es noch die fürchterlichen Beispiele wie der Massenselbstmord der Peoples Temple mit über neunhundert Toten, die Davidianer in den USA oder den Giftgasanschlag einer Sekte in der Tokioer U-Bahn. Wer kann in Gehirn und Seele solcher fehlgeleiteten Menschen sehen und ausschließen, dass so etwas auch bei uns geschieht?« Frauke ergänzte ihre Überlegungen durch den Hinweis auf die Nachthemden, in die die Opfer gehüllt waren.

»Dagegen stehen aber zwei Ausnahmen«, warf Putensenf ein. »Das erste Opfer in Hildesheim trug Straßenkleidung, zwar rumänische, aber immerhin. Und die Leiche, die man Frau Dobermann vor die Tür gelegt hat, war auf andere Weise verstümmelt worden als die übrigen.«

»Das ist mir auch noch ein Rätsel«, sagte Frauke. »Aber dieses Opfer, Testemitanu, unterscheidet sich auch sonst von den anderen. Es hat den Anschein, als wäre er zuvor als Handlanger für die Hintermänner tätig gewesen und hätte ihnen bei ihrem blutigen Werk geholfen. Manches deutet darauf hin, dass er der ›Beschaffer‹ war.«

»Wir erwähnten vorhin die große Resonanz in den Medien. Sollten wir eine Meldung herausgeben und Wohnungslose sowie Menschen mit Migrationshintergrund warnen?«

»Nein«, sagte Frauke entschieden.

»Ich halte es für unsere Pflicht«, erwiderte der Kriminaloberrat.

»Ich bin Ihrer Meinung. Wichtig ist, Menschenleben zu schützen. Das ist unser oberstes Ziel. Allerdings erreichen wir die Gruppe, die wir ansprechen wollen, nicht über die Medien. Weder die Menschen, die auf der Straße leben, noch illegal eingeschleuste Osteuropäer lesen Zeitung oder sehen fern. Letztere verstehen zudem die Sprache nicht. Es ist sinnvoller und effektiver, wenn wir die örtlichen Polizeidienststellen auffordern, zu den Treffpunkten zu gehen und mit den Leuten vor Ort zu sprechen. Wenn wir uns an die Medien wenden, geben wir unser Wissen preis. Das könnte die Gegenseite veranlassen, auf eine andere Strategie auszuweichen, die wir noch nicht kennen. Wir könnten an neuralgischen Punkten Zivilfahnder einsetzen, die die Szene beobachten und sich an die Fersen derer heften, die Kontakt zu den Nichtsesshaften aufnehmen. Unerreichbar für uns bleiben allerdings die Illegalen. Die halten sich im Untergrund auf.«

»Schön«, fasste der Kriminaloberrat zusammen, »dann verfahren wir so.«

»Ich habe noch eine Bitte an Sie«, schloss Frauke. »Wir benötigen einen Kontakt zur spanischen Polizei in Alicante. Wenn wir den offiziellen Weg einschlagen über das BKA oder Interpol, geht uns zu viel Zeit verloren. Könnten Sie das übernehmen?« Sie sah Ehlers an.

Begeisterung zeigte sich nicht im Gesicht des Dezernatleiters. »Ich werde mich darum kümmern.« Es klang deutlich gequält.

Frauke sah auf die Uhr. Es war schon nach zwanzig Uhr. »Für heute können wir nichts mehr ausrichten.«

Niemand widersprach ihr.


»Du kommst aber spät«, empfing Georg Frauke. Es klang nicht wie ein Vorwurf.

»Entschuldigung, aber wir haben im Augenblick einen außergewöhnlichen Fall. Da können wir nicht nach der Stechuhr arbeiten.«

Frauke machte sich frisch und zog sich um, bevor sie ins Esszimmer ging. Georg kam ihr mit einem Glas Portwein entgegen.

»Das entspannt«, sagte er.

Frauke nippte an ihrem Glas, bevor sie Georgs enttäuschtes Gesicht bemerkte. Pflichtschuldig schnalzte sie mit der Zunge und fragte nach dem Jahrgang.

»Der ist älter, als du alt bist. Vierzig Jahre«, erklärte Georg.

Sie hauchte ihm einen Kuss auf die Lippen. »Schmeichler.«

Dann genoss sie das Abendessen. Sie schwieg, während Georg von aktuellen Ereignissen aus aller Welt berichtete, dabei die relevanten Themen von der Politik über den Sport bis zur Kultur streifte. Frauke fiel auf, dass er die Morde in Hannover und Hildesheim unerwähnt ließ. Sie machte ihn darauf aufmerksam.

»Ich dachte mir, dass du eventuell mit der Aufklärung betraut bist. Und über deine Arbeit wollte ich nicht sprechen. Jetzt ist Feierabend.«

»Ach, Georg. Es wäre zu schön, ließe sich der Beruf in diesem Fall ausblenden. Schließlich geht es nicht nur um die Vergangenheit, sondern möglicherweise sind noch weitere Menschen in tödlicher Gefahr. Wir drehen uns im Kreise und wissen nicht so recht, welche Hintergründe zu vermuten sind.«

Georg nahm einen Schluck Rotwein und ließ ihn im Mund kreisen.

»Kann ich dir helfen?«, fragte er.

»Ich weiß nicht. Es gibt ein Dienstgeheimnis. Uns verbindet viel, aber trotzdem.«

»Du musst selbst entscheiden. Ich will dich nicht bedrängen.«

Frauke zögerte. Sie wusste, dass Georg verschwiegen war. Außerdem war er weltgewandt und hatte eine immens breit gestreute Bildung. Vielleicht konnte er mit einer Idee weiterhelfen. So begann sie, von den Toten zu berichten, von der Art, wie sie aufgefunden wurden, und der Vermutung, dass hinter den Taten möglicherweise eine radikale Sekte stehen könnte.

Georg hörte sich alles aufmerksam an, ohne sie zu unterbrechen. Versonnen nickte er zwischendurch und nippte an seinem Rotweinglas. Als sie geendet hatte, fragte er:

»Hängt das mit deinem Interesse für Halothan, Trapanal und Morphin zusammen?«

Frauke nickte.

»Hm.« Er strich sich über die Mundwinkel. »Ich habe dir schon erzählt, dass diese Dinge für Laien eine Nummer zu groß sind. Und wenn dann noch fachgerecht ein Zugang gelegt wurde, dann handelt es sich um einen Experten. Spontan würde ich sagen, dass hinter den Aktionen ein Arzt steht, der in den fünfziger Jahren sein Handwerk gelernt und zwanzig Jahre später aufgehört hat.«

»Er wäre jetzt Rentner und heute um die achtzig.«

»So ungefähr.«

»Und die Organentnahme? Muss man dazu Chirurg sein? Der Göttinger Rechtsmediziner meint, sie wurde von jemandem ausgeführt, der etwas von Anatomie versteht und auch die richtigen Gefäße abgeklemmt hat.«

»Sag das noch einmal«, unterbrach Georg sie.

»Wieso?«

»Das macht kein Laie. Ein kranker Psychopath würde den Leib öffnen und die Organe herausreißen. Dank Internet findet er auch Herz, Leber und Nieren. Bei der Lunge wird es schon ein wenig schwieriger. Aber an den richtigen Stellen die Gefäße abklemmen? Was soll das?«

»Darauf haben wir auch noch keine Antwort gefunden.«

»Wenn ein krankes Ritual dahintersteckt, ermordet man das Opfer und nimmt es aus. Aber warum die fachmännische, wenn auch überholte Narkose? Und das Morphin, um keine Schmerzen entstehen zu lassen? Man geht – auch wenn es makaber klingt – schonend mit dem Opfer um.«

»Bei dem Toten, der vor meiner Haustür lag, hat man anders gewütet. Und der wurde offenbar nicht sediert.«

Georg schüttelte sich. »Das ist unfassbar. Jeder, der sich schon einmal in den Finger geschnitten hat, weiß, welche Schmerzen damit verbunden sind. Ich fürchte, für diesen Mord musst du einen anderen Täter suchen.«

Diesen Gedanken hatte Frauke auch nicht verdrängen können. Hatten die Taten doch nichts miteinander zu tun? Ihre Gedanken schweiften erneut zu Semia und ihrem Ex-Ehemann ab, auch wenn Semias Vater den für harmlos hielt.

»Würdest du einem HNO-Arzt so etwas zutrauen?«

Georg nahm sich Zeit für die Antwort. »Wem so etwas zuzutrauen ist, darüber möchte ich nicht spekulieren.« Er berührte Frauke sanft. »Das ist eure Aufgabe. Und da möchte ich nicht mit dir tauschen. Jeder angehende Mediziner durchläuft während seines Studiums die Anatomie und schnippelt an Toten herum. Wenige können sich dafür begeistern, auch wenn sie nicht darüber sprechen. Und wie in allen anderen Berufen auch, schwinden Wissen und Fertigkeiten, wenn man sie nicht täglich anwendet. Ich würde auch keine Hornhaut transplantieren.«

Er trank einen Schluck Rotwein. Plötzlich verschluckte er sich.

»Dein Hemd«, sagte Frauke und zeigte auf die Rotweinflecken, die sich dort breitmachten.

Doch Georg ignorierte es. »Sag mal, ist den Opfern auch die Hornhaut entnommen worden?«

Frauke sah ihn irritiert an. Dann zuckte sie mit den Schultern. »Das Ganze ist so widerwärtig, dass ich es mir bisher erspart habe, den Obduktionsbefund noch einmal im Detail zu lesen. Mir reicht, was der Pathologe erzählt hat. Kann man das noch schlimmer machen?«

»Du weißt es also nicht.« Ein leiser Vorwurf schwang in Georgs Stimme mit.

»Nicht so direkt«, antwortete Frauke ausweichend. Sie wollte nicht mit »Nein« antworten.

»Dann prüfe das als Nächstes.«

»Was vermutest du?«, drängte sie Georg.

Der schwieg. Er schloss das Thema auch ab und startete einen Livemitschnitt von Leonard Bernstein.

Frauke hatte nur bedingt Zugang zu dessen Werken gefunden. Ihr mangelte es dabei oft an einer durchgängigen Harmonie. Wenn man sich eingehört hatte, brach die Melodie oft ab, und es folgte übergangslos eine andere. Heute nervten sie die »Chichester Psalms« mit ihrer geballten Energie, den Klang- und Wortmalereien und den dissonanten Septimen. Sie traute sich aber nicht, Georg zu bitten, die Aufnahme abzuschalten, als sie sah, wie er mit geschlossenen Augen dasaß und der Musik lauschte.

Nach einer Stunde war Bernstein, aus ihrer Sicht, »überstanden«.

Georg war so rücksichtsvoll, ihr eine gute Nacht zu wünschen und sie mit ihren Gedanken allein zu lassen. Und die beschäftigten Frauke nachhaltig. Sie fand kaum Schlaf. Immer wieder schreckte sie auf. Zwischendurch keimte Zorn auf Georg auf.

Warum konnte er ihr nicht sagen, was er entdeckt zu haben glaubte? Jeder Blick auf die Uhr quälte sie. Diese Nacht wollte offenbar nie vergehen.


Zum ersten Mal hatte Georg sich enttäuscht gezeigt, als Frauke das vom ihm zubereitete Frühstück ignoriert, im Stehen einen halben Becher Kaffee hinuntergestürzt und dann in Eile das Haus verlassen hatte. Ungeduldig trommelte sie auf das Lenkrad ihres Audis. Obwohl heute kein Berufsverkehr das Vorankommen erschwerte, schien es ihr, als hätten sich alle anderen Verkehrsteilnehmer gegen sie verschworen.

Das alte LKA-Areal am Welfenplatz lag friedlich da. Von außen wirkte es, als wäre es in einen Dornröschenschlaf gefallen. Es fehlte nur die Rosenhecke.

Die Wochenendruhe setzte sich im Inneren fort. Auch der Rechner schien in eine Samstagslethargie verfallen zu sein. Nach gefühlten dreißig Minuten standen ihr schließlich die Anwendungen zur Verfügung. Hastig rief sie das Autopsieprotokoll des unbekannten Hildesheimer Opfers auf und überflog es.

Ihre Augen huschten diagonal über den Bildschirm, bis sie die Stelle gefunden hatte. Georg hatte recht. Im selben Augenblick wusste sie, worauf er hinauswollte. Warum war sie nicht selbst darauf gekommen? Sie lehnte sich zurück, zoomte den Text und las den Bericht von Beginn an. Das wiederholte sie zwei Mal.

Dann nahm sie sich den Bericht Dr. Neugebauers vor. Der unterschied sich inhaltlich komplett von dem aus Göttingen. Und der kleine, aber entscheidende Hinweis fehlte. Ob der Hannoveraner es übersehen hatte?

Entschlossen druckte sie die beiden Protokolle aus, steckte sie in die Tasche und fuhr nach Isernhagen zurück.

»Bist du fündig geworden?«, fragte Georg, der an seinem Schreibtisch saß und aufblickte, als sie eintrat. Frauke war seine Missstimmung nicht verborgen geblieben. Sonst kam er ihr entgegen, wenn sie die Haustür aufschloss. Sie küsste ihn.

»Entschuldigung, aber du hast mich gestern mit deinen Bemerkungen völlig aus dem Konzept gebracht. Ich habe die ganze Nacht nicht geschlafen, weil ich mich mit dieser Frage beschäftigt habe.«

»Und?« Sie merkte an seiner Stimme, dass sein Unmut verflogen war.

»Du bist der Größte«, schmeichelte sie ihm. »Du hast vermutlich recht.«

Georg wer verblüfft. »Womit? Ich habe nichts gesagt.«

»Doch. Du hast gefragt, ob man neben den Organen auch die Augenhornhaut entfernt hat.«

»Sooo?« Georg hatte die Lippen gespitzt. Er sah sie mit einem spitzbübischen Lächeln an.

»Dein nicht ausgesprochener Gedanke …«

Er nahm sie in den Arm. »… den meine kluge Hauptkommissarin natürlich sofort erraten und weitergesponnen hat …«

»Dieser Gedanke ist richtig. Man hat bei dem Hildesheimer

Toten auch die Hornhaut entnommen. In Verbindung mit der fachmännischen Organentnahme und der Sedierung der Opfer bedeutet es, dass wir es nicht mit einer psychopathischen Sekte zu tun haben, sondern …«

»… die Opfer Organspender waren.«

Frauke nickte ernst. »Und zwar unfreiwillige.«

»Das könnte man vermuten. Mit Trapanal wurde die Allgemeinanästhesie eingeleitet, der Patient also beruhigt und betäubt. Halothan hat ihn dann vollends entschlummern lassen, und mit Morphin wurde er so eingestellt, dass er keine Schmerzen empfand.«

»Könnte es sein, dass man dem Opfer«, Frauke fiel es schwer, wie Georg von »Patient« zu sprechen, »nur eine Niere entnehmen wollte und dabei etwas aus dem Ruder gelaufen ist?«

»Das glaube ich nicht. Die Patienten wurden betäubt und dann regelrecht ausgeschlachtet. Man hat alles entnommen, was verwertbar ist. Im toxikologischen Befund stand doch auch, dass man eine Überdosis Kalium gefunden hat.«

Frauke bestätigte es.

»Als man die Organe entnommen hat, wurde der Patient bewusst getötet.«

»Ermordet«, bekräftigte Frauke.

»Richtig. Ein Arzt, mag er auch noch so kriminell sein, schneidet dabei seinem Opfer nicht die Kehle durch. Er tötet es auf andere Weise. Wusstest du, dass die für Hinrichtungen verwendete Giftspritze in den Vereinigten Staaten Kaliumchlorid enthält? Das führt zu einer Lähmung der Herzmuskulatur.«

»Was sind das für Leute, die so etwas tun? Sie sprechen Menschen an, die niemand vermisst. Obdachlose, von denen man annimmt, dass sie weitergezogen sind; Ahnungslose aus armen Ländern, die sich vom versprochenen Geld für das Spenden einer Niere eine Besserung ihrer Lebenssituation erhoffen. Warum machen die das?«

»Geld. Es geht ausschließlich um Geld. Sehr viel Geld. Alle Transplantationen kosten mindestens einen sechsstelligen Betrag, für eine Leber muss man schon über eine Million hinblättern.«

»Und da es nicht genügend Spender gibt, verschafft man sich Nachschub auf diese Weise.«

»Das könnte man vermuten.«

»Aber das ist ethisch doch nicht vertretbar?« Frauke gab sich selbst die Antwort. »Kein Tötungsdelikt ist ethisch vertretbar.«

»Eben«, stimmte Georg zu.

»Und wenn die Täter nicht zu gierig gewesen wären und die Augenhornhaut nicht entnommen hätten, dann hätten wir noch lange herumgerätselt.«

»Vermutlich. Die Cornea, also die Hornhaut, wird durch geeignetes Spendermaterial ersetzt. Die Keratoplastik ist übrigens schon seit zweihundert Jahren chirurgisches Handwerk. Das Spendenmaterial wird in einer Hornhautbank aufbereitet.«

»Das müsste ein Ansatzpunkt sein«, überlegte Frauke laut. »Je größer der Kreis der Mitwisser ist, umso eher findet sich eine undichte Stelle.«

»Das mag zutreffend sein, aber diese undichte Stelle lässt sich nicht am Wochenende lokalisieren. Jetzt ist Feierabend.«

Es klang wie ein endgültiger Beschluss.

# FÜNF

»Guten Morgen, Frau Dobermann. Nanu? Sie sind schon da?«
Jakob Putensenf steckte seinen Kopf zur Bürotür herein. »Hatten
Sie ein schönes Wochenende?«

»Im Unterschied zu Ihnen war meines vielleicht nicht schön,
dafür aber erfolgreich.«

Putensenf zog es vor, nicht zu antworten. Kurz darauf hörte
Frauke ihn auf dem Flur zu irgendjemandem sagen. »Die hat wohl
kein Date am Wochenende gehabt, so wie die drauf ist.«

Frauke revanchierte sich, als das Team zur Besprechung zusam-
mengekommen war.

»Manche möchten nicht, mancher kann nicht!«

Madsack sah sie fragend an.

»Putensenf, der für den Flurfunk zuständig ist, wird es Ihnen
erläutern.« Mit Genugtuung sah sie, wie der Kriminalhauptmeister an der Ecke seines Schreibblocks herumnestelte, ohne dabei
aufzusehen.

»*Ich* habe am Wochenende eine neue Theorie entwickelt.« Sie
berichtete von der Idee, dass hinter den Taten möglicherweise die
Organmafia stecken könnte.

»Das erklärt auch die Nachthemden, mit denen die Opfer bekleidet waren«, warf Madsack ein. »Das sind OP-Hemden.«

»Sehr gewagt«, erklärte Putensenf zweifelnd. Niemand ging auf
seinen Einwand ein.

»Natürlich gibt es noch Ungereimtheiten. Da ist die Tagesklei-
dung des Hildesheimer Opfers.«

»Der zudem nicht im Wald bei den anderen gefunden wurde.«
Putensenf war zur Sacharbeit zurückgekehrt. »Und der Tote vor
Ihrer Haustür.« Dabei zeigte er mit dem Kugelschreiber auf Frauke.

»Das ist uns bekannt. Diese Fragen gilt es noch zu klären.«

»Angenommen, es ist die Organmafia, die hinter den Taten
steckt, dann macht es doch nur Sinn, wenn es Abnehmer dafür
gibt.« Madsack kräuselte die Stirn.

»Das ist ein millionenschweres Geschäft«, erklärte Frauke. »Dahinter verbirgt sich eine gut strukturierte Organisation. Die Organ-spender müssen beschafft werden. Da haben wir Ansatzpunkte. Die Obdachlosen vom Hildesheimer Bahnhof, Leute aus dem Osten, offenbar bevorzugt aus der Republik Moldau. Es hat den Anschein, als hätte man sich hierzu auch der Dienste Testemitanus bedient. Es wird qualifiziertes medizinisches Personal für die Organentnahme benötigt, außerdem geeignete Örtlichkeiten.«

»Also ein Krankenhaus«, warf Putensenf ein.

»Vielleicht reicht auch eine Arztpraxis, die gut ausgestattet ist, in der zum Beispiel ambulante Operationen durchgeführt werden.«

»Das ist doch viel zu gefährlich«, gab Putensenf zu bedenken.

»Nein, Jakob«, erklärte Madsack. »Das Risiko können die Täter eingehen. Wenn etwas Unvorhergesehenes passiert, ist das ein Be-triebsunfall. Da offensichtlich nicht beabsichtigt war, die Spender überleben zu lassen, kann die Infrastruktur der Stelle, an der die Entnahme durchgeführt wird, relativ einfach sein.«

»Ich bin Laie«, bekannte Putensenf. »Warum treibt man über-haupt den Aufwand und betäubt die Opfer zunächst? Man könnte sie doch gleich töten und die Organe den Leichen entnehmen.«

»Das ist medizinisch nicht möglich«, sagte Frauke. »Organe von Verstorbenen sind nicht verwendbar. Deshalb funktioniert das nur von Hirntoten.«

»Das schränkt die Zahl der möglichen Spender natürlich er-heblich ein«, ergänzte Madsack. »Und mancher potenzielle Or-ganspender lässt sich davon abschrecken.«

»Das ist Humbug«, erklärte Frauke burschikos. »Niemand muss deshalb Sorge haben. Verantwortungsvolle und erfahrene Me-diziner garantieren absolute Sicherheit. Nur wenn der Hirntod einwandfrei festgestellt ist und die Organe künstlich am Leben, das heißt am Dahinvegetieren, erhalten werden, kann eine Organ-spende erfolgen. Und bei allen Skandalen der jüngsten Zeit stand nie diese Frage zur Diskussion, sondern lediglich die Verwendung der Spenderorgane. Da ist es nicht mit rechten Dingen zugegangen. Man hat die strengen Regeln, die von Eurotransplant aufgestellt wurden, umgangen. Und diese kriminellen Akte sind in unserem Fall weiterentwickelt worden. Eurotransplant ist keine auf Ge-winn ausgerichtete, sondern eine ausschließlich nach humanitären

Grundsätzen tätige Einrichtung. Die Organmafia, mit der wir es hier – vermutlich – zu tun haben, hat das Geschäftsmodell perfektioniert. Sie beschaffen die Organe, sie stellen den Kontakt zu den Patienten her, und sie haben Einrichtungen, in denen der medizinische Eingriff vorgenommen wird.«

»Das sind aber größere Operationen, die man nicht in einer am Wochenende verwaisten Zahnarztpraxis vornehmen kann.« Madsack hatte recht.

»Das muss ein gut ausgestattetes Krankenhaus sein.«

Putensenf winkte ab. »Daran scheitert doch die Theorie. Sollte es sich wirklich so verhalten wie hier als Theorie ausgebreitet, wäre der Kreis der Mitwisser viel zu groß.«

Das traf leider zu, musste Frauke eingestehen. »In Deutschland gibt es knapp über sechzig Transplantationszentren. Dort wird nach höchstem medizinischem Standard lebenserhaltend gearbeitet.«

»Die können wir ausschließen.« Ehlers stand im Türrahmen und hatte dem Gespräch eine Weile zugehört. Jetzt nahm er am Tisch Platz. »Es gab zwar Ungereimtheiten in der Vergangenheit, aber die dürften ausgeräumt sein.«

»Eine Transplantation ist ein schwerwiegender Eingriff. Der kann nur in einem dafür ausgerüsteten Krankenhaus erfolgen«, sagte Frauke.

»Also sind wir so klug wie zuvor.« Madsack klang resigniert. »Obwohl der Ermittlungsansatz logisch klang. Wie verhält es sich eigentlich technisch, ich meine … Also, wenn ein Organ entnommen wird … wie viel Zeit hat man, um es zu verpflanzen?«, fragte der Hauptkommissar. »Könnte die Verpflanzung vielleicht irgendwo im Ausland stattfinden?«

»Theoretisch ist das denkbar«, antwortete Frauke. »Aber es würde keinen Sinn machen, die unfreiwilligen Spender nach Deutschland zu locken, ihnen hier die Organe zu entnehmen und diese dann über die Grenze zu bringen. Ich bin davon überzeugt, dass wir hier bei uns suchen müssen.«

»In Niedersachsen?«, fragte Putensenf ungläubig.

Frauke nickte. »Richtig. Irgendwo im Großraum zwischen Göttingen, Braunschweig und Hannover.«

»Wieso wollen Sie die Region eingrenzen?«, fragte Ehlers.

»Weil Hildesheim im Zentrum dieser Region liegt«, begründete Frauke. Sie nickte Schwarczer zu. »Was haben Sie herausgefunden?« Sie sah die anderen an. »Schwarczer war von Freitag bis Sonntagabend am Flughafen und hat die Überwachungsvideos gesichtet.«

Selbst Putensenf ließ sich zu einem anerkennenden Nicken herab.

»Am Donnerstag vor Ostern –«

»Gründonnerstag«, unterbrach ihn der Kriminaloberrat.

»Eine Woche früher«, fuhr Schwarczer fort. »Da wurde der Range Rover von Frau van Rhynern im Parkhaus abgestellt. In ihrer Begleitung befand sich ein Mann, der nicht osteuropäisch aussah.«

»Wer fuhr den Range Rover, als Julia van Rhynern und der Mann ihn in Langenhagen abgestellt haben?«, fragte Frauke.

»Der Mann«, antwortete Schwarczer.

»Das Fahrzeug ist doch auf das Ehepaar van Rhynern zugelassen. Das ist merkwürdig.«

»Die beiden machten einen vertrauten Eindruck. Beide hatten Reisegepäck dabei. Das Fahrzeug blieb am Flughafen stehen, bis es eine Woche später von Testemitanu abgeholt wurde. Am Karfreitag wurde es wieder am Flughafen abgestellt.«

»Dann könnte Testemitanu mit dem Wagen den Hildesheimer Toten transportiert haben.«

Putensenf widersprach Frauke. »Das ist eine sehr gewagte Theorie. Das ist durch nichts bewiesen.«

»Vielleicht doch. Der Range Rover befindet sich beim KTI. Mit ein wenig Glück können die Techniker Spuren des Toten im Wagen nachweisen. Unterstellen wir einmal, dass es so gewesen sein *könnte*.« Sie hob die Hand in Schwarczers Richtung.

»Der Range Rover wurde am Ostermontag von einem bis dahin nicht aufgetretenen Mann aus dem Parkhaus geholt und am Dienstag wieder abgestellt.«

»Weil mit ihm Testemitanus Leiche vor meine Haustür transportiert wurde. Dann dient der Flughafen als zentraler Platz für den Wagen. Und immer wenn er gebraucht wurde, hat ihn jemand dort abgeholt.«

»Das sind aber keine Autodiebe«, gab Madsack zu bedenken.

»Also müssen wir davon ausgehen, dass die Leute im Besitz eines regulären Fahrzeugschlüssels waren. Wo haben sie den her?«

»Genau. Und mit wessen Einverständnis wurde der Wagen benutzt?« Niemand widersprach Frauke.

»Ich habe ein Bild von dem Mann anfertigen lassen, der den Range Rover am Gründonnerstag abgeholt hat.« Schwarczer öffnete den Aktendeckel, der vor ihm lag, und verteilte die Fotografien. »Leider ist die Qualität sehr dürftig.«

Putensenf warf einen Blick darauf. »Sieht auch aus wie ein Russe.«

»Möglicherweise ein Osteuropäer«, belehrte ihn Frauke.

»Das war einfacher, als wir noch die UdSSR hatten«, knurrte der Kriminalhauptmeister. »Da herrschte hinterm Eisernen Vorhang noch Zucht und Ordnung.«

»Wie gut, dass wenigstens Sie sich daran erinnern können«, antwortete Frauke. »Immerhin haben wir einen Gestrigen in dieser Runde.«

»Es ist bisher nicht gelungen, den Fahrer zu identifizieren«, sagte Schwarczer.

»Dafür hätte man doch herausfinden können, wer Julia van Rhynern zum Flughafen begleitet hat«, warf Putensenf ein.

»Die Frau ist mit ihrem Begleiter durch das Gate A4.« Madsack räusperte sich. »Das habe ich recherchiert. Die beiden sind ab Hannover mit der KLM nach Amsterdam geflogen. Von dort haben sie den Anschluss mit Vueling Airlines –«

»Mit was?«, unterbrach ihn Putensenf.

»Vueling. Das ist eine prosperierende spanische Billigfluglinie, die besonders seit der Insolvenz von Spanair kräftig wächst. Die haben mit Clickair fusioniert und –«

»Danke, Madsack. Julia van Rhynern und ihr Begleiter sind also ab Amsterdam wohin geflogen?«, unterbrach Frauke die zu detaillierten Ausführungen.

»Nach Alicante. Dort haben sie einen Leihwagen gebucht.«

»Wo wollten sie hin?«

»Das weiß ich nicht«, gestand der Hauptkommissar.

»Kennen wir den Namen ihres Begleiters?«

»Seit zwanzig Minuten. Deshalb hatte ich auch noch keine

Gelegenheit, etwas über ihn herauszufinden. Der Flug war für Gerhard von Tannenberg gebucht.«

»Ist das nicht so ein Immobilienfritze?« Putensenf kratzte sich den Bart.

»Richtung. Jetzt, wo du das sagst«, stimmte Madsack zu. »Der kauft aus der Mietpreisbindung herausfallende Wohnanlagen auf und lässt sie dann verkommen.«

»Was macht das für einen Sinn?«

»Putensenf! Darüber machen wir uns heute keine Gedanken.« Frauke zeigte auf Madsack. »Finden Sie anhand der Fotos, die Schwarczer gemacht hat, heraus, ob es sich wirklich um von Tannenberg handelt. Sie werden mit Sicherheit im Internet Bilder von ihm finden.«

»Ich war auch nicht untätig«, schaltete sich Ehlers ein. »Wir haben auf dem kurzen Dienstweg einen Kontakt zur spanischen Polizei herstellen können.« Er sah Frauke an. »Darum hatten Sie mich gebeten. Comisario Principal, das ist so etwas wie ein Hauptkommissar, Francisco Joaquín Pérez Rufete heißt der Mann.« Er schob Frauke einen handgeschriebenen Zettel über den Tisch. »Das ist seine Rufnummer. Er ist informiert.«

»Sie haben mit ihm gesprochen?«

»Das wollte ich Ihnen überlassen.«

Sie beendeten die Dienstbesprechung, und Frauke rief zunächst Dr. Neugebauer in der Rechtsmedizin Hannover an.

»Haben Sie eventuell übersehen, dass Serghei Testemitanu nicht nur die Genitalien, sondern auch die Hornhaut entfernt wurde?«

»Wenn Sie meinen, Sie machen den Job gründlicher, dann bitte.« Der Arzt klang pikiert. »Steht so etwas im Bericht?«

»Deshalb frage ich nach.«

»Wenn Sie das nicht gefunden haben, wird der Tote noch über die Hornhaut verfügen und damit munter in die Weltgeschichte blinzeln. Falls Sie mir nicht glauben, kommen Sie vorbei und sehen Sie selbst nach. Sie müssten sich allerdings hierherbemühen. Ich kann Ihnen die Leiche nicht ins Büro schicken.«

Erfreulicher war das Zwischenergebnis des KTI. Man hatte einen Schnelltest durchgeführt und menschliches Blut auf der Ladefläche des sichergestellten Range Rovers gefunden.

»Auf die DNA müssen Sie noch ein paar Tage warten«, erklärte Fraukes Gesprächspartner. »Aber wir haben die Blutgruppe B mit dem Rhesusfaktur positiv gefunden. Den haben bei uns in Deutschland nur neun Prozent der Menschen. Diese Blutgruppe hatte auch der Tote aus Hannover. Wie hieß er noch gleich?«

»Serghei Testemitanu.«

»Oh«, sagte der Kriminaltechniker. »Ich bin kein Rechtsmediziner, aber was bei uns seltener vorkommt als B positiv, ist in Indien und Ostasien keine Seltenheit. Dort laufen fast ein Drittel der Leute mit dieser Blutgruppe herum.«

»Testemitanu ist Europäer«, erklärte Frauke.

»Ich wollte es nur gesagt haben. Wir haben übrigens auch Fasern gefunden. Die könnten von einer Jacke stammen. Da wäre noch etwas, was ich nicht verstehe. Das sind die Fingerabdrücke des Opfers. Er muss den Range Rover gefahren haben. Die Abdrücke wurden dann aber zum Teil verwischt, das heißt überlagert.«

»Haben Sie die anderen Fingerabdrücke sicherstellen können?«

»Nein. Ich kann nur mit Sicherheit sagen, dass der letzte Fahrer Handschuhe getragen hat. Ich weiß auch nicht, welche Bedeutung es hat, aber wir haben an Gas- und Bremspedal Hundekot gefunden.«

»Das ist großartig«, freute sich Frauke und unterließ es, zu erklären, dass der Täter, der Testemitanu am Dienstag nach Ostern vor ihrer Haustür abgeladen hatte, in die Hinterlassenschaft eines Hundes hineingetreten war. »Wir brauchen eine DNA des Hundekots.«

»Was man nicht alles macht«, grummelte der Techniker. »Wir benötigen den Auftrag schriftlich. Das ist wegen der Kosten«, fügte er erklärend an.

Es war ein Geduldsspiel, bis Frauke Comisario Francisco Joaquín Pérez Rufete am Telefon erreichte. Zuvor war sie mit der halben Polizei Alicantes verbunden worden, so schien es ihr zumindest. Rufete sprach Englisch mit starkem Akzent. Frauke kam es vor, als wäre er bei seiner Muttersprache geblieben und würde nur sporadisch englische Vokabeln einfügen. Sie verstand jedenfalls nur die Hälfte und reimte sich den Rest zusammen. Hoffentlich arbeiten die spanischen Kollegen genauso schnell, wie sie sprechen, schoss es ihr durch den Kopf.

Schließlich versprach der Comisario nachzuhaken, wo Julia van Rhynern und ihr Begleiter geblieben waren. Ja, er werde sich melden. Sofort. Umgehend. Schnellstens. Ganz bestimmt. Sie könne sich darauf verlassen.

»Wenn Sie die Frau gefunden haben, so lassen Sie sich bitte von ihr den Autoschlüssel zeigen. Es muss ein Range Rover sein.«

»Ist sie damit hierhergekommen?«

Frauke stöhnte leise auf. »Nein! Sie ist geflogen und hat sich einen Leihwagen am Flughafen in Alicante genommen.«

»Ach ja. Aber warum sollen wir nach dem Schlüssel fragen?«

»Weil der vermutlich für eine Straftat hier in Deutschland benutzt wurde. Ich möchte wissen, ob Julia van Rhynern *ihren* Autoschlüssel bei sich hat.«

Rufete begann erneut zu versichern, dass er umgehend … Frauke hörte nicht mehr hin.

Dann bestellte sie Schwarczer zu sich und trug ihm auf, nach Wolfenbüttel zu fahren. Dort hatte »die Organisation« des Dottore Carretta eine Privatklinik unterhalten, in der sogar Nierentransplantationen durchgeführt wurden. Hatte man das wieder aktiviert? Gab es Nachfolger für den unscheinbaren Paten Carretta, der sich hinter der Maske des biederen Rechtsanwalts getarnt hatte? Es wäre nicht das erste Mal, dass Bosse auch aus der Gefängniszelle heraus ihr Imperium weiterleiteten.

Putensenf verdrehte kunstvoll die Augen, als Frauke ihn aufforderte, sie nach Sarstedt zu begleiten.

Das Wartezimmer des Arztes war proppenvoll. Sogar auf dem Flur saßen Patienten.

»Ausgeschlossen«, sagte die Sprechstundenhilfe an der Rezeption. »Der Herr Doktor ist nicht zu sprechen. Für niemanden. Sie sehen ja selbst, was hier los ist.«

»Entweder Sie arrangieren es, dass wir nach dem nächsten Patienten mit Dr. van Rhynern sprechen können, oder wir marschieren ohne Voranmeldung ins Behandlungszimmer«, drohte Frauke.

»Sie können doch nicht —«

»Doch! Wir können!«

Die Frau versuchte immer noch, das Revier des Arztes zu verteidigen. Frauke hätte es nicht gewundert, wenn sie gefragt hätte, ob die Beamten ihren bevorzugten Gesprächstermin damit begründen könnten, dass sie Privatpatienten seien.

Erst als Frauke andeutete, sie werde ihre Drohung wahrmachen, gab die Sprechstundenhilfe auf.

Dr. van Rhynern zeigte sich nicht erstaunt, als er in das Behandlungszimmer trat. Seine Mitarbeiterin hatte ihn vorgewarnt.

»Das ist ungeheuerlich, was Sie sich herausnehmen.« Die Zornesröte war ihm ins Gesicht gestiegen. »Ich werde mich beschweren. Das können Sie sich nicht erlauben.«

»Sie hätten es sich ersparen können, wenn Sie uns die Wahrheit gesagt hätten«, sagte Frauke und sah zu der Arzthelferin, die den Mediziner begleitet hatte und schüchtern in der Ecke stand. »Bei der Polizei macht man keine Falschaussagen.«

»Warten Sie draußen«, schnauzte der Arzt seine Mitarbeiterin an. Fraukes Bemerkung hatte die gewünschte Wirkung erzielt.

»Ihre Frau ist nicht mit dem Range Rover nach Spanien gefahren. Warum haben Sie uns angelogen?«

Dr. van Rhynern stutzte. »Aber Sie hat doch —«, begann er und brach hilflos den Satz ab. »Julia ist mit dem Auto in unsere Ferienwohnung nach Vera Playa.«

»Das liegt zwischen Alicante und Almería«, sagte Frauke.

»In der Provinz Almería.« Er sah Frauke überrascht an. »Woher kennen Sie Vera Playa?«

»Wir haben Erkundigungen eingeholt. Ihre Frau ist in der Woche vor Ostern nach Alicante geflogen. Der Range Rover steht am Flughafen Hannover.«

»Das kann nicht sein. Sie wollte mit dem Auto nach Spanien.«

»Wann haben Sie zuletzt mit ihr gesprochen?«

»Hören Sie. Was soll das Ganze? Das geht Sie doch nichts an.«

»Doch. Es geht um Mord.«

»Mord?« Dr. van Rhynern ließ sich auf einen Drehstuhl fallen. Die Arme sanken kraftlos an seinem Körper herab und baumelten neben den Oberschenkeln. »Ist was mit Julia?«

»Das wissen wir nicht. Wir haben nicht nur die Überwachungs-videos ausgewertet, sondern auch festgestellt, dass sie einen Flug nach Alicante gebucht hat.«

»Almería ist näher, aber dorthin gibt es keine guten Verbindun-gen«, murmelte der Arzt.

»Mit wem ist Ihre Frau geflogen?«

Mit weit aufgerissenen Augen sah er Frauke an. »Ist das nicht Privatsache?«

»Würden wir Sie dann befragen?«, antwortete Frauke mit einer Gegenfrage.

»Ich weiß es nicht.«

»Immerhin leugnen Sie nicht, davon zu wissen.«

Dr. van Rhynern schlug die Hände vors Gesicht.

»Das ist alles sehr persönlich. Und ausgesprochen peinlich«, fügte er an. »Sie sehen selbst, was hier los ist. Die Praxis läuft gut, aber das erfordert auch viel Arbeit. Julia waren die guten Lebensbedingungen offenbar nicht gut genug. Sie geht reiten, spielt Golf. Abends ist sie oft unterwegs. Hier eine Party, dort eine Vernissage. Da kann ich zeitlich nicht mithalten. Und wenn eine attraktive Frau allein unterwegs ist, bleibt es nicht aus, dass andere Männer sich für sie interessieren. Ich habe es immer geahnt, aber nicht gewusst.«

Frauke hatte keine Veranlassung, Rücksicht auf das außerehe-liche Liebesleben dieser Leute zu nehmen. »Kennen Sie Gerhard von Tannenberg?«

»Von Tannenberg?« Der Name kam wie ein Aufschrei aus Dr. van Rhynerns Mund. »Ist Julia mit ihm …?«

»Es sieht so aus.«

»Dieses Schwein.« Die Augenlider flatterten. »Warum ich? Warum alles gegen mich?«

»Was richtet sich gegen Sie?«

Es schien, als hätte der Arzt gar nicht zugehört. Schließlich sagte er zu sich selbst: »Warum spannt er mir die Frau aus?«

»Woher kennen Sie von Tannenberg?«

»Wir spielen zusammen Golf. Außerdem hat er —« Er brach mitten im Satz ab.

»Was hat von Tannenberg?«, fragte Frauke nachdringlich.

»Nichts.«

Sie forderte Dr. van Rhynern mehrfach auf zu reden, aber der Arzt weigerte sich beharrlich.

»Wo waren Sie Ostern?«

»Das kann ich nicht sagen.«

»Gut«, entschied Frauke. »Dann nehmen wir Sie jetzt mit. Sie stehen möglicherweise unter Mordverdacht.«

»Was?« Dr. van Rhynern war so heftig aufgesprungen, dass der Drehschemel rückwärtsrollte und krachend gegen die Wand stieß.

»Sie haben richtig gehört. Mit dem Range Rover sind vermutlich Mordopfer transportiert worden.«

»Aber ... Das kann doch gar nicht sein.«

»Doch. Und da Ihre Frau nachweislich mit Gerhard von Tannenberg nach Spanien geflogen ist, Sie uns auch nicht verraten wollen, wo sie sich dort aufhält und wie wir sie erreichen können, stehen Sie im Verdacht, mit dem Range Rover gefahren zu sein.«

»Das geht doch gar nicht. Ich bin am Donnerstag nach Praxisschluss weggefahren.«

»Kann das jemand bezeugen?«

»Darüber kann ich nicht reden.«

»Dann kommen Sie mit.«

Putensenf griff nach dem Ellenbogen des Arztes. Der schüttelte die Hand des Kriminalhauptmeisters ab.

»Ich war bis Dienstag früh mit einer Frau unterwegs.«

Frauke fragte nach dem Namen.

»Den kann ich nicht nennen.«

Frauke lachte. »Das ist der Klassiker.«

»Die ist verheiratet, nun ja, auch wenn sie von ihrem Mann getrennt lebt. Dabei handelt es sich um eine bekannte Persönlichkeit aus der Politik.«

Frauke erriet den Namen und nannte ihn.

Der Arzt bestätigte ihre Vermutung mit einem schwachen Kopfnicken. »Wir waren im Romantik-Hotel Bösehof in Bad Bederkesa.«

»Unter welchem Namen?«

»Als Ehepaar van Rhynern«, sagte der Arzt kleinlaut. »Meine Ehe ist aus dem Ruder gelaufen. Meine Frau nimmt sich alle

Freiheiten dieser Welt. Da dürfte es mir doch auch erlaubt sein, ein bisschen Spaß zu haben.«

»Woher kennen Sie Ihre Begleitung?« Es war reine Neugierde, die Frauke zu der Frage trieb.

»Sie ist eine Patientin. Während bei mir alles diskret abläuft, scheut sich meine Frau nicht, ihre selbst erklärte Unabhängigkeit öffentlich zur Schau zu stellen.«

»Warum trennen Sie sich nicht von ihr?«

Für einen kurzen Moment schweiften Fraukes Gedanken zu ihrem eigenen Ehemann ab, dem »Papier-Mann«. Sie hatte schon lange nichts mehr von Herrn Dobermann gehört, wusste nichts von seinen Lebensumständen, einer neuen Partnerschaft. Die hat er nicht, dachte sie grimmig. Der ist mit seiner Bierflasche und dem Fernsehapparat verbandelt.

»Das geht nicht so einfach«, begründete Dr. van Rhynern das Missliche seiner Situation. »Ich kann mir keinen Skandal und letztlich auch keine Scheidung leisten.«

»Sie werden nicht am Hungertuch nagen. Wo wohnen Sie eigentlich?«

»Wir haben ›Am Sonnenkamp‹ gebaut. Das ist eine Siedlung östlich der B 6. Hier in Sarstedt«, ergänzte er.

»Ein Haus, eine florierende Praxis, die Wohnung in Spanien. Golf. Pferd. Range Rover und Porsche. Das ist ein flotter Lebensstil.«

»Wird das eine Neiddebatte?«, fragte er aggressiv.

Frauke ging nicht darauf ein. »Wann haben Sie das letzte Mal den Range Rover gefahren?«

»Mit dem ist meine Frau in Spanien.«

»Hören Sie auf damit!« Der Arzt erschrak, als Frauke laut geworden war. »Uns können Sie ein solches Märchen nicht auftischen. Der Wagen steht im Parkhaus.« Sie ließ unerwähnt, dass das nicht mehr zutraf. In diesem Moment kümmerten sich die Techniker des KTI um das Fahrzeug. »Wann haben Sie den Range Rover das letzte Mal gefahren?«

»Gar nicht. Ich bin mit dem Porsche unterwegs.«

»Gut. Dann werden wir also keine Spuren von Ihnen im Wagen finden. Sie wissen, was es bedeutet, wenn doch?«

»Schön – manchmal bin ich auch mit dem Rover unterwegs. Wenn ich Getränke kaufe oder bei einem auswärtigen Golfturnier bin.«

»Wann war das das letzte Mal?«

»Ich weiß es nicht.«

»Ist Ihnen etwas aufgefallen, als Sie mit dem Rover gefahren sind?«

»Was denn?«

»Eine verschmutzte Ladefläche zum Beispiel. Oder die Kilometerleistung.«

»Darum kümmere ich mich nicht. Die Autos werden regelmäßig von unserer Tankstelle gepflegt. Innen und außen. Und wie viele Kilometer meine Frau damit fährt ...? Keine Ahnung. Wir führen ja kein Fahrtenbuch.«

»Wenn Sie gelegentlich mit dem Rover fahren, müssten Sie auch einen Schlüssel haben.«

Dr. van Rhynern klopfte von außen auf seine Hosentasche. »Die Autoschlüssel sind zu dick, um sie ständig mit sich herumzutragen. Meiner liegt bei mir zu Hause.«

»Dann fahren wir jetzt in Ihre Wohnung und suchen den Schlüssel.«

»Das geht nicht. Die Patienten warten.«

»Wir haben es auch eilig«, sagte Frauke ungerührt. »Kommen Sie so mit? Wir wollen kein Aufsehen erregen.«

»Warten Sie.« Dr. van Rhynern war etwas eingefallen. »Heute ist Montag. Da ist unsere Putzfrau im Haus. Ich könnte sie anrufen.«

»Gut«, erklärte sich Frauke einverstanden.

Der Arzt griff zum Telefon. Er konnte seine Nervosität nicht verbergen. Erst im dritten Versuch gelang es ihm, seinen Privatanschluss anzuwählen.

»Hier van Rhynern. Frau Paslowski, gleich werden zwei Leute erscheinen. Ein Mann und eine Frau. Die wollen sich im Haus den Autoschlüssel meiner Frau ansehen. Zeigen Sie ihn denen. Das ist in Ordnung.«

Frauke hob den Finger. »Wir werden ihn mitnehmen.«

»Äh – Frau Paslowski. Die nehmen den mit. Geben Sie den

heraus.« Er legte ohne Abschiedsgruß auf und war sichtlich erleichtert, als die Beamten aufbrachen.

»Das ist unerhört«, schimpfte die Mitarbeiterin am Tresen hinter ihnen her. »Was die sich alles rausnehmen.«

Die Straße bis zum ersten Kreisverkehr hieß sinnigerweise »An der Straßenbahn«.

»Ist das ein Zufall oder ein Sinnbild?«, fragte Putensenf, als sie in die Hildesheimer Straße abbogen. »Alle Wege in diesem Fall weisen nach Hildesheim.«

»Am Sonnenkamp« war eine Ringstraße, die durch eine Neubausiedlung führte. Das Haus Dr. van Rhynerns unterschied sich in nichts von dem seiner Nachbarn. Die Haustür stand offen, und auf der Eingangsstufe saß eine rundliche Frau in einem geblümten Kittel. Sie nahm noch einen Zug aus ihrer Zigarette, drückte die Kippe auf dem Stein aus und versteckte sie in einer Streichholzschachtel.

»Sind Sie die, wo Schlüssel für Auto von Frau holen wollen?«, fragte sie.

Frauke bestätigte es.

»Haben gesucht. Überall. Der Doktor manchmal unordentlich.« Sie lachte und zeigte dabei ein paar Zahnlücken. »Meistens ist in Flur. Hab auch geguckt auf Schreibtisch und in Schlafzimmer. Aber nicht da.« Sie breitete die Arme aus. »Tut mir leid.«

»Gibt es noch andere Stellen? Sollen wir beim Suchen helfen?«, fragte Frauke.

Frau Paslowski baute sich im Eingang auf und stemmte die Fäuste in die breiten Hüften. »Nicht geht. Niemand geht in Haus.«

Frauke wäre nicht erstaunt gewesen, wenn sie gebellt oder die Zähne gefletscht hätte.

Frauke wählte noch einmal die Praxis an. Es dauerte fünf Minuten, bis Dr. van Rhynern zurückrief.

»Das kann nicht sein«, behauptete er. »Der Wagenschlüssel hängt am Schlüsselbrett.«

Frauke gab es an Frau Paslowski weiter. Die spreizte Zeige- und Mittelfinger und führte sie in Richtung ihrer Augen.

»Ich nicht blind. Schlüssel nicht da.«

»Dumm, dass der Doktor sich für HNO entschieden hat«, brummte Putensenf. »Wäre er Augenarzt, hätte er womöglich mehr Durchblick.«

»Ich fürchte, Sie haben ein großes Problem«, sagte Frauke und beendete die Verbindung zum Arzt.

Log Dr. van Rhynern? Oder wusste er wirklich nicht, wo die Fahrzeugschlüssel abgeblieben waren? Natürlich konnte auch seine Ehefrau den Schlüssel an einen Dritten weitergegeben haben.

»Wir fahren zurück nach Hannover«, entschied sie.

Vom Auto aus rief Frauke im Romantik-Hotel in Bad Bederkesa an. Dort verweigerte man ihr die telefonische Auskunft, erklärte sich aber bereit, sie an das Landeskriminalamt zu übermitteln. Wenig später erhielt sie von dort die Bestätigung, dass Dr. van Rhynern mit seiner Ehefrau die Ostertage im Hotel verbracht hatte.

»Dann erübrigt es sich, die Dame, die ihn begleitet hat, zu vernehmen«, sagte Frauke.

Mit einem Seitenblick gewahrte sie, dass Putensenf sich auf diese Zeugenbefragung gefreut hätte.

»Na, Putensenf? Sie hätten die Frau am liebsten in Begleitung eines Boulevardreporters und eines Paparazzos besucht und nach ihrem Ausflug über die Feiertage befragt?«

Erwartungsgemäß erhielt sie keine Antwort.

# SECHS

Schwarczer war inzwischen auch aus Wolfenbüttel zurückgekehrt.

»Die ehemalige Privatklinik an der Ecke Breite Herzogstraße und Ziegenmarkt ist aufgelöst«, berichtete er. »Das Gebäude ist umgebaut. Die Etage ist von der Bank bezogen, die bisher auch schon im Haus war. Dr. Fehrenkemper, der damals die Nierentransplantationen in Wolfenbüttel ausgeführt hatte, ist im gegenseitigen Einvernehmen als Oberarzt an der Medizinischen Hochschule Hannover ausgeschieden. Dort sagte man mir, dass er, kurz nachdem wir den Fall abgeschlossen hatten, ans Bezirkskrankenhaus nach Tromsø in Nordnorwegen gegangen ist.«

»Viele deutsche Mediziner gehen nach Norwegen. Wird dort transplantiert?«, fragte Frauke.

Niemand konnte die Frage beantworten. »Fehrenkemper war kein Schmalspurchirurg. Er kann sich dort auch anders nützlich machen. Andererseits galt er als hervorragender Transplantationsmediziner. Warum sollte er also sein Talent auf das Entfernen perforierter Blinddärme reduzieren?«

»Wir sollten der Sache nachgehen«, schlug Madsack vor.

»Was ist aus dem anderen geworden, dem jungen Mediziner, den wir in Wolfenbüttel angetroffen haben?«

»Bassmann? Der ist inzwischen promoviert und arbeitet an der städtischen Klinik in Linz in Österreich«, erklärte Schwarczer.

»Alle Beteiligten haben das Weite gesucht«, stellte Putensenf fest.

»Das ist zwei Jahre her«, sagte Frauke. »Selbst wenn Bassmann ein tüchtiger Arzt ist, wird er noch keine eigenständigen Operationen durchführen. Ich denke, den können wir vergessen.«

»Und Dr. Fehrenkemper?«, mischte sich Madsack ein.

»Der hat Erfahrungen und Verbindungen. Möglicherweise kennt er die Szene, die illegal operieren lässt und dafür viel Geld zahlt. Wer über die nötigen Mittel verfügt, kann sich ein Organ und die dazugehörige Operation auf dem grauen Markt erkaufen«, war Frauke überzeugt.

149

»Woher die Organe kommen, glauben wir zu wissen«, sagte Putensenf. »Aber wo werden sie implantiert? Das funktioniert nicht in einem Hinterzimmer. Wenn – ich betone ausdrücklich: *wenn!* – etwas an dieser abenteuerlichen These dran sein sollte, dann muss es ein renommiertes Krankenhaus sein. Ich verstehe auch nicht, weshalb man die unfreiwilligen Organspender regelrecht ausschlachtet und ihnen nicht nur die eine Niere entnimmt.«

»Die Täter sind skrupellos. Sie wollen sich das Geld, das man dem Spender versprochen hat, sparen«, warf Madsack ein.

»Pah!« Putensenf lachte auf und hob seinen rechten Arm. »Was bekommt so ein armer Teufel für die Niere? Fünftausend?«

»Die spart man sich. Und es gibt keine Zeugen oder postoperativen Komplikationen«, sagte Madsack.

»Mir hat noch niemand sagen können, warum den Opfern auch Leber, Herz und Lunge entfernt wurden, wenn man nur die Nieren haben wollte. Warum betreibt man solchen Aufwand? Und wenn ich die ganzen medizinischen Erläuterungen richtig verstanden habe«, dabei sah Putensenf Frauke an, »dann lässt sich eine Niere im Vergleich zu den anderen Organen relativ einfach implantieren. Trotzdem! Ist der Arzt, dem der Obduktionsbefund Fachkenntnisse bescheinigt, die aber stümperhaft sind, dazu in der Lage? Dann wären da noch die Ungereimtheiten mit den benutzten Narkosemitteln. Die sind doch antiquiert. Kann mir das jemand erklären?« Er sah sich in der Runde um.

»Darauf haben wir noch keine Antwort gefunden«, bestätigte Frauke.

Putensenf lehnte sich zurück. »Für mich ist das schleierhaft. Dr. Fehrenkemper: Der kann das, ist aber jetzt in Norwegen.«

»Könnte man die entnommenen Organe nicht nach Dingsbums …«

»Tromsø«, half Frauke aus.

Madsack nickte ihr dankbar zu. »Kann man die nicht dorthin ausfliegen? Wer sagt uns, dass dort jenseits des Polarkreises nicht ein gut ausgestattetes Krankenhaus existiert? Den Norwegern traue ich so etwas zu.«

»Was? Dass sie krumme Geschäfte mit Organen machen?« In Putensenfs Frage lag etwas Lauerndes.

»Quatsch«, sagte Madsack. »Ich meine, dass die eine hoch entwickelte Medizin haben.«

»Das dürften gut zweitausend Kilometer von hier bis Tromsø sein«, sagte Frauke.

»So ein Blödsinn«, warf Putensenf ein. »Da bin ich schon in Südspanien. Norwegen ist doch gleich hinter Hamburg.«

Frauke warf ihm einen spöttischen Blick zu. »Die Entfernungen im Norden werden oft unterschätzt. Niemand denkt daran, dass Düsseldorf geografisch bereits in der Südhälfte Deutschlands liegt.«

»Ehrlich?« Putensenf war überrascht.

»Das würde eine Flugzeit von zweieinhalb Stunden mit einem Learjet bedeuten«, rechnete Frauke laut vor. »Madsack. Prüfen Sie, ob es öfter Flüge nach Tromsø gegeben hat.«

»Dabei kannst du die mit einem Segelflieger unberücksichtigt lassen«, kommentierte Putensenf.

»Und wenn man nicht die Organe dorthin bringt, sondern den Doktor holt?«, fragte Madsack.

»Das ist unwahrscheinlich«, erklärte Putensenf. »Der müsste in Norwegen alles stehen und liegen lassen und sich bei einem Anruf sofort auf den Weg machen.«

»Nein«, widersprach ihm Frauke. »Das Perfide am Vorgehen der Täter ist, dass die Operation planbar ist. Den Empfänger kann man zu einem frei wählbaren Termin vorbereiten, und im Unterschied zur Organspende über Eurotransplant, bei der man abhängig vom Hirntod des Spenders, also vom Zufall, ist, kann man in diesem Fall den Operationstermin planen. Schließlich liegt es im Ermessen der Täter, wann sie den Spender töten.«

Putensenf blies die Wangen auf. »Kann man so böse denken?«

Frauke nickte versonnen. »Man kann, Putensenf. Leider, auch wenn das unvorstellbar klingt.«

»Wer außer Dr. Fehrenkemper kommt noch in Frage?«, fragte Madsack, um sogleich selbst die Antwort zu geben. »Da wäre der mysteriöse Dr. van Rhynern, der ist schließlich Arzt, wenn auch HNO. Aber immerhin hat er einmal Medizin im Ganzen studiert und gelernt. Und der unbekannte osteuropäische Arzt, wenn ich dieses Phantom einmal so nennen darf. Wir vermuten ja, dass es ihn gibt.«

»Oder es sind ein oder mehrere Mediziner beteiligt, deren Identität wir nicht kennen«, sagte Putensenf. Plötzlich schien ihm etwas einzufallen. »Da war doch dieser Professor aus Hannover, dem man nachgesagt hat, dass er krumme Dinger gedreht hat. Irgendwie hat er sich da herausgewunden. So ist es. Eine Krähe hackt der anderen kein Auge aus. Wie hieß der Typ noch gleich?«

»Professor Georg von Benckendorff«, half Madsack aus.

»Genau. Angeblich hat der sich zur Ruhe gesetzt. Was ist, wenn er dennoch operiert?«

»In seinem Heizungskeller?« Frauke ärgerte sich über sich selbst. Ihre Stimme klang zu aggressiv.

»Wir sollten ihn einmal unter die Lupe nehmen«, schlug Putensenf vor und sah sie an.

»Wir müssen jeder Spur folgen«, wich Frauke aus.

Madsack wurde abgelenkt. Er starrte auf den Bildschirm seines Notebooks, das aufgeklappt vor ihm stand.

»Interessant«, murmelte er, bevor er wieder in die Runde sah. »Ich habe den Kriminaloberrat gebeten, uns eine Erlaubnis für die Kontrolle der Kredit- und EC-Karte von Julia van Rhynern zu beschaffen, nachdem wir über die Handyortung nicht weitergekommen sind.« Er zeigte auf den Bildschirm. »Eben erhalte ich das Ergebnis von Staatsanwalt Holthusen gemailt.«

»Wo hält sich die Frau auf?«, fragte Putensenf ungeduldig.

Madsack zuckte mit den Schultern. »Keine Ahnung. Die Kreditkarten sind gesperrt, ebenso wie der Zugriff auf das Girokonto.«

»Da hat van Rhynern aber schnell reagiert, obwohl er uns weismachen wollte, nicht zu wissen, mit wem seine Frau unterwegs ist.«

»Irrtum«, widersprach Madsack. »Das war nicht der Ehemann, sondern die Bank. Der Doktor ist hoffnungslos überschuldet.«

»Wieso das?«, wollte Putensenf wissen.

»Keine Ahnung. Das geht aus dieser Information nicht hervor.«

»Mich wundert das nicht«, gab sich Putensenf altklug. »Bei dem Lebenswandel.«

»Dann hätte van Rhynern ein Motiv, sich an diesem schmutzigen Geschäft zu beteiligen«, sagte Frauke. »Selbst wenn er nicht der ausführende Arzt ist, könnte er in irgendeiner Weise beteiligt sein. Schließlich ist es sein Auto, mit dem die Opfer transportiert wurden. Und er konnte uns nicht sagen, wo sein Fahrzeugschlüssel ist.«

»Mit Transplantationen kann man viel Geld verdienen«, sagte Madsack und sah Frauke an. »Was haben Sie uns erzählt? Eine Lebertransplantation kann über eine Million kosten?«

»Stimmt.« Frauke nickte.

Plötzlich war ihr nicht mehr ganz wohl. Was unternahm Georg den ganzen Tag über, während sie arbeitete? Darüber hatten sie nie gesprochen. Konnte sich ein begnadeter und leidenschaftlicher Chirurg wirklich so plötzlich zurückziehen? Oder kribbelte es nicht doch irgendwo? Sie hatte sich an den Luxus, der sie in der Villa in Isernhagen umgab, schon ein wenig gewöhnt. Aß sie Trüffel, Scampi und Austern, trank sie uralten Port- und edlen Rotwein oder Champagner, die mit schmutzigem Geld finanziert wurden?

»Frau Dobermann«, holte Madsack sie in die Wirklichkeit zurück. »Alles in Ordnung?«

»Ja«, sagte sie matt und wandte sich an Schwarczer. »Der Unbekannte, der zuletzt den Range Rover aus dem Parkhaus geholt hat … Könnte das Dr. van Rhynern sein?«

»Die Aufnahmen sind von schlechter Qualität«, antwortete der Kommissar. »Selbst wenn es den Anschein hat, er wäre es nicht, würde ich es nicht hundertprozentig ausschließen. Ihrer Vermutung steht aber das Alibi Dr. van Rhynerns entgegen. Wir haben die Bestätigung vorliegen, dass er zum fraglichen Zeitpunkt mit der verheirateten Frau in Bad Bederkesa war.«

Leider traf das zu. Es wurde immer verworrener.

Die Runde wurde durch Frau Westerwelle abgelenkt, die aufgeregt in der Tür erschien und Frauke zurief: »Da ist jemand am Apparat, der möchte Sie unbedingt sprechen.«

»Wer?«

»Ich weiß es nicht. Ich verstehe ihn nicht.«

Frauke folgte der Sekretärin und nahm den Hörer vom Tisch. »Dobermann.«

Ein Wortschwall drang ihr aus dem Lautsprecher entgegen. Sie benötigte einen Moment, um zu verstehen, dass Comisario

Principal Francisco Joaquín Pérez Rufete aus Alicante am Apparat war.

Frauke musste mehrfach nachfragen, bis ihr die Zusammenhänge klar waren. Neben der allgemeinen Staatspolizei gab es in Spanien in einigen Regionen auch noch eine eigene Polizei. Dieses Recht hatten sich selbst Gemeinden und Städte bewahrt. Der Comisario hatte die Guardia Urbana, die Stadtpolizei aus Vera Playa, eingeschaltet. Wenn Frauke es richtig verstand, hielt ihr Rufete zunächst einen Vortrag darüber, wie schwierig es sei, die Stadtpolizisten zur Amtshilfe zu bewegen. Offenbar gab es dort ein ausgeprägtes Kompetenzgerangel.

Frauke dankte dem Spanier zunächst – mehrfach. Dann sagte sie: »Sie haben also mit Inspector Jefe aus Vera Playa gesprochen.«

Rufete widersprach heftig. Er sagte wohl ein halbes Dutzend Mal: *»No. No. No.«* Nachdem er Luft geholt hatte, erklärte er erneut: »Inspector Jefe Manuel Velázquez.«

»Mit wem haben Sie nun gesprochen? Mit Inspector Jefe oder mit Manuel Velázquez?«

Der Spanier stöhnte hörbar auf. Frauke konnte über die Entfernung registrieren, dass er kurz vor einem Herzanfall war. Er schimpfte gefühlte zwanzig Minuten auf Spanisch.

Dann wechselte er ins Englische und erklärte: »Noch einmal – ganz langsam, damit auch Sie in Deutschland es verstehen: Manuel Velázquez *ist* der *Inspector Jefe.*« Zumindest war er jetzt so freundlich, zu erläutern, dass es sich nicht um einen Namen, sondern um einen Titel handelte. Velázquez war Chefinspektor.

Die Stadtpolizei war offenbar schnell fündig geworden. *»Grande. Fantástico«,* lobte Rufete die Arbeit seiner Kollegen. »Señora van Rhynern wohnt im Hotel. Nein, nicht in irgendeinem. Im allerbesten in Vera Playa. Die haben dort eine Suite gemietet.«

»Wie heißt ihre Begleitung?«

Rufete holte tief Luft. »Ich dachte immer, die Deutschen sind so gründlich. Das haben Sie nicht gefragt.«

»Haben Ihre Kollegen sich die Autoschlüssel zeigen lassen?«

»Ja. Sicher. *Danach* haben Sie gefragt, Señora Dobermann.« Dann wollte er wissen, was ›Dobermann‹ hieß.

»Wauwau«, antwortete Frauke. Zum Glück hatte der Spanier es nicht verstanden.

»Die Guardia Urbana konnte erst tätig werden, nachdem *meine* Leute festgestellt hatten, dass Señora van Rhynern sich am Flugplatz in Alicante einen Leihwagen genommen hatte. Als Ziel hatte sie Vera Playa genannt. Und den Namen des Hotels.«

Das relativierte den »großartigen« Fahndungserfolg der Spanier, dachte Frauke. Inspector Velázquez hatte nur das Hotel aufsuchen und dort kurz Rückfrage halten müssen.

Weitere Amtshilfe wollte Rufete nicht leisten. Man könne sich in Deutschland sicher nicht vorstellen, behauptete er, wie überlastet seine Dienststelle sei. »Das liegt nur an den vielen Touristen hier«, behauptete der Comisario zum Abschied, nachdem er Frauke bereitwillig die Telefonnummer Inspector Jefes von der Guardia Urbana gegeben hatte.

Manuel Velázquez schien hocherfreut, einen Anruf von der Polizei aus Deutschland zu erhalten. Es dauerte ein paar Minuten, bis er begriff, dass Frauke nicht die Sekretärin eines Comisario war, sondern die Leiterin der Ermittlungsgruppe.

»Woher aus Deutschland rufen Sie an?«

»Hannover.«

»Oh – Fußball. Europa League.« Dann folgte ein fünfminütiger Vortrag, warum die spanischen Vereine besser seien.

»Wir möchten gern wissen, wie der Begleiter heißt, der mit Frau van Rhynern im Hotel eingecheckt hat. Haben die eine gemeinsame Suite gebucht? Außerdem besitzt Dr. Daniel van Rhynern in Vera Playa eine Wohnung. Warum ist Frau van Rhynern nicht dort untergekommen?«

»Wissen Sie, wo die Wohnung ist?«, wollte Velázquez wissen.

»Leider nicht.«

»Und woher soll ich das wissen?«

Frauke überließ es dem Spanier, das herauszufinden. Zum Schluss bat sie ihn, Frau van Rhynern auszurichten, sie möge bitte beim LKA in Hannover anrufen, da sie nicht erreichbar sei. Außerdem mögen die Spanier bitte noch einmal nach dem Autoschlüssel für den Range Rover fragen, der am Flughafen Hannover abgestellt sei.

»Was für ein Autoschlüssel?«

»Der Schlüssel Frau van Rhynerns.«

Weshalb fragte der Spanier nach? Angeblich hatte er die Ehefrau des Arztes in diesem Punkt schon befragt. Das hatte zumindest Comisario Rufete berichtet.

Hauptkommissar Madsack war erfolgreicher gewesen.

»Tromsø liegt wirklich am Ende der Welt. Sie brauchen mehr Zeit dorthin als nach Amerika. Die Reisezeit liegt im Allgemeinen zwischen sieben und neun Stunden. Von Hannover fliegt man über Frankfurt oder Kopenhagen. Von dort geht es nach Oslo. Hier erreicht man die Maschine in den Norden. Das zum Linienflug.«

»Madsack«, unterbrach Frauke. »Ich gehe nicht davon aus, dass die Organe mit Linienmaschinen befördert werden.«

»So war das auch nicht gemeint.« Der Hauptkommissar war eingeschnappt. »Ich habe damit nur sagen wollen, dass Dr. Fehrenkemper gelegentlich nach Hannover kommt. Das macht er regelmäßig so. Er ist etwa alle vier Wochen hier. Auffällig ist, dass er am Donnerstag anreist und am Sonntag zurückkehrt.«

»Sie meinen«, stieg Frauke in den Gedanken Madsacks ein, »dass der Chirurg nach Hannover jettet, hier operiert und dann an seine neue Wirkungsstätte jenseits des Polarkreises zurückkehrt?«

»So hatte ich es mir gedacht. Als eine Möglichkeit«, relativierte der Hauptkommissar. »In die umgekehrte Richtung ließ sich nichts Verwertbares feststellen. Es gibt immer wieder Geschäfts- und Privatflüge in den Norden. Jedoch fand sich keiner mit dem Ziel Tromsø. Nicht alle kleinen Maschinen haben allerdings die Reichweite, um Tromsø ohne Zwischenlandung zu erreichen. Wenn also ein anderes Ziel im Norden angegeben wird, Kopenhagen oder Oslo, ist aus den Flugdaten nicht ersichtlich, ob es von dort weitergegangen ist.«

»Das ist nicht auszuschließen, halte ich aber für wenig wahrscheinlich. Das Organ muss schnell zum Empfänger transportiert werden. Deshalb setzt man für solche Transporte Maschinen mit entsprechender Reichweite und Geschwindigkeit ein.« Frauke schüttelte den Kopf. »Ich bin davon überzeugt, dass es nicht so gelaufen ist. Dank Ihrer Recherche wissen wir, dass Tromsø so abseits liegt, dass man so hoch in den Norden keine Transplantationspatienten schickt.«

»Man könnte sich auf halber Strecke getroffen haben«, schlug Madsack vor. »Dr. Fehrenkemper fliegt nach Oslo, Kopenhagen oder in eine andere größere Stadt im südlichen Skandinavien, und von hier aus wird das Organ dorthin gebracht.«

»Das wäre eine logistische Lösung. Sie müssten in diesem Fall aber weitere Mitwisser einschalten. Das Krankenhaus, in dem die Transplantation stattfindet, muss mitspielen. Es ist nicht damit getan, dass der operierende Chirurg mal eben schnell vorbeischaut und dann wieder verschwindet. Die postoperative Nachsorge muss gegeben sein. Und was ist mit dem Zugriff auf den Arzt, wenn sich Komplikationen einstellen?«

»Damit entfällt auch unsere Idee, dass Dr. Fehrenkemper nach Hannover fliegt und hier illegal operiert.« Madsack klang enttäuscht.

»Auch wenn es so scheint, als würde ich mir selbst widersprechen, aber diese Möglichkeit möchte ich nicht ausschließen. Schließlich kennt Dr. Fehrenkemper hier ein Team, mit dem er zusammengearbeitet hat und auf das er sich verlassen kann.« Nach Madsacks Informationen schien Fehrenkemper immer an einem Freitag nach Hannover gekommen zu sein. Am Karfreitag hatte man die Leiche im Kalenberger Graben gefunden. War das Zufall? Andererseits handelte es sich um Karfreitag. Es schien unwahrscheinlich, dass das Operationsteam um Fehrenkemper an einem Feiertag geplante Transplantationen durchgeführt hatte. Aber was war normal in diesem Fall?

Plötzlich durchfuhr es Frauke siedend heiß. Freitags. Sie hatte nie darüber nachgedacht, dass Georg, wenn sie ihn vom Dienst aus anrief, um einen schnellen Gruß loszuwerden, fast nie erreichbar war. Wenn sie ihn darauf angesprochen hatte, war er ausgewichen. So kam es ihr jetzt vor. Manchmal hatte er das Telefon nicht gehört, an anderen Freitagen war er – angeblich – joggen. Und warum legte er großen Wert darauf, am Samstagvormittag allein nach Hannover zu fahren, um für das Wochenende einzukaufen? Sie fand es stets angenehm, dass er die lästige Aufgabe übernommen und ihr hinreichende Wellnesszeit am Vormittag überließ.

Wenn Georg wirklich in diesen Fall verstrickt war, dann könnte er die Zeit am Tag nach den Transplantationen für Konsultationen am Krankenbett des Frischoperierten genutzt haben. Was hatte Madsack berichtet? Fehrenkemper flog immer erst am Sonntag zurück. Natürlich hatte sie Georg geglaubt, als er seine Unschuld beteuerte und sein Ausscheiden als Chefarzt der Chirurgie auf Intrigen seitens der Boulevardpresse zurückführte. War er wirklich unschuldig? Oder fand sich ein Fünkchen Wahrheit an der alten Weisheit »Die Katze lässt das Mausen nicht«?

Sie wurde durch Inspector Velázquez abgelenkt.

»Señora van Rhynern hat sich in Alicante einen Leihwagen genommen, einen Audi A6 Cabriolet. Einen weißen«, schien dem spanischen Polizisten wichtig zu ergänzen.

»Wer ist der Mieter? Frau van Rhynern oder ihr Begleiter?«

»Von einem Begleiter weiß ich nichts. Die Señora, übrigens eine bildhübsche Frau«, musste Velázquez einfügen, »wohnt in einer Suite im ersten Haus am Platz.«

»Mit wem ist sie dort eingezogen?«

»Aber! Natürlich allein. Wenn das nicht der Fall wäre, würde es mich auch nicht interessieren.«

»Aber uns interessiert es«, sagte Frauke ungehalten. Bisher, mit Ausnahme des Fahrzeugtyps, hatte der spanische Polizist nichts Neues zu berichten.

»Die Aufgabe der Polizei ist hier sicher nicht anders als bei Ihnen«, mokierte sich Velázquez. »Wir stellen keinen Beamten vor die Hotelzimmer, um zu kontrollieren, ob dort Besuch einkehrt.«

»Frau van Rhynern ist zusammen mit einem Mann von Deutschland nach Spanien geflogen.«

»Und? Vielleicht sind sie sich zufällig im Flugzeug begegnet und haben nett miteinander geplaudert.«

»Sie können mir nicht sagen, wo Gerhard von Tannenberg geblieben ist?«

Für einen Augenblick herrschte Stille in der Leitung.

»Welchen Namen nannten Sie eben?«, fragte Velázquez.

Frauke wiederholte ihn.

Als Antwort hörte sie ein Lachen. »Das kann nicht sein. *Der* traut sich nicht nach Spanien. Den sucht die Polizei wegen Betruges.«

»Sie suchen den?«

»Nicht wir. Wir sind die Guardia Urbana. Von Tannenberg wird von der Guardia Civil gesucht, das ist die Nationalpolizei. Ich habe gehört, dass die Ermittlungen nicht einfach sind. Man kann von Tannenberg nicht einfach etwas nachweisen. Vielleicht ist er nur ein Opfer der allgemeinen Krise geworden. Das sind schließlich viele Menschen in Spanien, Einheimische und Ausländer. Die wahren Schuldigen sind die geldgierigen Raffkes aus dem Ausland«, erklärte Velázquez seine Sicht der Dinge.

»Was hat von Tannenberg sich zuschulden kommen lassen?«, fragte Frauke.

»Er hat Trümmer hinterlassen. Ganz viele. Mehr als die Hälfte unserer schönen Stadt besteht aus Bauruinen«, übertrieb der Spanier maßlos. »Nackte Betonpfähle, fensterlose Bauten, von Unkraut überwucherte Grundstücke. Es ist einfach schrecklich. Das alles sind Bauprojekte von Gerhard von Tannenberg. Über Nacht ist er verschwunden. Ganz viele Leute haben gegen ihn Anzeige erstattet. Darunter auch ein Señor van Rhynern.« Velázquez stutzte. »Der hat den gleichen Namen wie die Señora, nach der sie gefragt haben. Van Rhynern hat mehrere Wohnungen gekauft. Ich erinnere mich jetzt. Er hat durch die Baupleite wohl eine Million Euro verloren. Aber das stört die Deutschen nicht. Die sind alle reich.« Frauke vernahm einen Knurrlaut. »Daher kann ich nicht glauben, dass Frau van Rhynern mit Gerhard von Tannenberg im Hotel wohnt. Tsss. Tsss. Tsss.«

Frauke fühlte, dass der spanische Polizist Zweifel an der Arbeit der deutschen Kollegen hegte. Es war auch schwierig, das zu verstehen. Sie konnte die einzelnen Puzzleteilchen selbst noch nicht zusammensetzen.

Das musste sie auch Kriminaloberrat Ehlers gestehen, der sie in sein Büro und um den aktuellen Stand der Ermittlungen bat.

»Wir haben derzeit keine Beweise gegen Dr. van Rhynern. Der Mediziner ist offenbar hoffnungslos überschuldet. Seiner Frau hat man die EC- und die Kreditkarten gesperrt. Wir vermuten, dass es mit gewaltigen Fehlspekulationen bei spanischen Immobilien zusammenhängt. Außerdem betreibt er einen aufwendigen Lebensstil. Insbesondere seine Ehefrau scheint großzügig Geld auszugeben.

Julia van Rhynern, die maßgeblich zu seiner desolaten finanziellen Lage beigetragen haben dürfte, betrügt ihn ausgerechnet mit dem Mann, der ihn auf den Schrottimmobilien hat sitzen lassen.«

»Dann wäre es doch naheliegend, dass van Rhynern etwas gegen von Tannenberg unternimmt«, warf Ehlers ein. »Strafanzeige. Vielleicht hetzt er ihm eine zwielichtige russische Inkassoagentur auf den Hals. Ich sehe nicht den Zusammenhang mit den Mordfällen.«

»Nicht jeder kennt sich in diesem Metier aus. Mit Transplantationen kann man viel Geld verdienen. Lebertransplantationen können über eine Million Euro kosten. Da fragt man sich, ob van Rhynern dort irgendwo hineingeraten ist?«

»Sie meinen, ein HNO-Arzt führt die illegalen Transplantationen durch?« Der Kriminaloberrat sah Frauke irritiert an.

»Nein«, wiegelte sie ab. »Das kann ich mir nicht vorstellen. Wir gehen aber davon aus, dass der Zweitwagen des Arztes für den Transport der Opfer benutzt wurde. Und er konnte uns den Schlüssel für den Range Rover nicht vorlegen, obwohl er behauptet hat, der wäre in seinem Privathaus. Angeblich fährt seine Ehefrau das Fahrzeug. Die Auswertung der Videoüberwachung am Flughafen zeigt uns, dass der Wagen immer dann aus dem Parkhaus geholt wurde, wenn wir ein Opfer zu beklagen hatten.«

»Aber Dr. van Rhynern ist nie auf den Überwachungsbändern identifiziert worden.«

Das musste Frauke zugestehen.

»Könnte der Wagen mit Einwilligung der Ehefrau benutzt worden sein?«

»Das ist nicht auszuschließen«, sagte Frauke. »Wir konzentrieren uns jetzt darauf, den Fahrer zu identifizieren, der den Range Rover am Ostermontag abgeholt hat. Wenn nicht alle Zeugen lügen, kann Dr. van Rhynern es nicht gewesen sein.«

»Und von Tannenberg?«, fragte der Kriminaloberrat.

»Der ist eine Woche zuvor nach Spanien geflogen. Die dortige Polizei hat uns aber mitgeteilt, dass sich Frau van Rhynern allein im Hotel aufhält. Damit ist nicht sichergestellt, ob von Tannenberg nicht zwischenzeitlich nach Deutschland zurückgekehrt ist. Wir wissen allerdings nicht, ob er bis Hannover geflogen ist. Es könnte auch Hamburg, Bremen, Münster oder ein anderer Flugplatz sein.«

»Nur Berlin-Brandenburg können wir außen vor lassen«, sagte Ehlers lächelnd.

Frauke beschloss, nach Hause zu fahren. Nach Hause? Ein beklemmendes Gefühl beschlich sie, als sie in Richtung von Georgs Villa nach Isernhagen fuhr.

»Seid ihr weitergekommen?«, fragte Georg sie.

»Es gibt noch Ungereimtheiten. Du musst mir noch einmal mit Informationen helfen.«

»Jetzt gleich?«

Georg war erstaunt, da sie entgegen ihrer sonstigen Gewohnheit gleich ins Wohnzimmer ging und ihn hinter sich herzog.

»Wie funktioniert das mit den Organverpflanzungen?«, fragte sie.

Georg sah sie ratlos an. »Ich verstehe deine Frage nicht. Meinst du, operationstechnisch?«

»Wer bestimmt, wann ein Organ verpflanzt wird?«

»Du hast schon von Eurotransplant gehört. Das ist eine gemeinschaftlich getragene Organisation mit Sitz im holländischen Leiden. In deren Datenbank sind alle Anwärter auf ein Organ gespeichert. Je nach Position auf der Warteliste werden zur Transplantation freigegebene Organe durch Eurotransplant vermittelt.«

»Wie kommt man auf die Warteliste?«

»Wenn der behandelnde Arzt der Meinung ist, dass eine Transplantation erforderlich ist, meldet er den Patienten in Leiden an. Er gibt die vollständigen Untersuchungsergebnisse auf. Dazu gehört auch eine Gewebetypisierung. Schließlich müssen die mit dem Empfänger übereinstimmen, zumindest weitgehend. Wir Ärzte nennen es Transplantationsantigene.«

»Unterscheidet man zwischen Kassen- und Privatpatienten?«

Georg lachte auf. »Das hat man mir vorgeworfen. Nein! Selbstverständlich nicht. Eurotransplant ist eine Non-Profit-Organisation. Geld spielt keine Rolle. Der Patient mit den meisten Punkten erhält das Organ.«

»Und wie kommt man zu den Punkten?«

»Das ist ein kompliziertes Verfahren. Zunächst einmal gilt es, die Dringlichkeit zu bewerten.«

»Da kann man doch mogeln?«

»Ja«, gab Georg zu. »Dann müssen die Gewebemerkmale weitgehend übereinstimmen. Es nützt nichts, dem Ersten auf der Warteliste ein Organ zu verpflanzen, das mit hoher Wahrscheinlichkeit abgestoßen wird. Auch geografische Aspekte spielen eine Rolle. Konservierungs- und Transportzeiten sollten so kurz wie möglich gehalten werden. Je länger die Zeitspanne zwischen Organentnahme und -verpflanzung dauert, umso kritischer wird die Sicherstellung der Funktionsfähigkeit des Transplantats. Eurotransplant berücksichtigt die Entfernungen zwischen den beiden Zentren, also dem Entnahme- und dem Verpflanzungszentrum. Natürlich spielt auch die Wartezeit eine Rolle.«

»Grundsätzlich läuft alles über Eurotransplant?«

»Jein. Wenn der behandelnde Arzt die zwingende Notwendigkeit bei einem Patienten sieht, der sonst sterben würde, und andererseits ein passendes Organ zur Verfügung steht, beispielsweise im selben Krankenhaus, dann wird er sicher die Operation ohne Einschaltung von Eurotransplant durchführen.«

»Das waren die Skandale, die die Menschen zum Thema Organspende verunsichert haben?«, fragte Frauke.

»Bedingt. Es gab Fälle, in denen die Ärzte ihre eigenen Patienten durch falsche Angaben so gestellt haben, dass sie eine höhere Punktewertung bekommen haben und dadurch in der Warteliste nach vorne gerutscht sind. Das war zum Beispiel in Göttingen der Fall. Unter Vorbehalt – ich war schließlich nicht dabei – sagt man, dass die beteiligten Ärzte sich nicht persönlich bereichert hätten. In Essen hingegen soll ein Arzt Patienten bevorzugt operiert haben, nachdem diese sich mit einer Spende erkenntlich gezeigt hatten. Und in Kiel – so heißt es – hat jemand reiche Patienten aus dem Ausland vermittelt, die auch bevorzugt ein neues Organ bekommen haben.«

»Kontrolliert das niemand?«

»Zu diesem Punkt gab es ein großes Getöse in den Medien. Politiker aller Couleur haben sich lautstark zu Wort gemeldet. Wie so oft ist das Thema eingeschlafen und interessiert niemanden mehr.«

»Es ist also denkbar, dass Transplantationen stattfinden, ohne dass es an die große Glocke gehängt wird?«

»Sicher. Schließlich trifft es nur die Beteiligten. Und die sprechen nicht darüber, da sie an die Schweigepflicht gebunden sind.«

»Also könnten wenige Leute an den richtigen Schaltstellen an Eurotransplant vorbei in diesem Geschäft mitmischen.«

»Wie sollten Sie? Dazu benötigst du ein geeignetes Krankenhaus. Die Transplantationszentren, in Deutschland gibt es etwas über sechzig, sind vorsichtig geworden. Wenn wieder etwas hochkommen sollte, wird eine Lawine ausgelöst.«

»Eben hast du mir erzählt, dass es kaum auffällt.«

»Ja – schon …« Georg winkte ab. »Du müsstest alle in Frage kommenden Krankenhäuser ansprechen: ›Hallo? Drehen Sie krumme Dinger?‹«

»Wir hatten einen Fall, da wurden Nierentransplantationen in einem kleinen, aber feinen Hospital in Wolfenbüttel ausgeführt. Da war die Mafia zu Hause.«

»Na ja. Denkbar ist das. Wenn alle anderen Voraussetzungen erfüllt sind. Nieren eignen sich am besten für Transplantationen. Rund um den Globus entwickelt die Forschung neue und verbesserte Medikamente, die das Überleben und die Funktionsfähigkeit des Transplantats unterstützen. Bei neun von zehn transplantierten Patienten verläuft alles reibungslos. Nach einem Jahr haben immer noch fünfundachtzig Prozent eine stabile Nierenfunktion. Der Fortschritt der Medizin ist zum Wohle der Menschheit da. Deshalb sollten sich viel mehr Menschen zu einer Organspende bereit erklären. Es ist wirklich völlig unkompliziert und ohne jedes eigene Risiko.«

Georg bekam mit, dass Frauke ihn aufmerksam musterte.

»Was ist mit dir? Du verhältst dich seit einiger Zeit merkwürdig«, sagte er.

»Das liegt an unserem aktuellen Fall.«

Doch Georg war nicht überzeugt. »Du hast immer aufregende Fälle. Das liegt ganz einfach in deinem Aufgabenbereich begründet. Die organisierte Kriminalität ist etwas anderes als ein Fahrraddiebstahl. Und schließlich bist du eine Frau –«

»Hör auf mit solchen Sprüchen!«, fuhr sie ihn an. Sie ärgerte sich, weil sie lauter geworden war, als es ihr lieb war.

»Nun mal sachte«, sagte er mit besänftigender Stimme. »Ich wollte damit nicht sagen, dass –«

Erneut unterbrach sie ihn. »Das war nicht so gemeint. Aber auf der Dienststelle muss ich mir immer wieder diese blöden Sprüche anhören, dass eine Frau für ein sogenanntes hartes Kommissariat eine Fehlbesetzung ist. Das wird auch noch dadurch gefördert, dass im Fernsehen überall Frauen als Chefermittler herumgeistern. Das entspricht nicht der Realität.«

Georg lächelte spöttisch. »Ich habe dich nie für eine Emanze gehalten, aber für eine durchsetzungsstarke Frau. Geht dir der Fall so an die Nieren, dass du Nerven zeigst? Das kenne ich nicht von dir.«

Was sollte sie ihm antworten? Mit ihrer langjährigen Erfahrung verstand sie es, auch kritische Phasen im Beruf zu überstehen und zwischen den Abgründen, die ihr beruflich begegneten, und dem Privatleben zu trennen. Aber in diesem Fall vermengte es sich.

Tief in ihrem Inneren keimte der Verdacht, dass Georg etwas mit diesen Taten zu tun haben könnte. Er war bestimmt kein Mörder, aber ein geradezu fanatischer Mediziner. Was war, wenn er am Ende der Ereigniskette stand und die Transplantationen ausführte oder begleitete?

Irgendetwas sträubte sich in Frauke, ihm unbefangen zu begegnen.

»Ich glaube, ich werde ein paar Tage in meiner Wohnung auf der Lister Meile schlafen«, sagte sie.

Georgs Mundwinkel zuckten, das Augenlid flatterte.

»Ich werde das Gefühl nicht los, dass etwas im Raum steht und sich zwischen uns geschoben hat. Sei ehrlich. Was bedrückt dich?«

»Wir haben einfach zu viele Opfer. Und wir wissen nicht, ob es weitere geben wird. Das ist ein ungutes Gefühl, ohnmächtig darauf zu warten, dass wieder ein Mensch stirbt. Wenn ich einen Mörder jage, dann ist die Tat vollbracht. Ich muss meine ganze Energie darauf verwenden, den Täter zu fassen, Fehler zu suchen, die er begangen hat, Widersprüche aufzudecken, Indizien zusammenzutragen. Hier geht es auch darum, weitere Morde zu verhindern. Die Täter gehen skrupellos vor.«

Sie musterte ihn durchdringend. »Könntest du so etwas tun?«

»Ich? Menschen ermorden? Du vergisst, dass ich Arzt bin und es meine Aufgabe ist, Leben zu erhalten.«

»Um jeden Preis?«

Georg sah sie lauernd an. Er schien zu spüren, dass Frauke in diese Frage mehr gepackt hatte als Allgemeinplätze. Er wusste aber nicht, worauf sie hinauswollte.

»Ich verstehe deine Frage nicht«, wich er aus.

»Würdest du einen Menschen töten, um einen anderen zu retten?«

»Medizin ist nicht nur Wissenschaft und Handwerk, sondern auch Ethik. Ist das Antwort genug?«

»Schließlich schlägt das Herz noch, wenn ihr einem Hirntoten die Organe entnehmt.«

Georg stand auf und wanderte im Zimmer auf und ab. »Genau das ist das Argument der Leute, die am Sinn der Organspende zweifeln. Die Ärzte können einwandfrei feststellen, ob jemand hirntot ist. Mittels Apparatemedizin werden andere Organe funktional gehalten. Aber es gibt bei einem Hirntod kein Zurück mehr. Man darf es nicht laut sagen, aber manchen Intensivmediziner stört es, wenn seine Intensivbetten durch objektiv hoffnungslose Fälle belegt sind und er andere Patienten, um deren Leben der Arzt kämpfen möchte und wo er auch Aussicht auf Erfolg sieht, abweisen muss.«

»Entscheidet der Arzt darüber, welches Leben erhaltenswert ist und welches nicht?« Frauke klang aggressiv.

Das blieb Georg nicht verborgen.

»Sag mal, in welche Richtung führt unser Gespräch? Wer versteht, welche Gewissensbisse den Arzt plagen, wenn er zwischen zwei Möglichkeiten wählen muss? In solchen Situationen ist er ganz allein auf sich gestellt. Niemand nimmt ihm die Entscheidung ab.«

»Und dann wird der gerettet, der die aufwendigere Behandlung bezahlen kann?«

»Jetzt reicht es aber.« Frauke hatte Georg noch nie so ungehalten erlebt. »Wir sollten die Diskussion an dieser Stelle abbrechen. Ich glaube, du willst hier etwas unterstellen, was es so nicht gibt.«

»Doch.« Frauke klang etwas versöhnlicher. »In unserem Fall werden Menschen ermordet, um andere Leben zu retten.«

»Das ist etwas anderes.« Georg war immer noch zornig. »Kriminelle Elemente gibt es überall. Es gibt Geistliche, die straffällig geworden sind. Daraus schließt aber niemand, dass alle Priester pädophil sind, nur weil ein paar schwarze Schafe einen ganzen Stand in Verruf gebracht haben. Ich will nicht ausschließen, dass es auch kriminelle Ärzte gibt, denen nicht das Patientenwohl am Herzen liegt, sondern die ausschließlich vom Interesse am eigenen Vorteil geleitet werden. Aber deshalb darf man nicht die ganze Medizin in Frage stellen, schon gar nicht die segensreiche Einrichtung der Organspende.«

»Ich stimme dir nicht zu. Da gibt es das Beispiel des ehemaligen israelischen Ministerpräsidenten Ariel Scharon, der seit 2006 nach einem Schlaganfall im Wachkoma liegt.«

»Wachkoma ist etwas anderes als Hirntod«, belehrte Georg sie. »Man hatte ihn nach einer Operation in ein künstliches Koma versetzt. Daraus ist er bis heute nicht erwacht.«

»Der Sohn behauptet, dass Scharon auf Außenreize reagiert, mit den Augen Dinge verfolgt und fernsieht. Und nach Aufforderung würde der Fünfundachtzigjährige die Finger bewegen.«

»Solche Berichte kursieren immer wieder. Wie bei der stillen Post schreibt die nächste Journaille, dass Scharon nachts aus dem Bett steigt und Stepptanz vollführt. Ich bin vorsichtig, weil ich den Patienten nicht kenne. Vermutlich hat Scharon aufgrund von Hirnblutungen und Schädigungen in der Großhirnrinde jede kognitive Fähigkeit verloren. Das Stammhirn hingegen regelt Funktionen wie Atmung, Herzschlag und Reflexe, ohne dass dazu Bewusstsein notwendig ist. Du überlegst auch nicht bei jedem Atemzug, was du tust. Aber das ist eine andere Situation als bei einem Hirntoten. Dort werden die Vitalfunktionen nur durch den Einsatz von Apparaten aufrechterhalten. Das ist das Gefährliche an solchen Dingen, dass es von den Menschen durcheinandergebracht wird.«

»Wenn ich dich richtig verstanden habe, sind Nierentransplantationen am einfachsten.«

»Damit hat man die meisten Erfahrungen.«

»Hast du Nieren transplantiert?«

»Ja. Natürlich.«

»Auch anderes?«

Georg zögerte. »Ich war Chefarzt der Chirurgie. Da bin ich für alles verantwortlich.«

»Ich meine, hast du selbst operiert?«

»Ich war bei Herz- und Lungentransplantationen dabei. Lebertransplantationen habe ich selbst ausgeführt.«

»Könntest du auch eigenverantwortlich Herzen transplantieren?«

»Dazu benötigt man stets ein erfahrenes Team«, wich Georg aus.

»Beantworte doch einfach meine Frage.«

»Nein! Wozu? Das ist hypothetisch. Ich sehe nicht, dass eine Antwort zielführend wäre.«

Frauke hatte keine Antwort erhalten. Sie versuchte es auf einem anderen Weg.

»Wann würdest du eine Herzoperation durchführen?«

»Die konventionelle Herzchirurgie vermag heute viele Schädigungen zu beheben. Die Bypasschirurgie ist Alltag in deutschen Kliniken. Stents werden jeden Tag zuhauf gesetzt. Auch medikamentös lässt sich vieles bewerkstelligen. Moderne Arzneien, zum Beispiel die Betablocker, können stabilisierend wirken. Nur wenn das Herzgewebe zu stark geschädigt ist, können diese therapeutischen Maßnahmen für eine Zeit der Überbrückung eingesetzt werden. In solchen Fällen ist als Ultima Ratio nur noch eine Transplantation möglich.«

»Wie lange währt im Durchschnitt die Wartezeit?«

Georg blies die Wangen auf. »Das hängt von vielen Faktoren ab. Rechne einmal mit zwölf bis achtzehn Monaten.«

»Die können im kritischen Fall zu lang sein, also tödlich.«

Georg nickte ernst. »Leider trifft das manchmal zu. Deshalb ist es ja so wichtig, dass sich mehr Menschen zur Organspende bereit erklären. Damit kann Leben gerettet werden. Und man darf nicht vergessen, dass jeder potenzielle Spender plötzlich auch in der Situation sein kann, dass er oder ein naher Angehöriger auf ein Spenderorgan angewiesen ist. Und ich armer Tropf«, Georgs Stimme war in ein Säuseln übergegangen, »habe mein Herz an dich verloren.«

Theatralisch legte er beide Hände an sein Herz.

Frauke ging nicht darauf ein.

»Wenn man also in der Lage wäre, für viel Geld ein neues Organ zu bekommen, an der Warteliste vorbei, dann kann das Leben retten.«

»Schon«, sagte Georg gedehnt. »Aber das ist mit der ärztlichen Ethik nicht vereinbar.«

»Solche Fälle hat es aber gegeben.«

»Nun verallgemeinere es nicht schon wieder.« Georg klang genervt.

Doch Frauke blieb hartnäckig. »Und wie sieht es bei Lebererkrankungen aus?«

»Das ist etwas anderes. Da ist die Transplantation das einzige Verfahren zum vollwertigen Ersatz eines kranken Organs. Ein berühmtes Beispiel ist Larry Hagman, den Leuten sicher als Fiesling J. R. aus der Serie ›Dallas‹ eher ein Begriff. Der hat nie einen Hehl daraus gemacht, dass er sich seine eigene Leber durch extensiven Alkoholkonsum kaputt getrunken hat. Sein Leben wurde nur durch eine Transplantation gerettet.«

»Hat er einen Promibonus erhalten?«

»Das ist in Amerika geschehen. In Europa gelten andere Maßstäbe.«

»Ist das hier undenkbar?«

Georg wiegte den Kopf. »Rein hypothetisch … Wenn einer der superreichen russischen Oligarchen sich durch ein extrem ausschweifendes Leben in eine lebensbedrohliche Situation gebracht hat, könnte die Versuchung groß sein, mit viel Geld zu locken, um das Leben zu retten.«

»Wie viel Geld?«

»Millionen. Aber was besagt das schon? Was nützen dem Patienten die angehäuften Millionen, wenn er stirbt?«

»Und was machen Menschen, die nicht mit den Geldscheinen wedeln können?«

»Tja.« Georg strich sich nachdenklich über die Mundwinkel. »Deshalb gibt es in Europa Eurotransplant.«

»Wir bewegen uns in unserem Fall auf diesem Terrain. Wenn ich dich offiziell um sachkundige Unterstützung bitten würde … würdest du der Polizei helfen?«

»Nein!« Es klang entschieden. Nach einer Weile fügte Georg

an: »Seit damals meide ich jeden Kontakt zu diesem Thema in der Öffentlichkeit.«

Für ein paar Minuten hing jeder seinen eigenen Gedanken nach.

»Georg?«

Er sah auf. Sein Blick fing Fraukes ein.

»Ja?«

»Bist du in irgendeiner Weise in diese Vorfälle involviert?«

Als Antwort erhielt Frauke nur einen langen Blick. War es Enttäuschung? Traurigkeit, dass sie so etwas fragte? Oder war er überrascht? Sie konnte es nicht deuten.

Georg drehte sich um und verließ wortlos den Raum. Sie sah ihn an diesem Abend nicht wieder. Er hatte sich in eines der Gästezimmer zurückgezogen.

## SIEBEN

Es war eine unruhige Nacht gewesen. Immer wieder war Frauke aufgewacht. Sie hatte in die Stille des Hauses hineingelauscht, aber Georg hatte sich nicht gerührt. Insgeheim hatte sie gehofft, dass er zu ihr kommen würde. Dabei war sie sich nicht schlüssig, ob sie ihn zurückgewiesen oder seine Nähe akzeptiert hätte. Doch die Frage stellte sich nicht.

Als sie aufgestanden und die Morgentoilette absolviert hatte, ging sie ins Erdgeschoss hinab. Georg hatte nicht – wie er es sonst zu tun pflegte – im Esszimmer oder im Wintergarten, sondern in der Küche gedeckt. Alles war vorbereit, der Kaffee wartete in der Thermoskanne, die Brötchen waren aufgeschnitten, ein Frühstücksei in eine Serviette gehüllt. Dann musste er das Haus in aller Frühe verlassen haben, ohne eine Nachricht für sie zu hinterlassen. Sie sah im Gästezimmer nach. Georg hatte, wie es seine Art war, das Bett gemacht und das Fenster zum Lüften geöffnet.

Sie rührte das Frühstück nicht an, legte ihren Haustürschlüssel daneben und fuhr ins LKA.

Dort fand sie erste Ergebnisse des Kriminaltechnischen Instituts. Man hatte im sichergestellten Range Rover Fingerabdrücke sichern können. Eine erste Analyse ergab, dass sie keinem der in den Dateien der Polizei gespeicherten Abdrücke zugeordnet werden konnten. Außerdem hatte man menschliches Blut gefunden. Im Laufe des Tages sollten die weiteren Ergebnisse folgen. Zudem hatten die Spurensicherer Textilfasern sicherstellen können.

Entgegen seiner sonstigen Angewohnheit erschien Putensenf mit Verspätung zur Frühbesprechung.

»Darf ich Sie kurz sprechen?«, bat er Frauke.

»Selbstverständlich. Im Team haben wir keine Geheimnisse«, sagte sie und dachte daran, dass sie ihre Beziehung zu Georg ebenso im Verborgenen hielt wie ihren Verdacht, dass er in den Fall involviert sein könnte.

»Ich würde gern mit Ihnen persönlich sprechen«, beharrte der Kriminalhauptmeister.

Frauke folgte ihm auf den Flur.

»Ich habe heute Morgen mit Bauermeister gesprochen. Das ist ein alter Spezi von mir, der demnächst in Pension geht. Jeder im Hause kennt ihn. Und er weiß auch von allen Dingen.«

Frauke kannte den altgedienten Kommissar. Immerhin hatte Bauermeister im Unterschied zu Putensenf irgendwann den Sprung in die gehobene Laufbahn geschafft, wenn er auch nicht über den Kommissar hinausgekommen war.

»Bauermeister hat mir erzählt«, berichtete Putensenf, »dass Hauptkommissar Büdinger sauer auf Sie ist. Ich bin ja auch der Meinung, dass man Frauen den harten Dienst in Kommissariaten wie unseren nicht zumuten sollte«, drückte er sich diplomatisch aus, »aber bei Büdinger ist es etwas anderes. Der war ganz dicke mit Bernd Richter befreundet.«

Der ehemalige Hauptkommissar Richter saß im Celler Gefängnis und büßte dort eine langjährige Haftstrafe ab, nachdem er während eines gemeinsamen Einsatzes auf dem Gelände der Hannover-Messe den jungen Kollegen Lars von Wedell heimtückisch ermordet hatte. Frauke hatte ihn überführt und seine Nachfolge als Leiterin der Ermittlungsgruppe angetreten.

»Büdinger und Richter kannten sich auch privat und verkehrten außerhalb des Dienstes miteinander. Büdinger hält bis heute an seiner Verschwörungstheorie fest, und er hält Sie für eine widerwärtige Nestbeschmutzerin. Das sind jetzt nicht meine Worte«, beeilte sich Putensenf zu versichern.

»Danke«, sagte Frauke. »Mit solchen Anwürfen müssen wir leben. Es gibt auch innerhalb der Polizei die ewig Gestrigen, die nicht wahrhaben wollen, dass unser Mikrokosmos ein Spiegelbild der Gesellschaft da draußen ist. Hier gibt es nicht nur edle Ritter.«

Dann kehrten sie in den Besprechungsraum zurück und erörterten das Ergebnis des KTI.

»Mit ein wenig Glück erhalten wir heute weitergehende Informationen zu einem der Opfer aus Hildesheim. Vielleicht gelingt es, den Mann aus Berlin zu identifizieren, den sie ›Atze‹ nannten«, erklärte Madsack. »Ich habe gestern mit dem Amtsgericht Berlin-Charlottenburg telefoniert. Das ist in der Hauptstadt die zentrale Anlaufstelle für Privatinsolvenzen. Eigentlich ist es in Berlin ein aussichtsloses Unterfangen, mit den dürftigen Informationen, die uns zur Verfügung stehen, fündig zu werden. Man hat mir auf der Geschäftsstelle des Gerichts die Zahlen genannt, die sie dort zu bearbeiten haben. Man könnte fast glauben, dass ganz Berlin pleite ist.«

»Stimmt doch auch«, warf Putensenf ein. »Arm, aber sexy, hat das nicht der Partybürgermeister gesagt? Wie der Herr, so das Gescherr.«

Madsack ging nicht darauf ein. »Ein Rechtspfleger meinte, es könne ein Fall sein, den er bearbeitet hat. Das sind aber vage Erinnerungen. Der Mann gestand freimütig, dass die Vorgänge abgewickelt werden, ohne dass Zeit bleibt, auf die menschlichen Schicksale zu achten, die dahinterstehen. Er wollte sich im Laufe des Vormittags wieder melden. Wie gesagt … Ein klein wenig Glück gehört dazu.«

»Meine Frau hat gestern Nachmittag das Feierabendprogramm auf NDR 1 Niedersachsen gehört«, mischte sich Putensenf ein. »Das macht sie gern.« Es klang fast wie eine Entschuldigung. »Gestern hat die eine moderiert, wie heißt sie noch gleich? Die Hübsche mit den kurzen schwarzen Haaren.«

»Martina Gilica?«, fragte Madsack.

»Genau. Sie ist auf unser aktuelles Thema eingestiegen.«

»Bitte?« Frauke war erbost. »Wir hatten extra mit der Pressestelle vereinbart, dass keine Informationen nach außen dringen.«

»So war das auch nicht«, wiegelte Putensenf ab. »Wir wissen alle, dass die Sache an sich nicht geheim zu halten ist. Dafür ist das Ganze zu spektakulär. Nein. In der Sendung ging es auch nicht um irgendwelche blutrünstigen Spekulationen, sondern um die Zurückgewinnung von Vertrauen in die Institution Organspende.«

»Inwiefern?«

»Martina Gilica hat – bei aller journalistischen Neutralität – versucht, eine Lanze pro Organspende zu brechen. In der Sendung kamen Patienten und Angehörige zu Wort, deren Leben von einer Spende abhängt. Besonders betroffen war meine Frau von dem Bericht einer Mutter, die verzweifelt auf eine Leber für ihre elfjährige Tochter wartet. Das Kind hat von Geburt an irgendeine sehr seltene Krankheit. Viel Zeit bleibt ihr nicht mehr. Natürlich gibt es auch kritische Stimmen, die meinen, es würde zu viel hinter den Kulissen gemauschelt. Ein Hörer sagte, dass er nicht bereit sei, sich bei lebendigem Leib Organe herausreißen zu lassen, um irgendeinem Superreichen damit das Leben zu ermöglichen. Damit würden sich nur irgendwelche Hintermänner eine goldene Nase verdienen.«

»Moment.« Frauke stutzte. »Damit hat der Mann genau unseren Fall beschrieben. Kann das ein Zufall sein? Oder wollte sich jemand auf diese Weise etwas von der Seele reden?«

Frauke blickte die Mitarbeiter der Reihe nach an. Sie sah in ratlose Gesichter. Wenn ich jetzt einen Spiegel hätte, überlegte sie, würde ein weiteres ahnungsloses Antlitz hinzukommen. Sie nahm sich vor, Kontakt mit dem NDR aufzunehmen. Vielleicht konnte man ihr den Namen des Hörers nennen. Außerdem wollte sie sich die Sendung anhören.

»Wir sollten Kontakt zu den Behörden in Chişinău aufnehmen«, schlug Frauke vor. »Es ist zwar nicht bestätigt, dass es sich bei den Opfern um Bürger der Republik Moldau handelt. Trotzdem möchte ich, dass wir Fotos der bisher nicht identifizierten Opfer, Fingerabdrücke und DNA-Werte nach dort senden und anfragen, ob man sie kennt und ob dort Vermisstenanzeigen vorliegen.«

»Es muss nicht heißen, dass die Opfer aus der Hauptstadt kommen«, sagte Madsack zweifelnd.

»Das ist aber unsere einzige Chance«, erwiderte Frauke. »Oder haben Sie eine andere Idee?«

Madsacks Schweigen bestätigte ihr, dass ihr Vorschlag die einzige Option war.


Nach der Rückkehr in ihr Büro versuchte Frauke, Georg zu erreichen. Auf dem Festnetzanschluss in Isernhagen meldete er sich nicht. Und bei seinem Handy sprang gleich die Mobilbox an. Sie zögerte, ob sie ihn um Rückruf bitten sollte, entschied sich aber dagegen.

Madsack meldete sich. »Rechtspfleger Krumnow vom AG Berlin-Charlottenburg ist am Apparat. Wollen Sie mit ihm sprechen?«

»Stellen Sie ihn durch und kommen Sie zu mir herüber«, sagte sie und schaltete den Lautsprecher an, nachdem sie den Anruf entgegengenommen hatte.

Kurz darauf erschien Madsack und ließ sich schwer atmend auf der anderen Schreibtischseite nieder.

»Ich erinnere mich an den Fall«, sagte Krumnow. »Das trifft nicht auf alle Vorgänge zu. Dafür sind es zu viele. Ich musste aber erst suchen gehen, bis ich fündig geworden bin. Jetzt habe ich die Akte vor mir liegen. Peter Sachse heißt der Mann. Zweiundvierzig. Der hat eine sehr häufig anzutreffende Karriere ins Elend gemacht. Verheiratet. Eine Tochter. Er war kaufmännischer Angestellter in einem Unternehmen, das Gummidichtungen hergestellt hat. Irgendwann ist der Markt eingebrochen, oder man hat die Produktion woandershin verlagert. Richtung Osten. So genau weiß ich das nicht mehr. Dafür höre ich hier zu viele Geschichten. Dann ging es los. Ein Jahr Arbeitslosengeld. Das reichte nicht für die Hypothekentilgung, weil alles äußerst knapp kalkuliert war. Dann kam das Haus unter den Hammer. Die Frau, eine sehr aparte Erscheinung, wollte nicht mit in den Wedding ziehen. Sie hat Unterschlupf bei einem anderen gefunden. Sachse konnte die Unterhaltsansprüche von Frau und Kind nicht erfüllen, bekam keinen neuen Job. So ist er auf der Straße gelandet. Er hat diverse Gläubiger. Das Jugendamt in Sachen Unterhalt, zwei Banken, eine Teilzahlungsbank, Versicherungen, Telefon. So geht es munter weiter. Dann ist er untergetaucht. Haben Sie seine Anschrift? Ich habe hier eine Reihe von Papieren und Vorladungen, die ich ihm zustellen muss.«

»Leichenschauhaus der Rechtsmedizin in Hannover«, sagte Frauke.

»Hannover. Moment.« Krumnow schien einen Kugelschreiber zu suchen. »Wie lautet die genaue Adresse?« Plötzlich stutzte er. »Sagten Sie eben ›Leichenschauhaus‹?«

Frauke bestätigte es.

»Dann dürfte dieser Fall erledigt sein. Wo bekomme ich den Totenschein her, damit ich den Vorgang abschließen kann?«

»Setzen Sie sich mit der Staatsanwaltschaft in Hildesheim in Verbindung«, riet ihm Frauke, bevor sie das Gespräch beendete.

»Ich kümmere mich um alles Weitere«, sagte Madsack. »Verifizieren, ob die Angaben stimmen, Benachrichtigung der Angehörigen und so weiter.«

Frauke war sich nicht sicher, ob man es einen Erfolg nennen konnte, dass möglicherweise einem der Opfer eine Identität zugeordnet werden konnte.

Sie rief in Hildesheim an, um zu hören, ob Hauptkommissar Ulmer neue Erkenntnisse hatte gewinnen können.

»Ich weiß nicht«, sagte er. »Gut, dass ich Sie am Apparat habe. Pater Wehrmann von der hiesigen St.-Elisabeth-Gemeinde hat sich an uns gewandt und wollte wissen, ob wir helfen können. Er hat dabei ausdrücklich betont, dass er sich zuvor das Einverständnis dazu besorgt hatte.«

»Hat jemand bei dem Geistlichen gebeichtet?«, fragte Frauke.

»Sicher nicht. In diesem Fall hätte der Pfarrer bestimmt nicht den Kontakt zur Polizei gesucht. Bei ihm hat sich jemand aus Moldau gemeldet, der einen verschwundenen Angehörigen sucht.«

»Mensch, Ulmer.« Frauke war enttäuscht von dem Hildesheimer Kollegen. »Das könnte doch passen. Wir suchen verzweifelt nach den Identitäten der Opfer, von denen wir nur wissen, dass es Anzeichen gibt, die in die Republik Moldau führen, und Ihnen fallen Hinweise direkt vor die Füße.«

»Wenn Sie möchten, können wir gemeinsam dorthin fahren.«

Frauke sagte zu, in der nächsten Stunde bei der Polizeiinspektion Hildesheim zu sein. Sie beschloss, allein zu fahren. Doch Kommissar Schwarczer, den sie auf dem Flur traf, bestand darauf, sie zu begleiten. So konnte sie auf der Fahrt das Gespräch von Hauptkommissar Büdinger entgegennehmen.

»Büdinger?«, fragte sie überrascht, als sich der Hauptkommissar meldete.

»Es geht um den Toten von der Lister Meile.«

»Es wundert mich, dass Sie die Kooperation suchen«, sagte Frauke spitz.

»Wir sind bei unseren Ermittlungen an einem bestimmten Punkt angelangt. Dazu müssten wir dringend mit Ihnen sprechen.«

»Heute Abend oder morgen Vormittag«, sagte Frauke. »Sie wissen, wo Sie mich erreichen können.«

»Ich fürchte, so viel Zeit haben wir nicht.«

»Gut. Dann sprechen Sie mit dem Kollegen Madsack aus meinem Team. Er ist über alles informiert.«

»Sie verstehen mich nicht«, sagte Büdinger mit fester Stimme. »Es geht um *Sie* und *Ihre* persönlichen Verwicklungen in diesen Fall.«

»Da müssen Sie ein wenig deutlicher werden«, erwiderte Frauke und bemühte sich, ihre Überraschung zu verbergen.

»Das werden wir hier vor Ort klären. Ich erwarte, dass wir noch heute miteinander reden. Sonst könnte es unangenehme Folgen haben.« Es klang wie eine Drohung.

»Nein!« Frauke blieb unnachgiebig. »Wir sind aktuell in einem Einsatz. Den werde ich nicht aufgrund vager Andeutungen abblasen. Entweder Sie erklären mir augenblicklich, was Sie glauben von mir zu wissen, oder *ich* sage Ihnen, wann ich Zeit für Sie habe. Wenn überhaupt«, fügte sie an. »Denken Sie nach, sofern Sie das können, und melden Sie sich wieder.«

Dann beendete sie das Gespräch im Bewusstsein, die Grenze zu einer beleidigenden Äußerung überschritten zu haben. Es war ihre Absicht gewesen, Büdinger zu provozieren.

Schwarczer tat, als hätte er nichts vom Telefonat mitbekommen. Den Gesprächsinhalt, so hoffte Frauke, würde er nicht gehört haben. Natürlich war ihm Fraukes Verhalten nicht verborgen geblieben.

Was mochte Büdinger zu diesem merkwürdigen Anruf bewogen haben?, überlegte sie. Putensenf hatte ihr anvertraut, dass der Hauptkommissar persönliche Ressentiments gegen sie hegte. Vermischte er diese mit dem hartnäckigen Festhalten an der These, der Mord an Testemitanu könnte in irgendeinem persönlichen Bezug zu Frauke stehen? Verfolgte Büdinger immer noch die absurde Idee, Frauke führe ein abnormes Sexualleben? Oder unterschätzte sie den Hauptkommissar, und Büdinger hatte etwas über ihre Beziehung zu Georg herausgefunden? Und wenn das zutraf, war der Hauptkommissar auf die gleichen Zweifel gestoßen, die sie seit Kurzem hegte? Wieder kreisten ihre Gedanken um Georg und sein sonderbares Verhalten.

Hauptkommissar Ulmer, den Frauke vom Auto aus angerufen

hatte, erwartete sie vor der Tür des Polizeigebäudes und dirigierte sie in die Oststadt.

In diesem Teil Hildesheims herrschte noch eine ursprüngliche Urbanität. Die Straßenkreuzung wurde von der Elisabethkirche und der gleichnamigen Schule auf der anderen Straßenseite geprägt. Das Schulgebäude mit seinen roten Ziegeln, den weiß abgesetzten senkrechten Flächen, Sprossenfenstern und kunstvoll gestalteten Zierelementen war eine Hommage an die Architekten vergangener Zeiten. Die Kirche wirkte wuchtig, und einzig die grünen Dächer der beiden Türme, die Frauke an den Sönke-Nissen-Koog in Nordfriesland erinnerten, waren Farbtupfer.

Zwischen der Kirche und einer rohen ungeputzten Ziegelwand des Nachbarhauses gab es einen Parkplatz, der – wie ein Schild verriet – den Mitarbeitern und Besuchern der Kirchengemeinde vorbehalten war. Das Pfarrhaus war ein schlichter Zweckbau ohne jeden Zierrat, selbst wenn eine Stuckeinlassung an der Fassade das Baujahr 1908 anzeigte.

Eine Frau, Frauke schätzte sie auf Mitte vierzig, öffnete die Tür und führte sie in ein Büro, das mit Akten- und Bücherregalen vollgestellt war. Ein modernes Computersystem und ein großes Kreuz an der Stirnwand waren Zeichen der Verbindung von Weltlichkeit und Religion.

»Ah, die Herrschaften von der Polizei«, sagte ein Mann mit schütterem blondem Haar und gesunden roten Wangen. Er trug eine Jeans, einen weißen Pullover mit Zopfmuster, und lediglich das goldene Kreuz am Revers zeigte an, dass es der Pfarrer war.

»Wehrmann«, stellte er sich vor und gab zunächst Frauke, dann den beiden Männern die Hand. Es war ein angenehmer und kräftiger Händedruck. Er zeigte auf eine verhärmt aussehende hagere Frau. »Frau Florescu, ein Mitglied unserer Gemeinde. Ein sehr aktives«, ergänzte er. »Ich habe Frau Florescu gebeten, zu übersetzen. Sie stammt aus Rumänien, lebt aber schon lange bei uns.«

Fast zögerlich erwiderte die Frau den Handschlag der Polizisten. Schüchtern senkte sie dabei den Blick.

»Das ist Herr Radu Gaidamascius. Er stammt aus dem Dorf Grimăncăuți. Das liegt in der Rajon, also im Bezirk, Briceni. Ich habe mir erklären lassen, dass dieser Bezirk ganz oben im

Nordwesten Moldawiens, äh … Verzeihung, der Republik Moldau liegt, an der Grenze zu Rumänien und der Ukraine.«

Der Mann mit den dunklen Augen und den schwarzen Haaren sah die Polizisten an. Er blieb sitzen, als ihn die Beamten mit einem Händedruck begrüßten.

Pater Wehrmann erklärte: »Die Dame und die Herren sind von der Polizei. Sie möchten Ihre Geschichte hören, und wir werden dann sehen, ob sie helfen können.«

Frau Florescu übersetzte es, und Gaidamascius nickte dazu.

»Möchten Sie einen Kaffee?«, fragte der Pater, nahm die Thermoskanne zur Hand und schenkte Frauke ein.

Nach wenigen Tropfen war die Kanne leer. Wehrmann ging zur Tür und streckte seiner Mitarbeiterin die Kanne entgegen. »Ob Sie noch mal so lieb sind, Frau Schäfertöns?«, fragte er. Auf dem Weg zurück zu seinem Stuhl sagte er: »Herr Gaidamascius ist auf abenteuerliche Weise hierhergekommen, zum Teil als Anhalter, zum Teil mit dem Bus. Wenn ich es richtig verstanden habe, ist er vier Tage unterwegs gewesen. Er kommt im Auftrag seiner Familie, die sich Sorgen um den Schwager, also den Mann der Schwester seiner Frau, macht. In der Region muss es fürchterlich sein. So ist der Schwager darauf hereingefallen, dass ihn jemand nach Deutschland gelockt hat. Er sollte hier fünftausend Euro dafür erhalten, dass er eine Niere spendet. Das alles wäre völlig risikolos, da es in einem modernen Krankenhaus stattfinden sollte. Als Anzahlung hat die Familie umgerechnet dreihundert Euro erhalten, das entspricht etwa drei Monatseinkommen.«

»Und dann?«

»Der Schwager ist auf den Handel eingegangen. Schließlich entsprach der versprochene Lohn vier Jahreseinkommen. Das ist viel Geld in der bitterarmen Region, wo es am Allernötigsten mangelt.«

»Wie heißt der Schwager?«

Frau Florescu übersetzte es. Dann sagte sie, ohne dabei die Polizisten anzusehen: »Alexandru Dedov.« Sie sprach so leise, dass Frauke nachfragen musste.

»Wie alt ist der Schwager?«

»Vierunddreißig. Er hat eine Frau und drei Kinder. Die kleine

Tochter hat eine Hasenscharte, und der Sohn benötigt eine Zahnklammer.«

Frauke ging nicht darauf ein. Sie zog die Bilder hervor, die die Spurensicherer von den Opfern gemacht hatten, und legte sie der Reihe nach vor.

Beim zweiten Bild tippte Gaidamascius aufgeregt auf das Foto.

»Ist das sein Schwager?«, fragte Frauke.

Es entspann sich ein kurzer, aber heftiger Dialog zwischen dem Moldauer und der Dolmetscherin.

»Nein«, sagte sie schließlich. »Aber er kennt den Mann. Der wohnt in einem Nachbardorf und heißt Oleg.«

»Und weiter?« Frauke war ungeduldig.

»Das weiß er nicht«, sagte die Dolmetscherin, nachdem sie einen weiteren Wortwechsel auf Rumänisch geführt hatten.

Frauke legte die nächsten Bilder vor. Auf dem letzten erkannte Gaidamascius seinen Schwager.

»Das ist Alexandru Dedov«, bestätigte Frau Florescu, nachdem sie erneut heftig mit dem Moldauer diskutiert hatte.

Gaidamascius wirkte jetzt sehr erregt. Immer wieder tippte er auf das Bild und sprach unablässig.

»Was sagt er?«, fragte Frauke.

»Er erzählt, was für ein vorbildlicher Familienvater Alexandru Dedov ist. Er würde alles für seine Familie machen. Dafür, dass die Menschen so arm sind, können sie schließlich nichts. Dedov hatte davon gehört, dass man in Deutschland Geld für eine Niere bekäme. Und was macht das schon? Schließlich hat man zwei Nieren und kann ohne jedes Problem mit einer leben. Das hat ihm auch der Arzt bestätigt.«

»Welcher Arzt?«, hakte Frauke nach.

»Der Mann, der die Einheimischen angeworben hat, ist eine Woche später mit einem Arzt gekommen.«

»Ein Moldauer?«

Gaidamascius zuckte heftig mit den Schultern. Das wusste er nicht.

»Aber er nimmt es an«, ergänzte die Dolmetscherin. Die Nachfrage, ob er den Arzt beschreiben könne, war erfolglos. Gaidamascius war ihm nie begegnet.

Frauke zeigte dem Moldauer ein Bild Testemitanus. Der Mann betrachtete es nachdenklich. Dann schüttelte er den Kopf. Sein trauriger Blick traf Fraukes. Er sagte etwas in seiner Muttersprache.

»Was ist mit seinem Schwager?«, übersetzte die Dolmetscherin. Alle Blicke waren auf Frauke gerichtet.

»Wir müssen davon ausgehen, dass Alexandru Dedov tot ist«, sagte Frauke nach einer längeren Pause. »Alle Anzeichen sprechen dafür. Genaueres wird erst der DNA-Abgleich ergeben. Dazu benötigen wir aber die Unterstützung der Behörden seines Heimatlandes.«

Frau Florescu spielte nervös mit der Kette aus Holzperlen, die sie um den mageren Hals trug. Sie kämpfte sichtbar mit den Worten. Als Pater Wehrmann dem Rumänen die Hand auf den Unterarm legte, schien er es auch ohne Übersetzung verstanden zu haben. Zögerlich kamen die Worte über seine Lippen.

Die Dolmetscherin nickte stumm.

Der Moldauer schlug die Hände vors Gesicht und schluchzte. Zwischen den Fingern drang Unverständliches hervor. Doch Frauke erriet auch ohne Kenntnis der Landessprache, was er sagen wollte. Sie ließen dem Mann Zeit.

Pater Wehrmann zog nach einer ganzen Weile die Hand zurück, stieß Gaidamascius vorsichtig an, faltete die Hände und begann auf Lateinisch das Vaterunser zu beten. Gaidamascius und Frau Florescu fielen ein, sie auf Deutsch, er auf Rumänisch. Hauptkommissar Ulmer hatte die Hände in den Schoß gelegt, während Frauke aufmerksam die Runde betrachtete und dabei Schwarczers Blick auffing, der ebenfalls die anderen ansah.

Nachdem der Geistliche dem Rumänen auch noch den Segen gespendet hatte, zog Gaidamascius ein zerknittertes Foto aus seiner Jackentasche und legte es auf den Tisch. Frauke drehte es zu sich um. Es bedurfte ein wenig Phantasie, um in dem jungen Mann, der mit einer Heugabel in der Hand diese dem Fotografen entgegenstreckte, das eine Opfer zu erkennen. Schließlich war die zweite Aufnahme das Bildnis eines Toten. Plötzlich schoss Gaidamascius' Hand vor, und der Zeigefinger pochte immer wieder auf den zweiten Mann, den das Foto zeigte.

»Was ist mit ihm?«, fragte Frauke.

Der Moldauer stieß erregt ein paar Sätze hervor, die Frau Florescu schließlich übersetzte.

»Das ist der, der Dedov nach Deutschland verschleppt hat, der alle Versprechungen abgegeben und den Vorschuss ausgezahlt hat.«

»Kennt er den Namen?«, fragte Frauke.

Es folgte ein längerer Dialog auf Rumänisch, bis Frau Florescu bestätigte: »Er«, dabei zeigte sie auf Gaidamascius, »sagt, der Mann heißt Ion Haciaturov und stammt aus Briceni. Das ist die Bezirkshauptstadt. Haciaturov, so sagt man, war früher ein Gangster. Vielleicht war er auch bei der Geheimpolizei. So genau weiß man das nicht. Heute ist er nur noch selten da, fährt ein großes Auto und protzt damit herum.«

»Und warum hat sein Schwager sich mit Haciaturov eingelassen?«, fragte Frauke.

»Weil sie unbedingt auf das Geld angewiesen waren, das er der Familie versprochen hatte«, berichtete die Dolmetscherin, nachdem sie ausführlich mit Gaidamascius gesprochen hatte.

Frauke sah Schwarczer an. Der bewegte unmerklich den Kopf. Ihr Eindruck hatte also nicht getrogen. Der Mann auf dem Foto wies eine gewisse Ähnlichkeit mit dem auf, der am Ostermontag den Range Rover aus dem Parkhaus des Flughafens geholt hatte.

Gaidamascius sträubte sich zunächst, als Frauke ihn um Überlassung des Fotos bat. Erst als sie versicherte, er werde es zurückerhalten, gab er es aus den Händen.

Sie ließen niedergeschlagene Menschen zurück, als sie aufbrachen. Pater Wehrmann würde mit Hilfe der Dolmetscherin versuchen, dem Moldauer Trost zuzusprechen. Er wollte auch bei der Kontaktaufnahme mit der Konsularabteilung der Berliner Botschaft der Republik Moldau behilflich sein. Neben der Trauer um den Angehörigen wartete noch viel administrativer Aufwand auf Gaidamascius.

Sie überließen es Ulmer, herauszufinden, ob Ion Haciaturov in Hildesheim gemeldet war.

Der Hauptkommissar führte ein paar Telefonate und nannte dann eine Anschrift. Er übernahm es auch, mit Kellermeyer von der Ausländerstelle der Stadt Kontakt aufzunehmen.

»Haciaturov hat schon vor einiger Zeit einen Asylantrag gestellt«, erklärte Ulmer. »Ist das nicht mysteriös, dass er hier unter seinem wahren Namen auftritt? Er scheint in seiner Heimat ein übler Bursche gewesen zu sein.«

»Es gibt zwei Möglichkeiten«, überlegte Frauke laut. »Entweder sucht man ihn in Moldau aufgrund der Straftaten, die er dort eventuell begangen hat. Dann ist es verständlich, dass er hier unterschlüpfen möchte. Oder er ist so dreist und ist hier für die Organmafia tätig. Um sich ein halbwegs legales Auftreten zu ermöglichen, beantragt er Asyl. Solche Leute wissen, dass es eine Weile dauert, bis über ihren Antrag entschieden ist. So kann er sich frei bewegen, bekommt auch noch Hilfe vom Staat und kann seinem mörderischen Geschäft nachgehen. Ich habe keinen Zweifel an Gaidamascius' Darstellung. Daher vermute ich auch, dass Haciaturov aus dem zweiten Grund hier ist. Schließlich scheint er sich in seiner Heimat frei bewegen zu können. Wie alt ist er?« Sie sah Ulmer an.

»Sechsundvierzig.« Der Hauptkommissar hatte die Zeit genutzt, um Informationen über den Mann zusammenzutragen.

»Dann ist er alt genug, um vor und während des Umbruchs in der ehemaligen Sowjetunion dabei gewesen zu sein.«

»Ich verstehe Sie nicht«, warf Ulmer ein.

»Ich würde nicht ausschließen, dass Haciaturov bei einer Sondereinheit der Polizei oder des Staatsschutzes ausgebildet wurde. Wir finden diese Konstellation relativ oft vor, dass diese ehemalige verhätschelte Elite später durch alle Netze gefallen und mit ihrer vorzüglichen Ausbildung ins kriminelle Milieu abgewandert ist.«

»Könnte das nicht eine Vorverurteilung sein? Reine Spekulation?«, gab der Hauptkommissar zu bedenken.

»Abgesichert ist es nicht«, erwiderte Frauke. »Wir haben schon gar keine Beweise gegen ihn. Ich gehe im Moment davon aus, dass Haciaturov das Fahrzeug vom Flughafen Hannover abgeholt hat. Mit dem Wagen wurde die Leiche Testemitanus zur Lister Meile in Hannover transportiert. Wissen Sie, wie das Opfer zugerichtet war?«

Ulmer nickte.

»Die Rechtsmedizin geht davon aus, dass Testemitanu nicht

betäubt war, als er so zugerichtet wurde. Ferner hat man festgestellt, dass ihn zwei Männer festgehalten haben. Es ist denkbar, dass einer von ihnen Haciaturov ist. So viele gewaltbereite Killer dürfte auch die Organmafia nicht haben.«

Ulmer wiegte den Kopf. »Das ist mir noch nicht beweissicher genug. Gut. Manches spricht für Ihre Theorie. Aber trotzdem … Ich würde dafür plädieren, zunächst weitere Fakten zu sammeln. Mit Ihren Vermutungen können Sie keinen Richter überzeugen.«

Der Hauptkommissar hatte recht, auch wenn Frauke es nicht offen zugeben wollte. Sie setzten Ulmer bei der Polizeiinspektion ab.

»Und?«, fragte Schwarczer, als sie allein im Auto saßen.

Frauke nickte.

Der Kommissar gab die Adresse ins GPS ein und folgte dann der weiblichen Stimme.

Das System führte sie in den Norden Hildesheims in ein Wohngebiet, das durch ein großes Gewerbegebiet regelrecht vom Rest der Stadt isoliert und von der Autobahn und einem weiteren Gewerbegebiet umzingelt war.

Auf Höhe eines trostlos wirkenden kleinen Einkaufszentrums, in dem es viele Leerstände zu beklagen gab, bogen sie in die Jordanstraße ab. Man hatte versucht, dem Hochhaus an der Straßenecke mit farbigen Streifen zu ein wenig optischer Lebendigkeit zu verhelfen. Neben den Mobilfunkantennen zierte eine merkwürdige Stahlkonstruktion das Dach. Frauke vermochte nicht zu erkennen, ob das auch eine Antenne war oder anderen Zwecken diente.

Die Jordanstraße schlängelte sich zwischen Mehrfamilienhäusern hindurch, wie sie oft in Städten anzutreffen waren und früher von Arbeiterwohn- oder Bauvereinen errichtet wurden. Auffällig war, dass sich der gesamte Stadtteil in einem gepflegten Zustand befand. Die Häuser waren gestrichen, und Frauke suchte vergeblich nach Graffiti, die häufig solche Quartiere verunstalteten.

Am Ende der Sackgasse stand ein großer Block mit mehreren Eingängen. In der Schmiege der beiden Flügel fand sich der Eingangsbereich, zu dem neben den Stufen auch eine behindertengerechte Rampe führte. Von der Renovierungsaktion zeugte auch die neue und moderne Aluminiumtüranlage.

Erwartungsgemäß fand sich kein Namensschild, das auf Haciaturov verwies, unter den zahlreichen Knöpfen auf dem großen Klingelbrett. Aus den vielen Briefkästen quollen Werbeblättchen hervor. Eine Frau, die von zwei quengeligen Kindern begleitet wurde, ließ sie hinein.

»Wir möchten zu Herrn Haciaturov«, sagte Frauke.

Die Mutter hörte gar nicht richtig zu.

»Kenn ich nicht.«

»Gibt es hier einen Hausmeister?«

»Nein«, antwortete die Frau einsilbig und zerrte an dem Mädchen an ihrer Hand, das prompt mit einem kindlichen Geschrei antwortete.

Sie klingelten an mehreren Wohnungstüren. An vielen wurde nicht geöffnet. Ein kleines Mädchen mit schokoladenfarbener Haut und dicken schwarzen Zöpfen sah sie stumm an, nachdem es geöffnet hatte. Es schien allein in der Wohnung zu sein.

Schließlich stießen sie auf einen älteren Mann mit wettergegerbtem Gesicht und einer ausgeprägten Knollennase.

»Zu wem wollen Sie?«, fragte er und hielt sich die Handfläche hinter die Ohrmuschel.

»Haciaturov.«

»Sagt mir nichts. Hier herrscht ein ständiges Kommen und Gehen. Die meisten kennt man nicht. Manchmal sieht man Gesichter wieder. Ist aber nicht einfach bei den vielen Ausländern. Wie, sagten Sie, soll er heißen?«

Frauke wiederholte den Namen.

»Ist das russisch?«

»Möglich.« Es hatte keinen Sinn, auf Einzelheiten einzugehen.

Der Mann trat auf den Hausflur hinaus und zeigte zur Etagendecke. »Einen Stock höher. Dann links. Da wohnen welche. Vielleicht ist er das. An der Tür steht noch: ›Ebert‹. Aber die sind schon vor vielen Jahren weg.«

Sie nahmen die Treppe und fanden die Wohnungstür mit dem schwarzen Kunststoffschild und der weißen Schrift.

Durch die Wohnungstür klang laute Musik. Es war irgendetwas

Hämmerndes, Arrhythmisches, Populäres. Georg hätte sich jetzt demonstrativ die Ohren zugehalten.

Georg! Ob er inzwischen wieder zu Hause war? Frauke hatte mehrfach die Anrufliste auf ihrem Handy kontrolliert. Georg hatte nicht versucht, sie zu erreichen.

Niemand reagierte auf das Klingeln. Auch die nächsten zwei Versuche waren erfolglos. Schließlich hämmerte Schwarczer mit der flachen Hand gegen das Türblatt.

Die gegenüberliegende Tür wurde geöffnet, und das Kind, das seiner Mutter zugesetzt hatte, sah sie neugierig an. Plötzlich erschien die Mutter, riss das Kind am Arm in die Wohnung zurück und drang in einer fremden Sprache wortreich auf es ein. Dann knallte sie die Tür zu.

Es war eine unbefriedigende Situation. Es gab keine Handhabe, gewaltsam in die Wohnung einzudringen. Sie wussten nicht einmal, ob sich hinter der Tür tatsächlich Haciaturov befand.

Frauke klopfte noch einmal gegen die Tür.

»Aufmachen!«, rief sie. Sie vermied es absichtlich, »Polizei« anzufügen.

Mit einem Ruck wurde die Wohnungstür geöffnet, und ein Mann in einem olivgrünen Unterhemd stand ihnen gegenüber. Im Mundwinkel klemmte eine Zigarette. Schultern und Oberarme waren mit Tattoos übersät. Die dunklen Haare fielen ihm ins Gesicht.

»Was ist los?«, sagte er in hart klingendem Deutsch. »Was soll der Scheiß?«

Es war nicht der Mann vom Foto.

»Ist Haciaturov da?«, fragte Frauke.

»Wer?« Er grinste und zeigte dabei zwei Reihen gelber Zähne. Demonstrativ lehnte er sich mit der Schulter gegen den linken Türrahmen, seine Hand drückte er gegen den anderen und versperrte damit den Zugang.

»Polizei«, sagte Frauke und warf einen Blick in den kleinen Flur. Nichts war zu erkennen.

»Na und?« Der Mann lachte.

»Lassen Sie uns hinein«, forderte Frauke ihn auf. Es konnte kein Zufall sein, dass er sich so sicher gab. War er gewarnt worden? Von wem?, überlegte Frauke. Nur Hauptkommissar Ulmer hätte von ihrer Absicht ahnen können.

Nein! Die Frau aus der Wohnung gegenüber musste ihn telefonisch gewarnt haben, dass eine Frau und ein Mann nach den Bewohnern dieser Wohnung fragten.

Ehe der Mann reagieren konnte, hatte sie ihre Waffe gezogen. Sie war erstaunt, wie schnell Schwarczer handelte. Der Mann zeigte keine Gegenwehr, als ihn der Kommissar am Arm packte, herumriss, ihn über das vorgestreckte Bein drückte und auf den Boden schleuderte. Mit einem Krachen landete der Mann auf den Fliesen. Er war so überrascht, dass er keine Reaktion zeigte. Schwarczer legte ihm mit Fraukes Hilfe Einmalfesseln an, nachdem sie ihn von der Tür fort in den Flur gezogen hatten, um einem möglichen weiteren Bewohner keine Zielscheibe zu bieten.

»Seid ihr nicht ganz dicht?«, fluchte der Mann und verfiel in eine fremde Sprache.

Frauke registrierte, dass er keine Warnrufe ausstieß. War die Wohnung leer?

Schwarczer hatte ebenfalls seine Waffe gezogen und drängte sich an Frauke vorbei in den Flur. Mit der Fußspitze stieß er die Tür zum kleinen fensterlosen Bad auf. Leer. Auch in der Küche verbarg sich niemand. Im Schlafzimmer standen zwei Einzelbetten an den Wänden. Sie waren zerwühlt. Einen Kleiderschrank gab es nicht. Die wenige Wäsche hing über einem Trocknergestell oder lag auf dem Fußboden herum.

Das Wohnzimmer bestand aus einem giftgrünen Sofa, einem niedrigen Couchtisch sowie einem Esstisch mit vier Stahlrohrstühlen aus der Billigecke eines Möbeldiscounters. Der Fernseher stand auf einem wackligen Holzgestell, ein Sideboard nahm das wenige Geschirr auf. Lediglich das Notebook wirkte neben dem Fernseher modern.

Frauke zeigte auf den Esstisch. Dort lagen zwei Handys. Eine Glaskanne mit Kaffee, zwei Tassen und ein angeschlagener Aschenbecher vervollständigten die Einrichtung. Eine Zigarette war fast bis auf den Filter heruntergebrannt.

»Der Typ hatte seine im Mund. Und selbst wenn er nikotinsüchtig ist, wird er nicht zwei Zigaretten gleichzeitig rauchen«, stellte Frauke fest.

Sie wurden durch ein Geräusch aus dem Treppenhaus abgelenkt. Der Mann hatte sich aufgerichtet und wollte flüchten. Schwarczer packte ihn am Arm, zerrte ihn in die Wohnung und ließ ihn in die Sofaecke fallen.

»Wo ist der andere?«, fragte der Kommissar drohend.

Der Mann grinste. »Welcher andere?«

Schwarczer näherte sich dem Mann und baute sich dicht vor ihm auf. Wie zufällig ließ er dabei seine Dienstwaffe um den Zeigefinger kreisen. Dann stolperte er vorwärts und fiel halbwegs auf den Mann.

»Au«, rief der.

»Sorry«, sagte Schwarczer. »Das war ein Versehen.« Dann beugte er sich zu dem Mann hinab und erzählte etwas auf Russisch.

Zunächst sah der Mann den Kommissar mit einem staunenden Blick an. Der veränderte sich zu einem Ausdruck von Konzentration, der schließlich in ein Zucken der Augenmuskeln überging. Der Kommissar hatte ruhig gesprochen. Obwohl Frauke kein Wort verstand, klang es unaufgeregt. Trotzdem musste er etwas gesagt haben, was dem Mann Furcht einflößte. Das war deutlich am Mienenspiel zu erkennen. Dann presste er etwas zwischen den Lippen heraus.

»Sag es auf Deutsch«, forderte Schwarczer ihn auf.

»Er ist die Treppe hoch übers Dach.«

Schwarczer drehte sich um und ging Richtung Wohnungstür.

»Halt. Warten Sie«, rief ihm Frauke hinterher, aber er hörte nicht.

Sie zog ein zweites Paar Einmalfesseln hervor und band den Mann damit an der Heizung fest. Flüchtig durchsuchte sie seine Taschen nach Waffen oder Gegenständen, mit denen er die Fesseln hätte lösen können. Außer einem Feuerzeug fand sie nichts. Ebenso entfernte sie alles Herumliegende aus seiner Reichweite. Dann zog sie ihr Handy hervor, wählte die Eins-Eins-Null und forderte Verstärkung an. Schließlich folgte sie dem Kommissar die Treppe hinauf. Zumindest vermutete sie, dass er diesen Weg genommen hatte.

Sie versuchte zunächst, zwei Stufen zu nehmen, verfiel dann aber in eine schnelle Schrittfolge bei einzelnen Stufen. Im Unterschied zu den unermüdlichen Fernsehhelden, die den Ganoven mühelos hinterhersprinteten, spürte sie, wie ihr das Herz bis zum Hals schlug und der Atem knapper wurde. Putensenf hätte dies vermutlich mit einer bissigen Bemerkung zum Thema Frauen kommentiert. Für Frauke war es die schlichte Erkenntnis, dass sie das Alter, in dem Athleten ihre Höchstleistungen vollbrachten, schon längst überschritten hatte.

Irgendwo über ihr schepperte eine Metalltür. Auf der vorletzten Stufe stolperte sie, versuchte, sich zu fangen, doch auf dem obersten Treppenabsatz geriet sie erneut ins Straucheln. Frauke streckte die Arme voraus und fing sich an der zerschrammten Metalltür. Es knallte, als ihre Pistole, die sie vor sich hielt, gegen die Tür stieß. Durch den Schwung wurde sie mitgerissen und prallte mit Kopf und Oberkörper gegen das Blech. Sie rappelte sich wieder auf, öffnete die nach außen führende Tür und fand sich auf dem Flachdach des Gebäudes wieder. Rasch versuchte sie, sich zu orientieren.

Im Osten rauschte die Autobahn, zur anderen Seite sah man auf die Türme Hildesheims, im Süden lag eine kleine Grünanlage, die fünfhundert Meter weiter an zwei Seen endete.

Etwa siebzig Meter entfernt sah sie zwei Gestalten, die am Rande des Dachs miteinander rangen. Alles ging unendlich schnell und spielte sich im Bruchteil von Sekunden ab. Die eine Figur hob den Arm, die zweite stieß mit beiden Händen vor und erwischte den anderen am Oberkörper, der jetzt beide Arme in die Höhe riss, damit in der Luft herumruderte, als würde er versuchen, ein Ungleichgewicht auszubalancieren. Er taumelte nach hinten.

Erneut stießen die Arme des Zweiten vor und erwischten den Widersacher an der Brust. Der versuchte auszuweichen, geriet noch mehr ins Taumeln. Die Armbewegungen wurden hektischer. Dann ertönte ein gellender Aufschrei, als der Mann das Gleichgewicht verlor, ein Fuß im Rückwärtsgang vergeblich festen Halt suchte, ins Leere trat und durch den Schwung den Körper mitriss. Mit wilden Armbewegungen verschwand er in die Tiefe.

Frauke hatte die ganze Aktion im Laufen mit angesehen, während sie die Bewegung und die Wahrnehmung miteinander zu verknüpfen suchte. Keuchend erreichte sie Schwarczer, der sich vorsichtig über den Dachrand beugte und nach unten sah.

»Mensch!« Sie japste nach Luft. »Was war das?«

»Sie haben es doch selbst gesehen«, erklärte der Kommissar. »Ich bin ihm hinterher und habe ihn hier oben auf dem Dach gestellt. Sie sind doch Augenzeuge gewesen. Er hat mich angegriffen. Dabei habe ich noch versucht, ihn vom Rand wegzuziehen. Leider vergeblich. Fast hätte er mich mit in die Tiefe gezogen.«

War das wirklich so gewesen? Alles hatte sich in der Dauer weniger Lidschläge ereignet. Frauke war sich nicht sicher, ob Schwarczers Version zutraf. Man hätte auch meinen können, er habe seinen Gegner geschubst. Ein Polizist tat so etwas nicht. Niemand stieß einen anderen Menschen vom Dach. Nein!, sagte ihr eine innere Stimme. Das konnte nicht sein. Sie musste in der Hitze der Verfolgungsjagd etwas falsch gesehen haben. Der Kommissar hatte auch bestätigt, dass er noch zugreifen wollte.

Frauke!, sagte sie zu sich selbst, du siehst Gespenster. Erst Georg! Jetzt Schwarczers Aktion. Bist du überfordert? Anzeichen von Selbstzweifeln? So etwas kannte sie bisher von sich nicht.

»Kommen Sie«, sagte sie stattdessen. »Rettungswagen, Polizei, Ulmer. Wir müssen hier einiges sichern. Unten wartet der zweite Mann. Haben Sie ihn da«, dabei zeigte sie auf den Abgrund, »erkennen können?«

»Es könnte Haciaturov gewesen sein. Zumindest ist eine gewisse Ähnlichkeit mit dem Bild vorhanden.«

Frauke rief den Rettungsdienst an, anschließend die Polizei. Danach wählte sie Ulmers Nummer.

»Das ist ein Ding der Unmöglichkeit«, sagte der Hauptkommissar. »Wir hatten doch darüber gesprochen. Und dann unternehmen Sie eine solch verantwortungslose Einzelaktion in Rambo-Manier.«

»Langsam, Ulmer. Sie vergessen die Notwendigkeit, zügig zu handeln. Schließlich hätte Verdunkelungs- oder gar Fluchtgefahr bestehen können. Sehen Sie das Ganze als eine eskalierte Überprüfungsaktion an.«

»Sie haben sich für das, was dort geschehen ist, zu verantworten.« Der Hildesheimer war immer noch aufgebracht.

Frauke warf Schwarczer einen kritischen Seitenblick zu. Es war das zweite Mal, dass sie sich nicht sicher war, ob der sonst so stille Kommissar in kritischen Situationen nicht am Ziel vorbeischoss. Zuerst war das bei der Verhaftung von Romeo Carlucci, einem Killer der »Organisation«, geschehen, als Schwarczer im Nebenzimmer den Mann erschoss und behauptete, in Notwehr gehandelt zu haben.

Sie liefen die Treppe hinab. Frauke warf einen kurzen Blick in die Wohnung. Der zweite Mann hockte immer noch gefesselt an der Heizung. Er machte einen resignierten Eindruck.

Sie verließen das Haus, umrundeten das Gebäude und erreichten die Stelle, an der der zerschmetterte Körper lag. Ein Stück weiter stand eine Birke auf der Rasenfläche, während der Mann unweit einer Thuja lag, die an der Hauswand gepflanzt war. Wie auf einem Friedhof, dachte Frauke und sah auf den Abgestürzten. Die Extremitäten waren verrenkt, der Kopf hingegen war in einer unnatürlichen Überdehnung nach hinten abgeknickt. Frauke vermutete, dass der Mann mit dem Kopf voraus aufgeprallt war. Dafür sprachen auch der Schmutz und der Abdruck von Gras, der sich auf einer Gesichtshälfte abzeichnete. Dort war auch die Haut zerschrammt. Ein dünner Blutstrahl floss aus Mund, Nase und Ohr. Sonst waren keine äußeren Verletzungen erkennbar.

Frauke legte zwei Finger an die Halsschlagader. Der Mann war tot. Dafür sprachen auch die gebrochenen Augen.

»Warten Sie hier auf die Einsatzkräfte«, forderte sie Schwarczer auf. »Ich kümmere mich um den anderen.«

Mit einem Seitenblick registrierte sie, dass inzwischen einige Bewohner die Fenster geöffnet hatten oder vom Balkon die Ereignisse verfolgten. Ein jüngerer Mieter hatte sein Smartphone gezogen und schoss eifrig Bilder.

»Machen Sie, dass Sie in Ihre Wohnungen verschwinden«, rief sie. Niemand folgte ihrer Aufforderung.

Auch im Treppenhaus standen Neugierige und tuschelten miteinander.

»Was ist da los?«, rief man ihr zu.

Der Mann an der Heizung sah sie mit großen Augen an. Er spürte, dass etwas geschehen war.

»Haciaturov ist vom Dach gefallen«, erklärte sie schonungslos. »Er liegt zerschmettert hinterm Haus.«

Der Mann riss die Augen weit auf.

»Wie heißen Sie?«, fragte sie in rauem Tonfall und trat auf ihn zu. Obwohl seine Arme ihn daran hinderten, versuchte er, sie schützend vor den Kopf zu legen. Es gelang ihm nur, den Kopf zwischen Schulter und Oberarm einzuziehen.

Sie packte ihn an den Haaren und zog den Kopf hoch, ohne ihm wehzutun.

»Warum haben Sie Angst?«

Aus weit aufgerissenen Augen sah er sie an. »*Nu. Nu. Nu trage*«, verstand sie.

»Was heißt das?«

»Nein. Nicht. Nicht schießen«, jammerte der Mann.

»Wie kommen Sie darauf, dass ich schießen würde?«

»Ion tot. Vom Dach. Dein Kollege sagt, ihr seid von Spezialeinheit der Polizei. Anti-Mafia-Brigade mit besonderen Befugnissen. Ich kenne aus Heimat. Dort auch *poliție* so machen. Nicht schießen. Ich sagen alles.«

»Wie heißen Sie?«

»Sergiu Sîrbu.«

»Sie kommen aus Moldau?«

Er nickte. »Aus gleichem Bezirk wie Ion Haciaturov.« Immerhin hatte er nicht geleugnet, Haciaturov zu kennen.

»Und Serghei Testemitanu?«

Sîrbu zog verächtlich die Nase hoch. »Der ist Russe. Aus Transnistrien. Verräter.«

»Ihr drei habt die Menschen ermordet?« Frauke sah ihm in die Augen, doch er wich ihrem Blick aus und drehte den Kopf zur Seite.

»Ich nicht schlecht. Gezwungen mitzumachen. Du hast keine Ahnung. Ion ist viel härter.«

Im Treppenhaus war das Gepolter heranstürmender Schritte zu hören. Dann flog die Tür mit einem Krachen gegen die Wand. Kurz darauf erschienen zwei uniformierte Polizisten mit gezückten Waffen.

»Was ist ...?«, rief der erste, während der zweite seine Pistole auf Frauke richtete.

»Dobermann, LKA«, sagte sie und erklärte, ihren Dienstausweis hervorziehen zu wollen. Mit spitzen Fingern zog sie das Dokument aus der Tasche. Der erste Beamte warf nur einen kurzen Blick darauf und presste in Richtung seines Kollegen ein kurzes »Okay« hervor.

Dann nickte er in Richtung Sîrbu. »Was ist mit ihm?«

»Wir haben in dieser Wohnung eine Personenüberprüfung vornehmen wollen«, sagte Frauke ausweichend.

Sie wusste, dass es jetzt auf die Feinheiten der Formulierung ankam. Hätte sie von einer »Festnahme« gesprochen, wäre die Eskalation mit einem komplexen Verfahren gegen sie und Schwarczer verbunden gewesen. Es würde genug Komplikationen durch den Sturz vom Dach geben und die Frage zu beantworten sein, weshalb man keine Unterstützung angefordert hatte. Mit Sicherheit würde Ulmer befragt werden, der auf seine Warnung verweisen würde.

»Der Mann ist vorübergehend festgenommen«, erklärte Frauke. »Veranlassen Sie bitte, dass er nach Hannover ins LKA überstellt wird.«

Die beiden Beamten widersprachen nicht. Begeisterung zeigte sich aber nicht bei ihnen.

Mit Erstaunen registrierte Frauke jedoch, dass Sîrbus Miene sich mit dem Auftreten der beiden Streifenpolizisten verändert hatte. Es sah fast so aus, als hätte ihn Gelassenheit erfasst. Als er bemerkte, dass Frauke ihn ansah, grinste er frech.

»Was ist mit Ihnen?«, fragte Frauke.

»Ich nichts mehr sagen. Nichts. Nichts«, bekräftigte er mehrfach.

Der Mann hatte mit dem Erscheinen der uniformierten Polizei seine Angst verloren, die ihm Schwarczer eingeflößt zu haben schien, überlegte Frauke. Offenbar hatte er schlechte Erfahrungen mit bestimmten Einsatzkräften seines Heimatlandes gemacht und sich deshalb zunächst kooperativ gezeigt. Auch wenn es eine gute Feststellung war, wie man anderenorts über die Organe der Bundesrepublik dachte, machte Frauke sich Sorgen wegen Schwarczers Verhalten. Wenn er sich nicht an die Gesetze hielt, stellte er es so geschickt an, dass man ihm nichts nachweisen konnte.

Immerhin würde Sîrbu die Behauptung, Haciaturov sei der Haupttäter, weiter aufrechterhalten.

Nachdem eine weitere Streifenwagenbesatzung eingetroffen war, beauftragte Frauke diese, vor der Wohnung Wache zu halten, bis die Spurensicherung die Untersuchung der Räume übernahm. Sîrbu protestierte nur verhalten, als er von den Beamten abgeführt wurde. Zumindest leistete er keine Gegenwehr.

»Welche Schuhgröße haben Sie?«, fragte Frauke, kurz bevor er hinausgebracht wurde.

Der Mann verstand die Frage nicht. Kurz entschlossen packte ihn der größere Polizist am Bein und hob es in die Höhe.

»Da steht was mit 'ner Neun«, erklärte der Beamte.

Frauke wollte die Wohnung verlassen, als sie auf dem Flur zwei Paar Sportschuhe entdeckte. Sie zog sich Einmalhandschuhe über und hob ein Paar an. Auf einem ins Innere eingenähten Etikett konnte sich ganz schwach »41« erkennen.

Dann konnten diese Schuhe nicht Sîrbu gehören. Das englische Maß »9« entsprach Schuhgröße dreiundvierzig. Das machte einen Unterschied von über einem Zentimeter aus. In der geriffelten Profilsohle zeichneten sich trockene Reste von Hundekot ab. Zumindest könnte es so sein, vermutete sie. Die Bestätigung würde erst die kriminaltechnische Untersuchung ergeben. Es wäre eine neue Erfahrung in ihrer langen Zeit bei den Mordermittlern: Ein mutmaßlicher Mörder wird anhand der Hinterlassenschaft eines Hundes überführt.

Auf dem Rasen hinter dem Haus waren inzwischen zahlreiche Einsatzkräfte eingetroffen. Uniformierte Polizisten versuchten, die Neugierigen zurückzudrängen. Es war ein vergebliches Unterfangen. Der Notarzt und die Rettungsassistenten standen ein wenig abseits. Frauke stellte sich kurz vor.

»Gibt es Ihrerseits etwas anzumerken außer der Tatsache, dass er tot ist?«, fragte sie.

Erwartungsgemäß verneinte der Mediziner die Frage. »Ich nehme an, dass der Tote in die Rechtsmedizin soll«, sagte der Arzt. »Ich habe den Totenschein bereits ausgestellt und ihn …« Er sah sich um. Dann zeigte er auf Hauptkommissar Ulmer. »… ihm da gegeben.«

Ulmer stand etwas abseits. Bei ihm waren einer seiner Mitarbeiter und Schwarczer. Der Hauptkommissar sah auf, als Frauke sich der Gruppe näherte.

»Ich hatte davor gewarnt«, begrüßte er Frauke. »Ihr Kollege hat schon erzählt, dass der Mann bei einer Verfolgungsjagd vom Dach gestürzt ist. Das möchte ich schon ein wenig detaillierter hören. Es mag ja sein, dass jemand vor der Polizei flüchtet. Auch übers Dach. Aber dass er dann über den Rand stolpert ... Die näheren Umstände werden den Staatsanwalt sicher interessieren.«

»Haben Sie Zweifel an der Darstellung des Kollegen? Schließlich hat er sich bei der Verfolgung selbst in Gefahr begeben.«

»*Ich* wäre anders vorgegangen«, belehrte Ulmer sie. »Aufgrund der Vorgeschichte war Ihnen bekannt, dass die Leute gefährlich sind. Sie hätten die Festnahme anders planen müssen, womöglich unter Einschaltung des SEK.«

»Es war keine geplante Festnahme, sondern die Überprüfung eines Hinweises«, erklärte Frauke.

Warum verteidige ich Schwarczer?, dachte sie im Stillen. Wenn sie jetzt nicht ihre Zweifel vortrug, könnte man es später gegen sie verwenden. Doch sie schwieg dazu und wich aus, indem sie den Namen des Toten nannte. Dann berichtete sie von dem kurzen Gespräch mit Sîrbu und dass der die Schuld Haciaturov zuschob. Frauke ließ unerwähnt, dass sich der Mann durch Schwarczer bedroht gesehen und deshalb bereitwillig geplaudert hatte.

»Ein wichtiges Indiz könnten Spuren von Hundekot sein«, schloss sie und erzählte von ihrer Entdeckung. Es war ihr gelungen, Ulmer ein wenig abzulenken.

»Insgesamt, den Toten aus Hannover eingeschlossen, sieht es so aus, als wenn uns ein erster Schlag gegen die Bande gelungen ist«, sagte Ulmer nachdenklich.

Frauke trug ihm ihre These von der Arbeitsteilung der drei Männer vor.

»Eines verstehe ich noch nicht«, sagte Ulmer. »Sie meinen, an der Ermordung Testemitanus wären drei Täter beteiligt gewesen?«

»Richtig. Die Spurenlage weist aus, dass zwei das Opfer niedergedrückt und festgehalten haben, während ein dritter Täter es so grauenvoll zugerichtet hat.«

»Es muss doch noch ein Arzt bei der ganzen Aktion beteiligt gewesen sein«, gab Ulmer zu bedenken. »Hat der so gewütet?«

»Das glauben wir nicht. Der unbekannte Arzt ist anders vorgegangen. Er hat die Opfer betäubt. Außerdem konnte die Rechtsmedizin Unterschiede in der Schnittführung zwischen Testemitanu und den anderen Opfern feststellen.«

»Wenn Sie recht haben«, sagte Ulmer, »fehlt neben dem Arzt noch einer, der an Testemitanus Ermordung beteiligt war. Wenn es nicht der Arzt war«, schob er leise hinterher, »fehlt uns noch jemand.«

»Nicht nur einer. Alle, die wir bisher enttarnen konnten, waren Handlanger. Die haben zwar die schmutzige Arbeit verrichtet, aber uns fehlen noch die Organisatoren und diejenigen, die die Organe verpflanzt haben.«

»Das kann doch nicht so schwer sein, das aufzudecken«, warf Ulmer ein. »So etwas macht man nicht im Hinterzimmer wie die Anpflanzung einer Hanfplantage.«

»Das sollte man meinen. Aber trotzdem halte ich die Suche für schwierig.« Sie verschwieg den Verdacht gegen Dr. van Rhynern. Und gegen Georg. Und wenn Dr. Fehrenkemper beteiligt war, galt es, die Örtlichkeiten zu finden, an denen der Chirurg operierte.

»Nun ja«, gab Ulmer zu. »Nach den aufgedeckten Skandalen der letzten Zeit wird es keine renommierte Klinik mehr zulassen, dass sie in solche Machenschaften verwickelt wird.«

»Hoffentlich.«

Dann fuhren sie nach Hannover zurück.

»Haben Sie noch eine Korrektur an Ihrer Darstellung der Ereignisse auf dem Dach anzubringen?«, fragte sie Schwarczer unterwegs.

»Glauben Sie mir nicht? Sie haben es doch mit eigenen Augen gesehen.«

Frauke ging nicht darauf ein.

Im Büro lagen keine Neuigkeiten vor. Frauke versuchte, Martina Gilica von NDR 1 Niedersachsen zu erreichen. Schließlich hatte sie die Moderatorin am Telefon.

»In Ihrer Sendung zum Thema Organspende hat ein Hörer

einen Sachverhalt geschildert, der haargenau einen Fall betrifft, zu dem wir Ermittlungen anstellen. Liegt Ihnen der Name des Hörers vor?«

»Oft lassen wir uns die Telefonnummer der Hörer geben und rufen zurück«, erklärte Martina Gilica. »Ich müsste das aber mit der Redaktion abstimmen, ob wir die Daten weitergeben können oder ob das unter das Pressegeheimnis fällt.«

»Leider war ich verhindert«, erklärte Frauke, »und konnte deshalb die Sendung nicht hören. Es wäre für uns aber wichtig, diesen Beitrag noch einmal zu verfolgen. Ist das möglich?«

»Wenn ich Ihnen damit helfen kann, gern«, zeigte sich die Moderatorin hilfsbereit. »Wissen Sie was? Wir machen das ganz unkompliziert. Kommen Sie heute Abend zu uns nach Hause. Ich besorge die Sendung, und dann können wir es uns anhören.«

Dann nannte sie Frauke die Anschrift. Sie verabredeten sich für in zwei Stunden.

Frauke beschloss, für heute Feierabend zu machen. Sie fuhr nach Isernhagen. Es war kurz vor zwanzig Uhr. Dank der Sommerzeit war es noch hell. Sie parkte vor Georgs Villa und starrte durch die Windschutzscheibe auf das Haus. Er musste anwesend sein. Dafür sprach das Licht in der Küche, das zwischendurch kurz angeschaltet wurde.

Zögernd griff sie zum Handy und wählte die Festnetznummer. Georg nahm das Gespräch nicht an. Sie versuchte es auf dem Handy. Dort meldete sich sofort die Mailbox. Es berührte sie, seine dunkle Stimme zu hören. Trotzdem kam sie der Aufforderung nicht nach, eine Nachricht zu hinterlassen. Sie kämpfte mit sich, ob sie klingeln sollte.

Nein!, beschloss Frauke. Solange Georg zu den Verdächtigen gehörte, musste sie Beruf und Privatleben trennen. Sie startete den Motor und gab die Adresse der NDR-Moderatorin ins GPS ein.

Martina Gilica öffnete ihr persönlich.

»Frau Dobermann?«, fragte sie mit ihrer angenehmen Stimme. »Seien Sie willkommen.« Sie führte Frauke ins Wohnzimmer. Dabei strichen zwei Hunde um ihre Beine. Martina Gilica kraulte ihnen das Fell und erklärte: »Die gehören mit zur Familie.« Dann schob sie die Tiere vor die Tür. »Die stören uns jetzt ebenso wenig wie der Rest der Familie«, sagte sie und zeigte auf einen Sitzplatz. »Ich habe uns einen Rotwein hingestellt. Und ein bisschen was für den Gaumen. Oder möchten Sie etwas anderes trinken?«

Frauke sah ihr zu, wie sie die Gläser füllte.

»Prost.«

Frauke hob das Glas in Richtung der Moderatorin und nippte an dem samtig weichen Getränk.

»Danke, dass Sie zu dieser späten Stunde noch Zeit für mich gefunden haben.«

Während Martina Gilica von einem kleinen Aufnahmegerät die Textbeiträge aus der Sendung abspielte, naschte Frauke von dem verführerisch zubereiteten Fingerfood. Ob ihre Gastgeberin bemerkte, dass sie noch nicht zu Abend gegessen hatte?

Auf dem Band hatte die Rundfunkfrau nur die Anrufe der Hörer zusammengeschnitten und die Musik ausgeblendet. Lediglich der eine, von dem Putensenf berichtet hatte, war interessant. Es war genau so, wie der Kriminalhauptmeister erzählt hatte. Die Stimme eines offenbar schon älteren Mannes war zu hören, der akzentfreies Hochdeutsch sprach. Frauke bat darum, diesen Teil noch einmal hören zu dürfen. Dann entschied sie, dass der Hörer nicht im Zusammenhang mit den Tätern stehen würde. Vermutlich war diese Spur falsch. Trotzdem wollte sie ihr nachgehen.

»Haben Sie die Telefonnummer des Anrufers?«, fragte sie.

Martina Gilica lächelte. »Ich habe Ihre Frage an die Redaktionsleitung weitergegeben. Die werden sich morgen mit Ihrer Dienststelle in Verbindung setzen.«

»Das reicht mir. Ich glaube nicht, dass hinter diesem Anruf mehr steckt als die Meinung eines Bürgers.« Frauke sah auf die Uhr. »Nun habe ich Ihre Zeit aber genug in Anspruch genommen.«

»Ich helfe gern«, antwortete die Moderatorin und wurde nachdenklich. »Es gibt noch einen anderen Grund, weshalb ich mich über das Gespräch mit Ihnen freue.« Sie hielt ihr Weinglas mit beiden Händen und sah Frauke über den Rand an. »Es war ein spannendes und berührendes Thema, das ich in der Sendung behandelt habe. Ich verstehe und akzeptiere die Sorgen der Menschen, die Zweifel haben, von Unsicherheit erfasst sind. Das muss man verstehen. Auf der anderen Seite haben sich Leute gemeldet, die selbst oder deren Angehörige betroffen waren. Sehr berührt hat mich die Geschichte einer Mutter, deren Tochter auf eine lebensrettende Spende wartet. Ich habe selbst Kinder und kann die Angst der Frau nachempfinden. Für dieses Kind, aber nicht nur für sie, würde ich mir wünschen, dass möglichst vielen Menschen geholfen wird. Kindern. Müttern. Vätern. Deshalb war ich sehr erschrocken, als ich einen Anruf erhielt, der mich warnte, jemals wieder dieses Thema anzusprechen.«

»Während der Sendung?« Frauke zeigte auf das Aufnahmegerät. »Sie haben es nicht mitgebracht.«

»Der Mann hat mich auf meinem Handy angerufen.«

»Woher hat er Ihre Nummer?«

Martina Gilica schüttelte bedächtig den Kopf. »Das weiß ich nicht. Es ging wirklich nur um die humanitäre Hilfe. Als Journalistin habe ich den Grundsatz der Neutralität beherzigt und auch den Skeptikern Raum für ihre Gedanken gegeben. Es gehört zur Informationspflicht des Radios dazu, auch die Fälle zu erwähnen, in denen Schindluder getrieben wurde. Darauf hat der Anrufer sich berufen. Er hat gemeint, mit solchen Hetzbeiträgen würde eine Treibjagd eröffnet werden. Davon sollte ich Abstand nehmen. Er ließ auch noch durchblicken, dass ich nicht von Krankheiten sprechen sollte, wo doch die Menschen, die mir etwas bedeuten, gesund sind.«

»Das klingt wie eine versteckte Drohung«, sagte Frauke. »Ist der Anrufer konkreter geworden?«

Martina Gilica schüttelte sanft ihren Kopf mit den kurzen schwarzen Haaren. Sie musterte Frauke aus ihren ausdrucksvollen Augen.

»Nein. Das war alles. Aber merkwürdig fand ich es schon, obwohl es mich weder erschreckt noch in irgendeiner Weise beeindruckt hat.«

»Wie sprach der Mann?«

»Es war eine dunkle Stimme mit deutlichem Akzent.«

»Könnten Sie den einordnen?«

»Man konzentriert sich auf den Inhalt des Gesprächs. Es war eine hart klingende Aussprache. Ich würde vermuten, dass seine Muttersprache eine osteuropäische Sprache ist.«

»Russisch?«

Die Moderatorin schüttelte bedauernd den Kopf. »Da würde ich mich nicht festlegen.«

»Falls Sie einen weiteren Drohanruf erhalten sollten, bitte ich Sie, mich sofort zu verständigen, obwohl ich nicht davon ausgehe, dass es ernst gemeint ist«, sagte Frauke.

Unausgesprochen fand sie es merkwürdig, dass ein eher allgemein gehaltener Radiobeitrag, der nicht auf die kriminellen Machenschaften einging, den Nerv der Organmafia berührte. Bisher war es den Leuten gelungen, ihr kriminelles Geschäft im Verborgenen abzuwickeln. Hätte man nicht am Karfreitag die zerstückelte Leiche am Kalenberger Graben in Hildesheim und drei Tage später Testemitanu vor ihrer Haustür gefunden, würden die Ermittlungsbehörden bis heute nichts von dem grauenhaften Tun erfahren haben.

Wie würde es weitergehen, nachdem heute ein entscheidender Schlag gegen die Infrastruktur der Organisation gelungen war? Würde es gelingen, Ion Haciaturov, Sergiu Sîrbu und Testemitanu zu ersetzen?

»Darf ich nachschenken?« Frauke wurde durch Martina Gilica aus ihren Gedanken gerissen.

»Nur ein wenig«, sagte sie.

Dann wechselten sie das Thema. Die Moderatorin berichtete von ihrer Arbeit und dem Spaß, den sie bereitete. Irgendwann streiften sie die Liebe zur Nordsee, obwohl Frauke in ihrem Innersten eher der Ostsee verbunden war und sie ein Hauch Sehnsucht nach Flensburg, der Förde und dem Duft des Wassers erfasste.

Es war weit nach Mitternacht, als die beiden Frauen sich verabschiedeten. »Gern«, sagte sie, als Martina Gilica fragte, ob man sich nicht irgendwann zu einem netten Klönschnack auf einen Cappuccino treffen könnte. So unter Frauen …

## ACHT

Es war ein ungewöhnlicher Frühling. Kalendarisch war schon lange die Jahreszeit des Erwachens angebrochen, aber in der Natur zeigte sich nichts vom Aufbruch. Im nahen Harz wurde Schnee geräumt, über Norddeutschland pfiff ein eisiger Ostwind hinweg, und obwohl die weiße Pracht in Hannover nicht liegen blieb, fielen immer wieder Schneeregenschauer aus dem grauen Himmel.

Frauke hatte gut geschlafen, wenn auch zu kurz. Erst unter der Dusche dachte sie an Georg, als sie feststellte, dass mittlerweile der überwiegende Teil ihrer Kosmetik in Isernhagen war. Auch der Kühlschrank war leer. Sie beschloss, im LKA zu frühstücken. Auf dem kurzen Weg dorthin wurde ihr bewusst, dass sie sich an den anderen Arbeitsweg gewöhnt hatte. Georg. Warum kreisten ihre Gedanken immer wieder um ihn?

Als Erstes ließ sie Sergiu Sîrbu aus der Arrestzelle in den Verhörraum bringen. Der Mann war noch am Vorabend nach Hannover überführt worden. Er ließ sich Frauke gegenüber nieder, während Schwarczer, den sie dazugebeten hatte, an der Wand lehnte und das Geschehen aus der Distanz beobachtete.

Sîrbu knallte die geballten Fäuste auf den Tisch und schlug die Beine so übereinander, dass der Tisch in Fraukes Richtung geschoben wurde.

Nachdem Frauke die Eröffnungsregularien absolviert hatte, grinste er sie frech an.

»Kaffee! Aber vernünftig«, sagte er und bleckte die Zähne.

»Wir sind hier kein Restaurantbetrieb«, sagte Frauke scharf. »Schon gar kein Serviceunternehmen für Mörder.«

»Was soll ich hier? Ohne Kaffee sage ich nichts.«

»Sie werden des Mordes in mehreren Fällen sowie der Beihilfe zum Mord verdächtigt. Außerdem werden Ihnen weitere Straftaten zur Last gelegt.«

Er lachte laut auf. Es klang scheppernd. Dann tippte er sich mit dem Zeigefinger auf die Brust. »Ich? Lächerlich.«

»Sie haben mir gegenüber gestern zugegeben, an den Morden

beteiligt gewesen zu sein, und Ion Haciaturov als Hauptverdächtigen beschuldigt.«

»Ion … wer?«

»Lassen Sie solche Spielchen. Sie haben mit Haciaturov in der Wohnung in Hildesheim gehaust.«

»Das soll Ion gewesen sein?« Er hob mehrfach die Schultern und ließ sie wieder fallen. »Keine Ahnung.«

»Ich habe Ihre Aussage.«

»Ich habe nichts gesagt. Nie.« Dann drehte er sich zu Schwarczer um und zeigte ihm den ausgestreckten Mittelfinger. »Hat der Kasper etwas gehört?«

Frauke warf dem Kommissar einen Seitenblick zu. Schwarczer verzog ob der Beleidigung keine Miene. Sie wunderte sich zudem, dass Sîrbu plötzlich nicht mehr gebrochen Deutsch sprach wie gestern noch.

»Wer war außer Haciaturov und Testemitanu noch an den Entführungen und Morden beteiligt?«

»An was? Mensch. Ich hab null Ahnung, wovon Sie sprechen. Welche Morde, eh?«

»Wie heißt der Arzt, der die Organentnahmen vorgenommen hat?«

Demonstrativ bohrte sich Sîrbu im Ohr und schnippte die Krümel Ohrenschmalz auf die Tischplatte. Frauke ignorierte es.

»Ich hör immer nur Scheiße. Seid ihr alle bescheuert?«

»Wir haben hinreichend Beweise gegen Sie. Die Auswertung der Spuren wird Sie eindeutig überführen. Es wäre zu Ihrem Vorteil, wenn Sie ein Geständnis ablegen würden.«

»Mensch, Alte. Bist du taub? Ich weiß von nichts. Geht das nicht in deinen Schädel rein?«

Schwarczer löste sich von der Wand und umrundete den Tisch. Dabei ging er hinter Sîrbu herum. Frauke entging die augenblickliche Veränderung in dessen Mienenspiel nicht. Der Mann kniff die Augen zusammen. Die Mundwinkel zuckten leicht. Hastig drehte er den Kopf über die Schulter und verfolgte die Schritte des Kommissars.

Als Schwarczer wieder seinen alten Platz eingenommen hatte, schwenkte Sîrbu seinen Zeigefinger. »Wollt ihr mir drohen? Ich denke, so etwas gibt es in Deutschland nicht. Ja – gut. Manchmal stirbt ein Ausländer in der Zelle. Oder er verbrennt. Komisch, was? Und wenn ihr behauptet, ich hätte gestern etwas gesagt, dann nur, weil er mir«, dabei zeigte er auf Schwarczer, »gedroht hat, mich umzubringen.« Erneut erklang das schmutzige Lachen.

Frauke versuchte, ihr Erschrecken zu verbergen. Hatte Schwarczer wirklich so etwas von sich gegeben? Für einen Moment tauchten wieder die Bilder auf dem Dach auf. Sîrbus letzte Bemerkung, die aufgezeichnet worden war, würde nicht zur Entlastung des Kommissars beitragen, wenn die Vorfälle, die zum Absturz Haciaturovs geführt haben, untersucht würden. Erneut keimten Zweifel bei Frauke auf. Durfte sie Schwarczer weiter decken? Oder würde man das möglicherweise auch gegen sie verwenden? Bevor Sîrbu weitere Gelegenheit geboten wurde, Vorwürfe zu erheben, brach sie das Verhör ab. Der Mann würde ohnehin nichts sagen. Sie mussten hoffen, dass die Auswertungen der Kriminaltechnik Beweise liefern würden.

Nachdem sie veranlasst hatte, dass Sîrbu in die Arrestzelle zurückgebracht wurde, sorgte sie dafür, dass er einem Rechtsmediziner vorgestellt wurde. Der sollte bestätigen, dass Sîrbu keine Gewalt zugefügt worden war. Ebenso setzte sie sich mit der Hildesheimer Polizei in Verbindung und bat um eine entsprechende Stellungnahme der beiden Beamten, die in die Wohnung der Verdächtigen gekommen waren, als Frauke mit Sîrbu gesprochen hatte.

Erfreuliches hatte das Kriminaltechnische Institut zu melden. Im Range Rover konnten DNA-Spuren mehrerer Opfer gesichert werden. Damit war eindeutig nachgewiesen, dass die Leichen mit diesem Fahrzeug transportiert worden waren. Man hatte, mit Ausnahme von Peter Sachse, dem Opfer aus Berlin, und Alexandru Dedov, den sein Schwager aus Moldau gesucht und schließlich identifiziert hatte, den anderen Opfern Nummern gegeben. Noch waren es namenlose Tote. Auch das gehörte zu den Aufgaben der Polizei: den Toten die Würde zurückzugeben, indem man ihren Namen ermittelte.

Leider konnte noch nicht geklärt werden, wem die Textilfasern zuzuordnen waren, die man bei Testemitanu gefunden hatte und die von den Tätern stammen könnten, die ihn festgehalten hatten.

Die daktyloskopische Auswertung hingegen war erfolgreich. Sîrbus und Haciaturovs Fingerabdrücke konnten im Range Rover nachgewiesen werden.

Kellermeyer von der Ausländerstelle der Stadt Hildesheim bestätigte in einem Telefonat, dass die beiden Männer Asylanträge gestellt hatten.

»Es ist immer das gleiche Muster«, beklagte sich Kellermeyer. »Die kommen hierher und versuchen es. Wir müssen die ganze Prozedur durchlaufen, bis die Ablehnung ausgesprochen wird. In der Zwischenzeit lassen die Leute es sich hier gut gehen. Mittlerweile haben wir so viel Erfahrung, dass wir schon zu Beginn des Verfahrens erkennen, wer wirklich schutzbedürftig ist und wer nicht. Der Antrag Haciaturovs hat überhaupt keine Erfolgsaussichten. Wir vermuten, dass er in seiner Heimat straffällig geworden ist. Wenn er von den Moldauer Behörden nicht akut gesucht wird, kann es ewig dauern, bis wir alle Informationen zusammenhaben. Die sind in Chişinău doch froh, dass sie solche Typen los sind.«

»Haciaturov ist tot«, erklärte Frauke.

»So? Wie ist das passiert?«

»Er ist gestern in der Jordanstraße vom Dach gestürzt.«

Frauke hörte, wie Kellermeyer tief durchatmete. »Eine solch traurige Nachricht trifft mich doch«, sagte er schließlich. »Auch die undurchsichtigste Figur bleibt ein Mensch.«

So viel Empathie hatte Haciaturov für seine Opfer nicht gehabt, dachte Frauke, nachdem sie das Gespräch beendet hatte.

Gleich darauf meldete sich Frau Westerwelle. »Ich habe hier die Konsularabteilung der Botschaft der Republik Moldau aus Berlin in der Leitung. Die möchten mit jemandem sprechen, der mit den aktuellen Fällen befasst ist.«

»Dann stellen Sie ihn zu Herrn Ehlers durch.«

»Geht nicht«, erwiderte Frau Westerwelle. »Der Chef ist beim Chef-Chef. Da hockt auch der Staatsanwalt. Die wollen etwas zu der Aktion in Hildesheim wissen. Die mit dem tödlichen Ausgang.«

Weshalb hat man mich und Schwarczer nicht befragt?, dachte Frauke mit einem unguten Gefühl. Laut sagte sie: »Stellen Sie das Gespräch durch.«

»Vadim Rebeja«, stellte sich der Mitarbeiter der Botschaft mit näselnder Stimme vor. »Wir sind entsetzt darüber, was derzeit rund um Hannover geschieht. Gibt es ausländerfeindliche Übergriffe mit Todesfolge gegen unsere Staatsbürger? Was findet dort für eine Hetzjagd statt?«

»Davon kann keine Rede sein«, versicherte Frauke. »Wir vermuten eher, dass es Auseinandersetzungen unter den Bürgern Ihres Landes sind«, sagte sie ausweichend.

»Das sind immer wieder Erklärungen, die wir zu hören bekommen. Ich mag das nicht glauben. Wir erwarten kurzfristig eine verbindliche Auskunft über die Hintergründe. Oder haben Sie etwas zu vertuschen?«

Das hatte noch gefehlt, dass die Moldauer Druck auf die Ermittlungen ausübten und solche Behauptungen lancierten. Frauke wusste zu gut, dass Politik und Öffentlichkeit sensibel auf solche Meldungen reagierten.

»Sprechen Sie mit dem Staatsanwalt«, versuchte sie Rebeja abzuwimmeln.

»Ich will nicht von einer zuständigen Stelle zur nächsten weitergereicht werden. Sie werden sich darum kümmern. Nicht ich. Ihre Kollegin hat mir Ihren Namen genannt, *Frau Dobermann*. Sie werden nicht aus der Verantwortung entlassen. Also! Was geschieht dort in Hannover?«

»Ich habe es Ihnen bereits erklärt«, sagte Frauke und bemühte sich, verbindlich zu klingen. Gern hätte sie angefügt, dass die Menschen, die hier zu Opfern wurden, es nicht nötig gehabt hätten, wenn Rebeja und die Verantwortlichen in ihrer Heimat für bessere Lebensumstände sorgen würden.

»Sie haben keine Zeit mehr. Die Uhr tickt.« Rebejas Schlussworte klangen nicht nur wie eine Drohung.

Ebenso schwierig erwies es sich, in der Medizinischen Hochschule einen Ansprechpartner zu finden. Offenbar traute sich niemand in der Klinik für Herz-, Thorax-, Transplantations- und Gefäßchirurgie, wie es kompliziert hieß, Fraukes Frage zu beantworten, schon gar nicht telefonisch. Erst eine leitende Oberärztin, Professor Christiane Grimm, fasste sich ein Herz.

»Professor von Benckendorff? Das ist unser ehemaliger ärztlicher Direktor.«

»Sie kennen ihn?«, fragte Frauke.

»Ich habe mit ihm zusammengearbeitet und viel dabei gelernt. Ein hervorragender Mediziner von internationalem Renommee. Für die Klinik, die Lehre und die Patienten war es ein großer Verlust, als er sich zurückgezogen hat. Er war Arzt aus Leidenschaft.« Die Professorin mit der rauen Stimme schmunzelte hörbar. »Fast schon ein wenig fanatisch.«

»Hat Professor von Benckendorff die Klinik gewechselt?«, wollte Frauke wissen.

»Er hat sich ins Privatleben zurückgezogen.«

»Gab es triftige Gründe?«

»Es ist nicht an mir, darüber zu sprechen.« Die Antwort war kurz und entschieden.

»Sicher hält Professor von Benckendorff noch Kontakt zu Ihrer Klinik und stellt seine Erfahrung zur Verfügung.«

»Warum wollen Sie das wissen?«, fragte Frau Professor Grimm.

»Es geht um einen Fall, an dem wir arbeiten.«

»Hat Herr von Benckendorff damit zu tun?« Es klang so, als wäre die Ärztin nicht bereit, irgendetwas Belastendes über Georg zu sagen.

»Nein«, wiegelte Frauke ab. »Wir würden ihn gern befragen und seine Expertise hören. Aber zu Hause erreichen wir ihn nicht. Auch nicht telefonisch.«

»Ach so.« Die Erleichterung war unüberhörbar. »Ich fürchte, da kann ich Ihnen auch nicht weiterhelfen.«

»Treffen Sie ihn manchmal in der Klinik?«, wiederholte Frauke ihre Frage mit anderen Worten.

»Tut mir leid. Aber seit seinem Abschied ist er nie wieder hier gewesen, nicht einmal zur Verabschiedung eines langjährigen Weggefährten. Da waren wir alle überrascht.«

»Kein einziges Mal?«

»Bestimmt nicht. Ich weiß nicht, ob ich es sagen kann.« Frau Professor Grimm zögerte. »Man munkelt, dass er sich privat neu orientiert hat. Offenbar ist vor einiger Zeit eine Dame in sein Leben getreten. Wir alle hier wünschen unserem ehemaligen Chef alles Gute und dass er jetzt auch privat die Erfüllung findet, die er während seiner aktiven Zeit mangels Möglichkeit nicht fand.«

Zwei Informationen beflügelten Frauke. Wenn Georg wieder in der Medizinischen Hochschule gewesen wäre, um dort als Gastchirurg zu operieren, vielleicht auch gemeinschaftlich mit Dr. Fehrenkemper, dann hätte es Frau Professor Grimm gewusst. Das bedeutete jedoch nicht, dass die Transplantationen nicht an einem anderen Ort ausgeführt wurden. Aber wo? War ein kleineres Krankenhaus, eine Privatklinik leistungsfähig genug? Für ein paar Sekunden schweifte sie zur zweiten Aussage der Ärztin ab. Georg hatte ein neues Glück gefunden. Eine Dame. Frauke hatte keinen Zweifel, dass sie damit gemeint war.

Sie suchte den Kriminaloberrat auf. Michael Ehlers wirkte distanziert.

»Setzen Sie sich«, forderte er sie auf. Die Stimme klang sachlich, fast kühl. »Seitens der Amtsführung ist man beunruhigt. Die Mordfälle haben die Öffentlichkeit aufgeschreckt. Sie nehmen in den Medien einen breiten Raum ein. Man hat schnellere Fortschritte erwartet.«

»Das ist die bekannte Vorgehensweise, das Radfahrermodell«, sagte Frauke. »Nach oben wird gebuckelt, nach unten getreten.«

»Beziehen Sie das auf mich?«, fragte Ehlers frostig.

»Den Hut soll sich der aufsetzen, dem er passt«, antwortete sie ausweichend. »Wir haben es hier mit einer außergewöhnlichen Konstellation zu tun.«

»Gerade deshalb ist man in Sorge, dass noch mehr Morde geschehen, die dem Muster folgen.«

»Hat man da oben«, sie zeigte dabei zur Zimmerdecke, »nicht mitbekommen, dass wir der Organmafia erhebliche Schläge versetzt haben? Ich bin mir sicher, dass die andere Seite vorerst handlungsunfähig ist und eine Weile benötigt, bis sie ihr unseliges Tun wieder aufnehmen kann.«

»Was Sie aber nicht ausschließen.«

»Es wäre blauäugig, Garantien abzugeben. Das würde bedeuten, dass wir Einfluss auf die Handlungsweise der Täter haben.«

»Der Leitungskreis hat Zweifel, ob der Mord vor Ihrer Haustür mit den anderen Taten im Zusammenhang steht.«

»Davon bin ich überzeugt.«

»Hauptkommissar Büdinger sieht das anders. Er hat gute Argumente vorgetragen, dass es möglicherweise Verbindungen zu Ihrem Privatleben gibt.«

»So?« Frauke zog eine Augenbraue in die Höhe. »In welcher Weise?«

Der Kriminaloberrat spitzte die Lippen. »Sie wissen, dass ich Ihnen keine Auskünfte über den Stand der Ermittlungen geben kann.«

»Ermittlungen?«, tat Frauke überrascht. »Gegen mich?«

Ehlers nickte ernst. »Sie sind seiner Aufforderung zu einer Vernehmung nicht nachgekommen.«

»Das wird immer schöner. Vernehmung! Büdinger hat mich angerufen und um ein Gespräch gebeten.«

»Dem sind Sie ausgewichen.«

»Verdammt noch mal!«

Der Kriminaloberrat zuckte zusammen. Solche Entschlossenheit hatte er nicht erwartet.

»Schwarczer und ich waren auf dem Weg nach Hildesheim. Hätte ich die Aktion, die uns schließlich enorm weitergebracht hat, abbrechen sollen, nur um den Phantastereien Büdingers nachzugeben?«

»Frau Dobermann. Ich habe den Eindruck, Sie sind sehr erregt.«

»Ich hatte von Ihnen mehr Menschenkenntnis erwartet. Das ist keine Erregung, sondern Verärgerung über so viel Dummheit. Statt dass wir uns auf die Aufklärung konzentrieren können, werden wir aus den eigenen Reihen gebremst. Das ist so, als wenn man bei einem Staffellauf vom eigenen Mannschaftskameraden hinten am Trikot festgehalten wird. Ich hätte gute Lust, mit Ihnen vor den Leistungskreis zu treten und den *Herren*«, betonte sie überdeutlich, »etwas von der Realität zu erzählen.«

Der Kriminaloberrat faltete die Hände. Frauke sah ihm an, dass er sich nicht wohlfühlte.

»Ist etwas an Büdingers Vermutungen dran?«, fragte er und klang schon ein wenig versöhnlicher.

»Wie soll ich das beantworten? Ich weiß ja nicht, was der Mensch angeblich gegen mich in der Hand hat.«

Ehlers spitzte die Lippen. »Ich lehne mich jetzt sehr weit aus dem Fenster. Das wurde natürlich auch gefragt. Ich habe auch nicht verstanden, dass Büdinger ausgewichen ist und keine konkreten Ansatzpunkte vorgetragen hat.«

»Dann will ich versuchen, mich in die krausen Gedanken Büdingers zu versetzen«, sagte Frauke. »Der Kerl«, sie wählte bewusst diese Formulierung, »glaubt, ich würde ein sehr ausschweifendes Privat-, sprich Sexualleben führen. Das ist offenbar so weit jenseits seiner Vorstellungskraft, dass er unterstellen muss, dass einer meiner zahlreichen Liebhaber aus Eifersucht einem Konkurrenten die Genitalien herausschneidet.«

Der Kriminaloberrat sah verlegen zur Seite. Mit der Spitze des Zeigefingers malte er unsichtbare Figuren auf die Schreibtischunterlage.

»So ungefähr«, sagte er tonlos.

»Wie ist der Mann nur Hauptkommissar geworden? War sein Onkel Innenminister?«

»Frau Dobermann!« Es klang wie ein Ordnungsruf.

Frauke streckte eine Hand in die Höhe und spreizte alle Finger. »Die Rechtsmedizin hat eindeutig festgestellt, dass Testemitanu von zwei Männern am Oberarm festgehalten wurde, während ein anderer ihn so entsetzlich zugerichtet hat.« Sie fasste sich an den Kopf. »Wie bescheuert ist Büdinger? Glaubt der, ich würde mit der ganzen kriminellen Szene Gruppensex betreiben? Abgesehen davon haben wir die Leute, die an Testemitanus Ermordung mitgewirkt haben, identifiziert. Einer hat sich vom Dach gestürzt, der Zweite ist verhaftet.«

Ehlers runzelte die Stirn. »Ich glaube auch nicht, dass an der Theorie des Kollegen Büdinger etwas dran ist, auch wenn ich Ihre drastischen Ausführungen für fehl am Platze halte. Man hätte es auch anders formulieren können.«

Frauke unterdrückte ein Lächeln. Hätte, Herr Kriminaloberrat, dachte sie grimmig. Aber dann wäre vielleicht noch jemand auf den Gedanken gekommen, Georg sei in den Fall involviert.

In diesem Punkt hätten sich Probleme für Frauke aufgetan. Sie hätte nicht leugnen können, zu Georg eine Beziehung zu unterhalten. Wie hätte sie die Frage beantworten sollen, warum sie diese bisher verschwiegen hatte?

Zum Glück war Büdinger nicht auf dieser Ermittlungsschiene

unterwegs. Wie gut, dass er doch nicht so clever war, wie es zunächst den Anschein hatte. Männer!, dachte sie grimmig.

»Bitte?«

Frauke wurde bewusst, dass ihr das »Männer« unwillkürlich über die Lippen gerutscht war. Zum Glück schien der Kriminaloberrat es nicht verstanden zu haben.

»Das war's?«

»Noch nicht ganz«, druckste Ehlers herum. »Der Unfall auf dem Dach … Da möchte der Staatsanwalt noch einen ausführlichen Bericht haben. Ganz detailliert. Wenn der vorliegt, wird ein Gespräch mit Ihnen und Herrn Schwarczer folgen. Ich werde auch daran teilnehmen.«

»Gut. Aber derzeit brauchen wir unsere Zeit und Kraft für die weiteren Ermittlungen.«

»Selbstverständlich«, dienerte Ehlers. »Halten Sie mich auf dem Laufenden.«

»Wenn Sie dafür Büdinger dressieren«, sagte Frauke keck mit einem Lächeln.

Froh registrierte sie, dass sich die Mimik des Kriminaloberrats entspannte. Mit einem »Bis später« verließ sie sein Büro.

Madsack erwartete sie voller Ungeduld.

»Die Spanier haben sich gemeldet«, sagte er. »Julia van Rhynern hat im Hotel ausgecheckt. Dabei gab es wohl Probleme, da sie nicht zahlen konnte. Man hat nach heftigen Diskussionen die Polizei gerufen. Erst nachdem das Hotel eine telefonische Zusage erhalten hatte, entspannte sich die Lage. Die Frau fliegt um kurz vor halb eins ab Alicante mit einem Zwischenstopp in Palma de Mallorca und soll heute Abend um zweiundzwanzig Uhr in Hannover eintreffen.«

»Wunderbar«, sagte Frauke. »Dann wissen Sie, was Sie heute Abend tun. Wir beide werden einen Bummel durch den Airport in Langenhagen machen.«

Madsack wirkte nicht begeistert, widersprach aber nicht. »Bei Bauschulte von der Technik sitzt jemand, der uns die Mobilbox der beiden Handys übersetzt«, sagte er.

»Welche Handys?« Frauke war ungehalten. Warum konnten Männer nicht in ganzen Sätzen reden?

»Die von Haciaturov und Sîrbu. Die wurden sichergestellt, als Sie die beiden verhaftet haben.« Immerhin war Madsack so dezent, von »Verhaftung« zu sprechen und nicht davon, dass Haciaturov zu Tode gestürzt war.

»Kommen Sie«, sagte Frauke und registrierte, dass der beleibte Hauptkommissar Mühe hatte, ihr schnaufend zu folgen, insbesondere als sie die zwei Treppen zur Kriminaltechnik zu Fuß zurücklegte.

Bauschulte, ein Zivilangestellter, sah auf. »Hallo. Das ist Herr Nicolescu.«

Der jüngere Mann in Jeans und Pullover nickte freundlich. »Das war alles«, erklärte er.

»Können Sie es noch einmal für mich zusammenfassen?«, bat Frauke.

Nicolescu zeigte auf ein Aufnahmegerät. »Die genaue Übersetzung ist dort gespeichert. Der Herr hier«, dabei wies er auf Bauschulte, »hat es mitgeschnitten. Auf beiden Apparaten fanden sich fast gleichlautende Anrufe.«

»Es war die Stimme eines offenbar schon älteren Mannes«, fügte Bauschulte ein.

»Der Anrufer fragte, wie es weitergehen soll. Auf dem einen Telefon ...«

»Sîrbus«, schob Bauschulte ein.

»Auf dem sagte die Stimme, dass sie von Ion ...«

»Damit ist Haciaturov gemeint.« Dieses Mal kam der Kommentar von Frauke.

»... nichts hören würde. Deshalb, so sagte der Mann, wolle er von dem anderen ...«

»Von Sîrbu.« Erneut war es Frauke.

Nicolescu schenkte ihr einen genervt wirkenden Blick ob der vielen Unterbrechungen. »... wissen, ob er weiß, wann sie wieder arbeiten würden.«

»Arbeiten!« Frauke zog vernehmlich die Nase hoch. »Hat der Anrufer seinen Namen genannt?«

»Nein. Das war alles.«

»Dieser unbekannte Anrufer hat gelegentlich Kontakt zu Haciaturov aufgenommen. Es ging immer um irgendwelche Fragen wie ›Wann wieder?‹ oder Aufforderungen wie ›Ruf mich an‹. Wir haben die zeitliche Abfolge der Telefonate ausgewertet«, sagte Bauschulte und nannte eine Rufnummer. »Vermutlich ist dies der Teilnehmer.«

Frauke nahm die Notiz mit der Telefonnummer entgegen und bedankte sich.

Auf dem Weg zurück zu ihrem Büro fragte sie Madsack: »Sind die Leute so dumm, uns solche Spuren zu hinterlassen?« Da der Hauptkommissar zu kurzatmig war, übernahm sie es, zu antworten. »Ja. Es sind immer wieder solche Spuren, die uns weiterführen.« Sie drückte Madsack den Zettel in die Hand. »Versuchen Sie herauszufinden, wem dieser Anschluss gehört.«

Die nächsten drei Stunden verbrachte sie mit dem Studium von Akten und Protokollen. Zwischendurch fragte sie immer wieder bei Madsack nach, ob er schon Ergebnisse vorliegen habe. Der Hauptkommissar wurde bei der Verneinung immer einsilbiger. Schließlich sagte er: »Ich melde mich umgehend bei Ihnen, wenn wir etwas wissen.«

Es dauerte noch eine halbe Stunde. Frauke nutzte diese, um Georg anzurufen. Auf dem Festnetzanschluss nahm er nicht ab. Sein Handy war besetzt. Beim nächsten Versuch landete sie sofort auf der Mobilbox. Sie unterließ es, eine Nachricht zu hinterlassen. Dann endlich meldete sich Madsack. Er kaute noch drei Mal, bevor der Schokoriegel, den Frauke vermutete, hinuntergeschluckt war.

»Die Nummer ist identifiziert.«

»Und?« Ungeduldig trommelte Frauke auf der Schreibtischplatte.

»Prepaid. Den Inhaber, angeblich Vigo Puentes, gibt es nicht.«

Das war fast zu erwarten gewesen. Trotz der Anstrengungen des Staates, seine Bürger immer enger zu überwachen und zu kontrollieren, schlüpften die Kriminellen durch alle Maschen. Nur wer sehr naiv war, glaubte, dass mit diesen Kontrollen der Kriminalität wirkungsvoll Einhalt geboten werden konnte.

»Es hat ein wenig länger gedauert«, begann Madsack.

»Das ist wohl wahr«, sagte Frauke. Der leichte Tadel war nicht zu überhören.

»Schneller ging es wirklich nicht. Ich nehme an, es findet Ihr Einverständnis, dass ich gleich zum Kriminaloberrat gegangen bin. Der hat sich mit dem Staatsanwalt in Verbindung gesetzt, und wir haben im Blitztempo eine richterliche Verfügung zur Handyortung erhalten.«

Das war Madsack, dachte Frauke. Er wirkte nur äußerlich schwerfällig. In solchen Punkten erwies sich der Hauptkommissar als wertvolle Hilfe.

»Bauschulte versucht gerade herauszufinden, ob das Handy erreichbar ist.« Es verging eine weitere Dreiviertelstunde, bis sich der Kriminaltechniker meldete.

»Es ist nicht so einfach, den Standort des Mobiltelefons zu ermitteln«, erklärte er. »Zunächst war das Gerät nicht eingeschaltet. Erst als es sich angemeldet hatte, konnten wir es orten. Derzeit ist es in der Almsstraße, direkt im Herzen von Hildesheim.«

»Kommen Sie«, sagte Frauke zu Madsack und sprang auf. Sie alarmierte auch Putensenf und Schwarczer. Wenig später waren sie mit einem BMW und mobilem Blaulicht auf dem Weg Richtung Süden.

Schwarczer fuhr schnell, aber sicher. Unterwegs hielt Madsack Kontakt zu Bauschulte.

»Das Objekt bewegt sich jetzt. Aber nur minimal. Es ist in der Almsstraße, Ecke ›Hinter dem Schilde‹.« Dort verblieb das Telefon, ohne weiter den Standort zu ändern.

Sie schafften die fünfunddreißig Kilometer in etwas mehr als zwanzig Minuten. Bauschulte dirigierte sie in die großzügige Fußgängerzone, nachdem sie das Fahrzeug in der Tiefgarage unter dem Markt abgestellt hatten. Sie passierten die Jakobikirche und liefen an der lang gestreckten Front der Galeria Kaufhof entlang.

»Hier muss es irgendwo sein«, sagte Frauke und sah sich um.

Getrennt suchten sie die Umgebung ab, musterten die Passanten, sahen in die Geschäfte. Es war ein schwieriges Unterfangen. Genauer konnte Bauschulte den Standort nicht bestimmen. Es war auch denkbar, dass sich der Teilnehmer irgendwo in den Gebäuden rund um die Kreuzung aufhielt.

Frauke zeigte auf ein Café. »Wir sollten es dort versuchen.«

Sie betrat als Erste mit Putensenf das Café. Sie sahen sich bewusst nicht um, sondern suchten sich ein Plätzchen in dem an den Charme von Wiener Kaffeehäusern erinnernden Lokal aus, nachdem sie zuvor an der langen Thekenfront mit der leckeren Kuchenauswahl und den Regalen mit Baumkuchen auf der rechten Seite entlanggegangen waren.

Mit wenigen Minuten Abstand folgte Schwarczer, der nahe dem Eingang Platz nahm und sich eine Zeitung an einer Holzstange angelte. Schließlich betrat Madsack den Raum und steuerte einen Tisch am zur Hauptstraße führenden Fenster an, während Frauke und Putensenf im Hintergrund saßen.

Frauke hatte die Zeit genutzt, sich umzusehen. Madsack hatte ihr, bevor er hereingekommen war, noch einmal bestätigt, dass die Handyortung unverändert auf diesen eng begrenzten Bereich wies.

Der Raum war länglich. An der Seitenfront saßen zwei Frauen, die emsig in ein Gespräch vertieft waren. Zwei Schülerinnen nuckelten an ihrem Latte macchiato und kicherten zu ihren fröhlichen Erzählungen. Ein zufrieden dreinblickendes Rentnerehepaar hatte offensichtlich in den langen Jahren der Gemeinsamkeit alles ausgetauscht, was es zu erzählen gab. Sie schwiegen sich an.

Ein kleiner Mann mit schütterem Haar und schlecht sitzendem Anzug war in seinem Stuhl zusammengesunken. Mit spitzen Fingern griff er zur Kaffeetasse und führte sie vorsichtig an die Lippen seines faltigen Gesichts. Dabei rutschte ihm die unmoderne Hornbrille stets ein Stück die Nase herab.

Ein kräftig aussehender Vierzigjähriger nippte sporadisch an seinem Bier und beschäftigte sich intensiv mit seinem Smartphone. In kurzen Abständen sah er auf und warf einen prüfenden Blick in die Runde, als würde er die anderen Gäste mustern.

Unmerklich nickten sich die vier Beamten zu. Sie hatten sich auf diesen Mann geeinigt. Wie konnte man ihn am besten überwältigen? Es sprach für das Team, dachte Frauke, dass sie sich auch ohne Worte verständigen konnten. Vorsichtig rieb sie sich das Ohrläppchen.

Schwarczer stand auf und bummelte scheinbar auf der Suche nach der Toilette durch den Raum. Er bewegte sich im Zeitlupentempo, während Madsack Haciaturovs Handy hervorzog, die Wahlwiederholung drückte und das gesuchte Mobiltelefon anwählte.

Frauke schien es ewig zu dauern, bis ein schriller Klingelton erklang. Alle sahen auf. Das Signal war ungewöhnlich laut eingestellt. Außerdem fiel Frauke auf, dass es keine der modernen Tonfolgen war, von deren Verkauf heute eine ganze Industrie zu leben schien.

Der Mann mit dem Smartphone blickte hoch. Suchend ließ er seinen Blick umherschweifen, bis er bei dem alten Mann mit dem schütteren Haar hängen blieb. Der kramte hastig sein Mobiltelefon hervor, klappte es auseinander und hielt es sich ans Ohr.

»*Bună ziua. Ion. Unde eşti?*«, fragte er.

Schwarczer legte dem Biertrinker die Hand auf den Unterarm. »Polizei. Lassen Sie Ihre Hände bitte auf dem Tisch liegen. Ich möchte nicht, dass Sie sie bewegen.«

»Aber wieso?« Der Mann starrte den Kommissar verdutzt an.

»Darf ich auf Ihr Smartphone sehen?«, fragte Schwarczer.

»Ich verstehe nicht?«, stammelte der Mann und reichte Schwarczer das Gerät.

Während der Kommissar mit einem Auge weiterhin den Mann beobachtete, las er den Text. Dann reichte er dem Mann das Telefon zurück.

»Entschuldigung«, sagte er und ging zu den anderen Polizisten hinüber, die sich um den älteren Mann gruppiert hatten. »Das war ein delikater SMS-Chat mit einer Frau. Deutsch, wenn auch im schlechten SMS-Stil. Ich glaube nicht, dass er etwas mit unserem Fall zu tun hat.«

Frauke hatte dem älteren Mann das Handy abgenommen und kontrollierte die Nummer auf dem Display. Es war Madsacks Anrufversuch.

»Polizei«, sagte sie. »Folgen Sie uns bitte ohne Widerstand.«

Erstaunt blickten ihnen die anderen Cafébesucher nach, während Putensenf zum Tresen ging, um die Rechnungen zu begleichen.

Es war nicht erforderlich, dem Mann Handfesseln anzulegen. Schwarczer hatte sich bei ihm untergehakt und dirigierte ihn zum Einsatzfahrzeug.

»Wie heißen Sie?«, fragte Frauke.

Er tat, als würde er nichts verstehen.

»Haben Sie Papiere dabei?«

Erneut blickte er sie verständnislos an. Sie versuchte es auf Englisch. Das hatte auch keinen Erfolg.

»Schön.« Sie nickte dem Kommissar zu.

Schwarczer griff dem Mann in die Taschen und beförderte deren Inhalt ans Licht. Neben einem Schlüsselbund und einer Packung Pfefferminz fanden sie nur das Portemonnaie und eine Brieftasche. Die Geldbörse enthielt etwas mehr als dreißig Euro, zwei Briefmarken sowie Treuepunkte eines Verbrauchermarktes.

Besonders interessant fand Frauke zwei Bahnfahrkarten von Hildesheim nach Hannover und zurück sowie eine Fahrkarte der »üstra«, der Verkehrsbetriebe in Hannover, vom Vortag.

Der Mann hatte auch einen Ausweis.

»Siehe da«, sagte Frauke, als sie ihn in Augenschein nahm. »*Republica Moldova*. Das hätte mich auch gewundert, wenn Sie woandersher gekommen wären.« Ihre Überraschung war noch größer, als sie den Namen las. Tadej Apatič. Der sagte ihr nichts. Entscheidend war der kleine Zusatz vor dem Namen. *Doctor.*

»Sie sind Arzt?«

Apatič schaute stur geradeaus. Er hatte auf dem Rücksitz zwischen Madsack und Putensenf Platz genommen. Dort hockte er eingequetscht. Putensenf hatte keine Anstalten unternommen, zur Seite zu rücken, und Madsack nahm ausgesprochen viel Platz in Anspruch.

Während der ganzen Fahrt nach Hannover schwieg Dr. Apatič. Er war durch nichts dazu zu bewegen, eine Antwort zu geben.

Nach der Aufnahme des Mannes durch die Bereitschaft wurde er in den Verhörraum geführt. Frauke bat Schwarczer, es mit Russisch zu versuchen, aber Dr. Apatič sah starr vor sich auf die Tischplatte.

»Möchten Sie einen Anwalt, oder sollen wir Ihr Konsulat verständigen?«, wollte Frauke wissen.

Er schwieg.

»Dann sperren wir ihn ein. Es dürfte nicht schwerfallen, einen

Haftbefehl zu erlangen«, beschloss Frauke. »Dem Stümper werden wir es beweisen.«

Plötzlich ging ein Ruck durch seinen mageren Körper. Die dunklen Augen schienen Frauke durchbohren zu wollen.

»Stümper?« Mit seiner harten Aussprache schrie er es fast heraus. »Leute wie Sie sind an allem schuld.« Er streckte die Hände vor und zeigte sie Frauke. »Hier. Damit habe ich unzählige Menschen geheilt. Ich bin ein guter Arzt. Aber das begreift niemand in Deutschland. Für die sind wir keine Menschen. Niemand wollte mir glauben, dass ich ein sehr guter Arzt bin. Keiner wollte mir erlauben, hier zu praktizieren. Können Sie mir sagen, warum?«

»Ich bedaure, Dr. Apatič, aber dazu kann ich keine Stellungnahme abgeben. Dafür ist die Ausländerstelle zuständig.«

»Ausländerstelle. Nur weil Sie und die Beamten hier geboren sind, urteilen Sie über andere Menschen. Vernichtend.«

»Darüber möchte ich nicht mit Ihnen diskutieren. Sie haben den Eid des Hippokrates gebrochen und zahlreiche Menschen ermordet.«

»Wer sagt das?«

»Ich«, antwortete Frauke ungerührt. »Unsere Rechtsmediziner haben bei der Obduktion festgestellt, dass die Organe von jemandem entnommen wurden, der Grundkenntnisse in Medizin hat, aber weit davon entfernt ist, ein guter Arzt zu sein.« Frauke spürte, dass Dr. Apatič in diesem Punkt angreifbar war.

»Das haben die also festgestellt, ja? Diese Leichenfledderer, die nie an einem Operationstisch gestanden haben, die nicht wissen, wie trotz der eingeschränkten Technik und mangelnder Medikamente Leben erhalten wird. Solche Leute wollen das beurteilen, ja?«

Dr. Apatič war aufgebracht. Die bisher gezeigte stoische Ruhe war verflogen.

»Ihre medizinischen Fähigkeiten wird das Gericht beurteilen. Auch wenn ich Sie für einen Pfuscher halte, wird der mehrfache Mord die Richter endgültig davon überzeugen, dass Sie nie wieder einen weißen Kittel tragen werden. Wie alt sind Sie jetzt?« Sie sah auf ihre Notizen. »Vierundsechzig. Nein, Herr Apatič ...«

»*Dr.* Apatič«, rief er dazwischen. »Doktor. Doktor. Verstehen Sie?

»Warum haben Sie das gemacht?«

»Sie sind schuld«, wiederholte er. »Ich bin nach Deutschland gekommen, um hier als Chirurg zu arbeiten. Niemand hat eine Vorstellung davon, unter welchen Umständen in der Provinz meiner Heimat die medizinische Versorgung geschieht. Ich wollte einmal in meinem Leben in einem supermodernen Operationssaal stehen, zusehen, wie die Patienten dank moderner Arzneien genesen.«

»Deshalb haben Sie die Narkosen mit den Mitteln vorgenommen, die Sie kannten, mit denen Sie in Moldau gearbeitet haben?«

Dr. Apatič nickte schwach.

»Und weil man mich nicht hat arbeiten lassen, habe ich mich mit diesen Leuten eingelassen. Ich hatte geglaubt, mit dem Geld, das ich dafür bekomme, könne ich die Beamten überzeugen, mir doch noch eine Zulassung als Mediziner zu erteilen.«

Frauke schüttelte den Kopf. »Sie wollen wirklich geglaubt haben, die deutschen Behörden wären bestechlich?«

Dr. Apatič nickt ernst. »Überall auf der Welt sind die Menschen bestechlich. Mal weniger, mal mehr.«

»Und das sollen wir Ihnen abnehmen? Dass Sie brutal Menschen ermordet haben, um als Arzt Gutes tun zu können, wie Sie behaupten? Nein, Herr Dr. Apatič. Ich glaube, Sie lügen.«

»Das ist Ihre Sache«, behauptete er. »Sie können mir nichts anderes beweisen.«

Frauke war davon überzeugt, dass seine Verteidigung eine reine Schutzbehauptung war. Dr. Apatič hatte aus niederen Beweggründen gemordet. Sein Tun war nichts anderes als heimtückischer, niederträchtiger Mord.

»Sie haben die Opfer betäubt. Das haben Sie eben selbst zugegeben«, erinnerte sie ihn.

»Die haben nichts gespürt. Als Arzt würde ich sagen, es war ein schöner Tod.«

Am liebsten wäre Frauke eingeschritten. Kann ein Mensch so zynisch sein, wenn er von der Ermordung von Menschen sprach?

Dr. Apatič faltete die schlanken Hände. »Die haben nichts gespürt. Es ist ein sanftes Hinübergleiten, wenn man aus der Narkose nicht wieder erwacht.« Er schien zu merken, worüber er sprach. »Das klingt vielleicht unverständlich für Ihre Ohren. Aber die haben nichts gemerkt und keine Schmerzen gespürt.«

»Das waren Menschen, die gelebt, gelacht und geliebt haben.«

»Nein«, sagte Dr. Apatič mit Entschiedenheit. »Die haben gedarbt, gelitten, gehungert.« Er stach mit seinem mageren Zeigefinger in der Luft in Fraukes Richtung. »Haben Sie jemals darüber nachgedacht, für wie viel Geld Sie Ihre Niere verkaufen würden?«

»Das ist so —«, begann Frauke, brach aber mitten im Satz ab. Es war der Professionalität geschuldet, jede persönliche Regung zu unterdrücken.

»Wo haben Sie die Organentnahmen durchgeführt?«

»Die Operationen«, korrigierte sie Dr. Apatič. »Das war in einem kleinen Ort irgendwo auf dem Lande.«

»In einem Krankenhaus? Einer Arztpraxis?«

Er schüttelte den Kopf. »Ich war erschrocken über die Infrastruktur. Dort gab es nicht den hohen Stand der Technik, den ich in Westeuropa erwartet hatte.«

»Sie können die Organentnahme doch nicht allein ausgeführt haben.«

»Doch. So etwas lernt man in meiner Heimat. Dort sind Sie nicht von Heerscharen professioneller Helfer umgeben.«

»Irgendjemand muss Ihnen doch assistiert haben.«

»Das war keine große Hilfe. Sîrbu hieß er. Ein Sanitäter. Von Operationen verstand er nichts.«

»Testemitanu hat die Opfer herangeschafft«, sagte Frauke.

Dr. Apatič nickte.

»Und Haciaturov?«

»Das war der Chef. Der hat alles organisiert. Der hat uns bezahlt.«

»Nach der Organentnahme … Was ist dann geschehen?«

»Die Organe habe ich fachgerecht aufbereitet. Sie wurden dann in Kühlbehältern zu den Empfängern gebracht.«

»Wohin?«

Er zuckte mit den Schultern. Es wirkte fast unbeteiligt. »Das weiß ich nicht.«

»Das hat Sie nicht interessiert?«, fragte Frauke erstaunt.

»Nein. Ich hätte auch keine Antwort erhalten. Und Fragen wären gefährlich gewesen.«

Frauke zögerte einen Moment. »Sie wollen wirklich behaupten, Haciaturov wäre der Boss gewesen?«

»Ich kenne keinen anderen. Ich weiß nicht, mit wem Haciaturov zusammengearbeitet hat. Er ist gefährlich.«

»Ist?«, fragte Frauke.

»Ja. Glauben Sie mir nicht?«

»Haciaturov ist tot.«

»Was?« Dr. Apatič sah sie erstaunt an.

»Doch. Er ist gestern vom Dach seines Hauses gestürzt.«

»Aber wieso?« Dr. Apatič mochte es nicht glauben.

»Näheres wissen wir auch noch nicht«, log Frauke.

Die Nachricht schien Dr. Apatič verwirrt zu haben. Er konnte keinen klaren Gedanken mehr fassen. Alle Versuche, ihn zu weiteren Aussagen zu bewegen, waren vergeblich. Er verfiel in eine Art Apathie.

»Warum haben Sie Testemitanu ermordet?«, fragte Frauke. »Und das auf eine Art und Weise, die Ihrer sonstigen Vorgehensweise widersprach?«

Noch einmal straffte sich der magere Körper. »Das war ich nicht. So etwas hätte ich nie gemacht. Haciaturov war das.«

»Warum?«

Dr. Apatič fuhr sich geistesabwesend mit der Hand über das Gesicht. »Haciaturov hat allen Angst eingejagt. Er war brutal und unberechenbar. Testemitanu hat die Patienten angesprochen. Außerdem hat er sich um die ... Er hat nach der Operation aufgeräumt.«

»Sie meinen, er hat die Mordopfer im Wald vergraben.«

Der alte Mann nickte müde. »Doch dann hat Testemitanu eine Frau kennengelernt, eine Türkin. Die Hormone sind mit ihm durchgegangen. Er hat alles vergessen und nur noch an diese Frau gedacht. Deshalb hat er den letzten Patienten vor Ostern auch nicht im sicheren Wald vergraben, sondern am Kalenberger Graben mitten in der Grünanlage nahe dem Hildesheimer Stadtzentrum. Dort wurde der Leichnam am Karfreitag von Spaziergängern entdeckt. Das hat ein gewaltiges Aufsehen erregt. Haciaturov war so wütend, dass er Testemitanu ermordet hat. Er hat ihm die Genitalien herausgeschnitten, weil Testemitanu nur noch damit gedacht hat und alles in Gefahr brachte.«

»Und Sie mussten zusehen?«

»Sîrbu hat dabei geholfen.«

»Da waren aber zwei Männer zugegen«, sagte Frauke. »Wir konnten DNA-Spuren sicherstellen. Leugnen hilft nicht weiter.«

Dr. Apatič senkte den Kopf. Plötzlich würgte er. Er fing sich, litt aber erneut unter Würgereiz.

»Es war grauenvoll«, stammelte er. »Haciaturov hat mich dazu gezwungen.« Plötzlich zog er sein Hemd aus der Hose und in die Höhe. Zwei blutverkrustete frische Narben zogen sich quer über den Bauch. »Wenn ich mich geweigert hätte, wären die nächsten Schnitte tiefer gewesen«, erklärte er.

Dann übergab er sich.

Frauke kehrte in ihr Büro zurück und schloss die Tür. Sie musste ein paar Minuten allein sein. Das Verbrechen hatte immer wieder neue Gesichter, und heute hatte sie eine weitere hässliche Fratze kennengelernt.

Es klang fast wie eine Bestätigung, als Kellermeyer von der Ausländerstelle in Hildesheim anrief.

»Die Republik Moldau ist ein schwieriger Partner«, erklärte er. »Deshalb bin ich überrascht, dass wir relativ zügig Informationen über Haciaturov erhalten haben. Der Mann wird von den Behörden in Chişinău gesucht. Er hat in Moldau ein Ehepaar umgebracht. Zunächst hat er den Mann ermordet, dann die Frau vergewaltigt und anschließend auch getötet, und das Ganze erfolgte vor den Augen der vierjährigen Tochter.«

Sie waren sich einig, dass dieses Kapitel nun abgeschlossen sei. Für Kellermeyer blieben nur noch ein paar bürokratische Aktionen. Frauke hatte noch die Hintermänner zu finden. Sie war davon überzeugt, dass Haciaturov nicht der Kopf der Organmafia war.

# NEUN

Es war ein wunderbarer Abend gewesen. Sie hatten die Freunde lange nicht mehr gesehen. Peter Krosche war Rechtsanwalt geworden. Dessen Frau, die zweite, war bestimmt fünfzehn Jahre jünger als der Schulfreund. Zunächst war es Krosches Frau schwergefallen, sich in die fröhliche Runde einzufinden. Aber dann hatte sie in seiner Frau Doris eine Gesprächspartnerin gefunden. Die beiden Frauen waren nur dann aus ihrer Plauderei herausgerissen worden, wenn die drei Männer zu laut lachten. Dino Wohlrabe war mit seiner Lebendigkeit schon auf dem Gymnasium der Schrecken aller Lehrer gewesen. Jetzt, als erfolgreicher Schauspieler, verstand er es noch besser, sich in Szene zu setzen. Wohlrabes Freundin mit dem tief ausgeschnittenen Dekolleté erschien Robert Peterhansl ein wenig zu ordinär im Auftreten. Aber vielleicht erwartete man so etwas in jenen Kreisen.

Von wem war der Vorschlag gekommen, sich im »Kleinen Restaurant« in Schulenburg an der Leine zu treffen?, überlegte Peterhansl. Es war nicht nur ein kurzweiliger Abend gewesen. Er fuhr sich mit der Zunge über die Lippen. Der vorzügliche Wein schmeckte immer noch nach. Und das Menü aus gebratenen Riesengarnelen mit Kopfsalatrisotto an geschäumter Orangensoße, die Landhauspoularde an Tagliatelle mit Tomaten-Nuss-Sugo sowie das Passionsfruchtsorbet waren ein Gedicht.

Peterhansl sah zu seiner Frau hinüber, die den Mercedes CLK lässig auf die Abbiegespur lenkte. Es war eine gute halbe Stunde Fahrt bis nach Hause. Doris bog auf die Bundesstraße ein, um diese nach dreihundert Metern wieder zu verlassen.

Peterhansl streckte den Arm aus und kraulte Doris sanft den Nacken. »*I just called to say I love you*«, sang er leise und rekelte sich dabei im Sitz.

Die Felder links und rechts der schmalen Straße waren nur zu erahnen, die Bäume immer noch kahl. Hinter den Teichen lag das großzügige Schloss Derneburg. Jetzt war es nicht mehr weit bis zu ihrem Haus, das sie vor zwei Jahren bezogen hatten.

Doris war zunächst skeptisch gewesen. Obwohl sie keine Kinder hatten, war es seiner Frau zu abseits gelegen. Inzwischen hatte sie sich aber damit arrangiert. Es war wirklich ein Traumhaus.

Der Blinker klackte, als Doris in die Sackgasse »Am Walde« abbog. Sie gab nur noch wenig Gas und ließ den Mercedes bis vor das Garagentor ausrollen.

»Es war ein schöner Abend«, sagte Peterhansl und beugte sich zu seiner Frau hinüber, um ihr einen Kuss auf die Wange zu hauchen. »Warum macht man so etwas nicht öfter?«

»Weil du ein viel beschäftigter Mann bist«, erwiderte sie und wartete, bis er ausgestiegen war.

Die Automatikbeleuchtung war bei ihrem Eintreffen angegangen und tauchte alles in ein grelles Licht. Nachbarn hatten sich schon darüber beklagt, aber Peterhansl störte es nicht. »Das geht nur an, wenn der Bewegungsmelder reagiert«, hatte er ihnen erklärt.

Er kramte in seiner Hosentasche. »Wo habe ich meinen Schlüssel?«, fragte er.

»Hab ihn schon«, erwiderte Doris, die vorausgegangen war.

Peterhansl stutzte und sah zur Straße.

»Wer hat denn da Besuch?«, fragte er. Vielleicht war es doch ein Glas Wein zu viel gewesen. Er hatte leichte Artikulationsprobleme.

Doris Peterhansl drehte sich um.

»Wo, meinst du?«

»Na da. Das SUV. Das ist doch fremd hier. Es gehört keinem der Nachbarn.«

»Ist doch egal. Komm jetzt«, sagte seine Frau und ging Richtung Haustür.

Hinter ihnen öffnete sich eine Wagentür. Peterhansl blieb erneut stehen und sah sich neugierig um. Er sah, wie ein Mann in einer abgestoßenen Lederjacke auf ihn zukam. Die Hände hatte er tief in den Taschen vergraben.

Als er drei Schritte vor Peterhansl stehen blieb, fragte er mit tiefer Stimme: »Bist du Peterhansl?«

»Ja. Warum?«

Seelenruhig zog der Mann die Hand aus der Tasche. Peterhansl glaubte, das matt schimmernde Metall einer Pistole zu erkennen.

Bevor er sein Erstaunen darüber ausdrücken konnte, machte die Waffe »plopp«. Das hörte Peterhansl nicht mehr. Der Schuss hatte ihn mitten ins Herz getroffen. Er sackte wie ein Mehlsack zusammen.

Der Fremde ging auf Peterhansl zu, beugte sich zu ihm hinab, führte die Pistole in den offenen Mund, wobei er ein wenig nachhelfen musste, und drückte erneut ab.

Plopp.

Dann sah er zu Doris Peterhansl. »Sorry. Er ist selbst schuld.«

Mit einer Handbewegung unterstrich er die Bemerkung, bevor er zu dem Volvo CX 90 D5 AWD zurückkehrte. Der Fahrer hatte inzwischen den Motor angelassen.

Nachdem der Mann eingestiegen war, setzte sich das Fahrzeug in Bewegung und fuhr aus der ruhigen Sackgasse davon.

Doris Peterhansl stand in Schockstarre, bis sie begriff, was dort vor ihren Augen geschehen war.

★★★

Die Mitglieder der Ermittlungsgruppe waren eine halbe Stunde vor Ankunft der Maschine auf dem Flughafen.

Der Air-Berlin-Flug aus Palma de Mallorca hatte Verspätung. So wurden auf der großen Anzeigetafel die Flüge der Germanwings aus Wien, der Swiss aus Zürich und der Brussels Airlines aus der europäischen Hauptstadt zuvor als »gelandet« angezeigt. Endlich kam die Bestätigung für die Maschine aus Palma.

Es verging eine weitere halbe Stunde, bis die Passagiere durchs Gate drängten. Es waren durchweg Urlauber. Ein Kegelclub, dessen Mitglieder während des Fluges offenbar noch einmal alle neune gefeiert hatten, zog lärmend davon. Eine Familie war mit zwei kleinen Kindern beschäftigt, die völlig übermüdet waren. Eine Frau erschien in einem leichten Kleid und war überrascht, wie kühl es in Hannover war. Mit einem lauten »Huhu« machte eine andere Frau, die sie erwartete, auf sich aufmerksam.

Ein braun gebrannter Mann berührte noch einmal verstohlen mit dem Zeigefinger eine Mitreisende am Oberarm, bevor er von seiner am Gate wartenden Partnerin empfangen wurde.

Julia van Rhynern unterschied sich von allen anderen Passagieren. Sie wirkte unter den Fluggästen wie ein Fremdkörper. Mit erhobenem Haupt stolzierte sie durch das Gate. Sie trug ein elegantes Kostüm. Die Bluse war großzügig geschnitten und gewährte einen tiefen Blick auf ihre weiblichen Reize. Die makellosen Waden gingen in hochhackige Schuhe über. Sie setzte die Beine wie ein Mannequin, das sich auf einem Laufsteg bewegte, voreinander. Ihr ebenmäßiges Gesicht war gekonnt geschminkt. In den langen blonden Haaren steckte eine Sonnenbrille. Die Frau hatte Chic, stellte Frauke fest. Und Julia van Rhynern war sich dessen bewusst. Zielstrebig steuerte sie dem Ausgang zu. Frauke fiel auf, dass sie sich nicht ein einziges Mal umsah, ob sie abgeholt wurde.

»Frau van Rhynern?« Frauke war auf sie zugegangen.

Es wirkte arrogant, als Julia van Rhynern fragend eine Augenbraue in die Höhe zog.

»Dobermann, Landeskriminalamt. Wir möchten mit Ihnen sprechen.«

Julia van Rhynern maß Frauke mit einem abschätzenden Blick.

»Aber nicht heute«, sagte sie. Es klang eine Spur affektiert. »In den nächsten Tagen. Ich bin müde von der Reise.«

»Jetzt!«

Fraukes entschiedene Antwort ließ die Frau aufhorchen.

»Kommen Sie«, sagte Frauke. »Wir werden jetzt auf unsere Dienststelle fahren.«

»Sind Sie die, die mich in Spanien angerufen hat?«

»Wir haben versucht, Sie zu erreichen. Da Sie unserer Bitte nicht nachgekommen sind, werden wir das Gespräch jetzt nachholen.«

»Was kann ich dagegen unternehmen?«

»Nichts«, sagte Frauke bestimmt. »Sie dürfen vom LKA aus Ihren Mann anrufen. Ich nehme aber an, dass Ihnen nicht viel daran gelegen ist. Wäre Ihnen Gerhard von Tannenberg angenehmer?«

Julia van Rhynern schluckte. Fraukes Bemerkung hatte sie verunsichert.

Während der Fahrt durch das nächtliche Hannover schwieg Julia van Rhynern. Wortlos folgte sie den Beamten ins LKA.

Im Verhörraum kramte sie in ihrer Handtasche und zog ein Päckchen Zigaretten hervor.

»Das ist hier untersagt«, wies Frauke sie zurecht.

»Dann bringen Sie mir wenigstens einen Kaffee.«

Nachdem Madsack das Getränk besorgt hatte, ergriff sie es mit spitzen Fingern, nippte am Pappbecher und verzog das Gesicht.

»Das ist ja ein ekelhaftes Gebräu.«

»Wir haben hier keinen First-Class-Service«, belehrte Frauke sie. »Ich möchte gern wissen, wo Ihr Autoschlüssel ist.«

»Mein Auto ist am Flughafen. Ich erwarte, dass Sie mich dorthin fahren.«

»Das würde Sie nicht weiterführen. Der Range Rover befindet sich bei uns in der Kriminaltechnik.«

»In der –?«

»Der Schlüssel.« Frauke unterbrach sie und streckte fordernd die Hand aus.

Julia van Rhynern begann umständlich in ihrer Handtasche zu kramen. Sie wurde immer hektischer, legte Portemonnaie, Lippenstift, Kosmetikspiegel und eine Packung Kondome auf den Tisch. Als sie Putensenfs anzügliches Grinsen bemerkte, stopfte sie sie wieder in die Handtasche zurück.

»Der ist weg«, sagte sie atemlos.

»Den hat Ihnen in Spanien ein Unbekannter gestohlen?«

Julia van Rhynern sah ratlos aus. »Nein. Den muss ein Bekannter von mir haben.«

»Von Tannenberg?«

Die Frau nickte schwach.

»Wir wissen, dass Sie mit von Tannenberg in Vera Playa waren. Dann ist Ihr Liebhaber vorzeitig abgereist und hat Sie in Schwierigkeiten gebracht, da Ihre Kreditkarten gesperrt sind.«

»Was soll das eigentlich alles?«, empörte sich Julia van Rhynern.

Frauke erzählte ihr, was die Polizei inzwischen herausgefunden hatte.

»Ich bin sauer auf meinen Mann. Unsere Ehe funktioniert schon lange nicht mehr. Soll ich mein Leben in einer Etagenwohnung mit einem Loser fristen? Ich habe immer geahnt, dass er ein Taugenichts ist.«

»Und Sie betrügen Ihren Ehemann ausgerechnet mit von Tannenberg, dem Sie diese Misere verdanken.«

»Business ist Business«, antwortete sie lapidar. »Einer verliert, einer gewinnt.«

»Und Sie schlagen sich auf die Seite des Gewinners?«

Julia van Rhynern antwortete nur mit einer Handbewegung.

»Wie ist Ihr Verhältnis zu Gerhard von Tannenberg?«, fragte Frauke.

»Wollen Sie intime Details wissen?«, antwortete die Frau spitz.

Frauke spürte, dass sie von Julia van Rhynern abgeschätzt wurde. An der Mimik ihres Gegenübers erkannte sie, dass das Urteil nicht positiv ausfiel. Prompt schweiften Fraukes Gedanken kurz zu Georg ab. Wo mochte er gerade sein? Was tat er?

»Uns interessiert, ob Sie an seinen kriminellen Machenschaften beteiligt sind.«

»Welche … kriminellen Machenschaften?«, kam es stoßweise über Julia van Rhynerns Lippen.

»Von Tannenberg wird von der spanischen Polizei wegen Immobilienbetrugs gesucht. Und Sie waren ihm dabei behilflich. Sogar gegen Ihren eigenen Ehemann.«

»Damit habe ich nichts zu tun«, sagte sie empört. »Meine Beziehung zu von Tannenberg war rein persönlicher Natur. Ja, es ist richtig. Ich habe Gerhard im Zusammenhang mit dem Immobilienengagement in Spanien kennengelernt. Er hat mir ausdrücklich versichert, dass er unschuldig ist. Das liegt nicht an ihm, sondern an der allgemeinen wirtschaftlichen Entwicklung und an der Unzuverlässigkeit der spanischen Partner.«

»Das haben Sie ihm geglaubt?«

Julia van Rhynern betrachtete ihre Fingernägel und spreizte dabei die Hände. »Klar. Schließlich ist Gerhard in anderen Ländern ausgesprochen erfolgreich. Sogar in Übersee.«

»Wo steckt von Tannenberg im Augenblick?«

»Woher soll ich das wissen?« In den Augen der Frau blitzte es auf. Sie schlug wieder einen aggressiven Tonfall an. »Er ist geschäftlich unterwegs. Irgendwo in Deutschland. Oder sonst wo in Europa.«

»Wo genau?«

»Vielleicht hier, vielleicht da.«

»Auch auf dem Balkan? Vielleicht in der Republik Moldau?«, fragte Frauke.

Julia van Rhynern gab einen Zischlaut von sich. »Mag sein. Gerhard erzählte, dass im Osten die Zukunft liegt. Da herrscht Aufbruchstimmung.«

»Sie meinen, in Chişinău? Dort betreibt er Immobiliengeschäfte?«

»Ich meine, so etwas hätte er erwähnt. Ich kenne die Stadt nicht.«

Wie die meisten, dachte Frauke. War es ein Zufall, dass den Immobilienhändler die Wege in die Republik Moldau führten? Für jemanden wie von Tannenberg war das sicher keine lohnende Region. Niemand wollte dort investieren. Und über Traumstrände, die als künftiger Geheimtipp gehandelt wurden, verfügte das arme Land auch nicht.

Julia van Rhynern trank von ihrem mittlerweile kalt gewordenen Kaffee. Diesmal ohne Klage über das Getränk.

»Ihr Autoschlüssel spielt eine entscheidende Rolle bei den Ermittlungen«, sagte Frauke und erklärte mit wenigen Worten, dass der Transport der Leichen mit dem Fahrzeug eindeutig nachgewiesen worden sei.

»Mein Gott. Da ist ja grausam.«

Es klang nicht gespielt. Die Frau war wirklich erschüttert. Sie zog aus ihrer Kostümtasche einen Autoschlüssel heraus. Auf dem Elektronikteil war das Emblem der Marke Land Rover.

»Es gibt zwei Autoschlüssel für den Range Rover. Dies ist der eine.«

»Ihrer«, stellte Frauke fest. »Und den zweiten hat Ihr Mann Dr. van Rhynern?«

»Ja«, hauchte die Frau kaum wahrnehmbar.

War der Arzt der Schlüssel zur Organmafia? Er verfügte über so viel medizinischen Sachverstand, dass er die Zusammenhänge verstehen und alles steuern konnte. Die Leute für die Schmutzarbeit hatten sie gefunden. Aber wo wurden die Organe verpflanzt?

»Kennen Sie Moldauer oder Russen?«, fragte Frauke.

»Nein.« Ein erstaunter Ausdruck zeigte sich auf Julia van Rhynerns Gesicht.

»Ihr Mann?«

»Ich kenne seine Patienten nicht. Hat mich nie interessiert. Privat … So einen Umgang haben wir nicht gepflegt.« Jetzt wechselte sie wieder ins Arrogante.

»Haben Sie oder nur Ihr Mann Freunde, die als Chirurgen tätig sind?«

»›Freunde‹ würde ich das nicht nennen. Aus der Studienzeit hat mein Mann ein paar lose Kontakte zu Ärzten. Aber Freunde?«

»Könnte es sein, dass Dr. van Rhynern in illegale Organtransplantationen verwickelt ist?«

Julia van Rhynern bekam einen hysterischen Lachanfall. »Daniel?«, prustete sie und hielt sich die Hand vor den Mund.

Frauke wusste es richtig einzuschätzen. Es war wie ein Ventil, mit dem die Frau ihre Anspannung abbauen konnte. Mit diesem Ausbruch entlud sich der Druck, den die Polizisten mit ihren Fragen aufgebaut hatten.

»Nein!« Vor Heiterkeit schüttelte sie den Kopf, dass die blonden Haare umherflogen.

»Daniel – der bohrt in den Ohren und der Nase herum und guckt in den Hals. Diese Löcher, die sind sein Leben – das ist alles. So hat ein Bekannter einmal gelästert.«

»War der Bekannte von Tannenberg?«, fragte Frauke auf Verdacht.

»Ja.«

»Und der versteht etwas von Medizin? Der Mann scheint der große Zampano zu sein.«

»I wo.« Julia van Rhynern zeigte auf Frauke. »Ein Arschloch ist das. Ein verflixtes Arschloch. Lässt mich einfach in Spanien sitzen. Wenn ich nicht …«

»Wenn was?«, hakte Frauke nach.

»Nichts.«

»Frau van Rhynern. Sie sind sich nicht bewusst, in welcher Lage Sie sich befinden. Mit Ihrem Auto wurden Mordopfer transportiert. Wollen Sie Ihren Mann weiter decken?«

Die Frau schluckte heftig.

»Das ist ja ganz anders«, sagte sie. »Ganz anders, als Sie denken. Gerhard von Tannenberg hat den zweiten Autoschlüssel. Ich habe ihn vom Schlüsselbrett im Haus mitgenommen. Daniel, mein Mann, hat den Range Rover nie gefahren. In unserem Haus gab es keinen Schlüssel für den Range Rover mehr. Er hat es gar nicht bemerkt. Gerhard hat mich gebeten, ob er sich den Wagen mal ausleihen dürfe. Er wollte damit Gemälde transportieren. Von Tannenberg hatte den Schlüssel.«

»Und Sie sind nicht misstrauisch geworden?«

»Warum? Er hat doch sonst den Bugatti. Da passt doch nichts hinein. Nicht mal …« Sie kicherte. »Also, das geht darin auch nicht.«

Das war eine überraschende Wende. Hatte von Tannenberg etwas mit der Organmafia zu tun? Immerhin hatte er Kontakte in die Republik Moldau, wenn Julia van Rhynern nicht log.

»Wie oft hat von Tannenberg Gemälde transportiert?«

»Keine Ahnung«, tat die Frau es ab. »Da habe ich nicht nachgefragt. Irgendwann hätte er mir den Schlüssel zurückgegeben. Warum sollte er den Wagen stehlen? Gerhard ist ein krummer Hund, aber kein Autodieb.«

»Wir haben Ihnen schon erklärt, dass mit Ihrem Wagen nachweislich Mordopfer transportiert wurden.«

»Tsss. Das ist doch hirnrissig. Doch nicht von Gerhard von Tannenberg. Gerade von ihm nicht. Der setzt sich doch dafür ein, dass Menschen medizinisch versorgt werden. Er kümmert sich um alles.«

War von Tannenberg als Patientenvermittler tätig?, schoss es Frauke durch den Kopf.

Die vier Beamten wechselten überraschte Blicke. Fraukes blieb bei Madsack hängen. Der Hauptkommissar senkte den Kopf. Madsack war eigentlich für die Hintergrundrecherche zuständig. Es wäre ungerecht gewesen, dem Hauptkommissar einen Vorwurf zu machen, dass ihm dieses Engagement von Tannenbergs entgangen war.

Als der Name »von Tannenberg« das erste Mal fiel, hatten alle an den Immobilienhai gedacht. Putensenf hatte es ausgesprochen: »Ein Immobilienfritze.« Und immer wenn der Name auftauchte, hatten alle an Grundstücksgeschäfte gedacht.

Natürlich. Niemand mochte darüber sprechen, aber im Untergrund blühte ein lukratives Geschäft mit der Vermittlung ausländischer Patienten. Die warben in Ländern mit einem Standard, der unter dem der Bundesrepublik lag, Patienten an und versprachen gegen ein üppiges Honorar, sich um die Behandlung und alle weiteren Dinge drum herum zu kümmern. Damit wurden Eltern angelockt, die ihre ganze Existenz verpfändeten, um ihre Kinder durch eine Behandlung in Deutschland zu retten.

Diese Leute hatten Netzwerke aufgebaut, in die Ärzte und Kliniken verstrickt waren. Für die klammen Krankenhäuser war es ebenfalls attraktiv. Diese Behandlungen wurden nicht nach Fallpauschalen abgerechnet, sondern versprachen gutes Geld.

Niemand sprach über diese Vorgehensweise, die allen Beteiligten Vorteile brachte. Selbst renommierte Universitätskliniken waren an diesen Deals beteiligt. Georg! Unweigerlich schoss ihr der Name durch den Kopf. Sie ballte die Hand zur Faust, bis die Fingerknöchel weiß wurden. Wie konnte sie aus persönlichen Motiven diese Spur vernachlässigen? Morgen früh würde sie sich dem Kriminaloberrat offenbaren. Vielleicht hatte Ehlers Verständnis für ihr Handeln, obwohl es nicht professionell war.

»Wissen Sie, wo von Tannenberg sein Büro hat?«

Julia van Rhynern schüttelte müde den Kopf. Dann gähnte sie. »Ich kann nicht mehr«, sagte sie matt. Die Erschöpfung war ihr anzusehen.

»Sollen wir Ihnen ein Taxi rufen?«, fragte Frauke nach einem Blick auf die Uhr. Es war drei Uhr früh.

Noch einmal erwachten die Lebensgeister in Julia van Rhynern. »Wo soll ich denn hin? Darf ich mal telefonieren?«

Frauke zeigte auf das Telefon.

Es dauerte ewig, bis sich der Teilnehmer meldete.

»Daniel, mein Schatz«, flötete die Frau mit zuckersüßer Stimme. »Ich bin's. Julia. Ich bin da in eine dumme Sache hingeraten. Von Tannenberg, dieser Arsch, hat mich da hineingeritten. Nun hocke ich hier auf dem Polizeirevier …« Sie sah Frauke fragend an.

»Beim Landeskriminalamt am Welfenplatz.«

Julia van Rhynern wiederholte es. »Daniel, mein Liebling. Kannst du mich hier abholen? Ich erkläre dir alles. Es war ein Riesenmissverständnis. Die Polizei hat sogar dich hineinziehen wollen, wenn ich da nicht zu deinen Gunsten eingeschritten wäre. Also. Kommst du? Welfenplatz. Hallo? Haaaallo?« Verblüfft starrte Julia van Rhynern auf den Telefonhörer. »Der hat aufgelegt, der Sack. Einfach aufgelegt. Was denkt der sich? Schließlich ist er mein Ehemann!«

Frauke hatte kein Mitleid mit der Frau, als sie sie mit ihrem Reisegepäck vor der Tür des LKA in der recht kühlen Nachtluft stehen sah.

Obwohl alle vier gegen die Müdigkeit ankämpften, suchten sie im Internet nach von Tannenbergs Aktivitäten. Der Mann besaß die Abgebrühtheit, mit einem gut gemachten Internetauftritt für seine »International Medicine Broker Germany« zu werben. Er versprach dort alles, was verzweifelten Menschen als letzter Rettungsanker erschien.

Sogar die Herzoperation wurde dort angepriesen. Herausragender medizinischer Standard. Bevorzugte Behandlung. Keine Wartezeiten. Individuelle Betreuung. Allerdings wurden nirgendwo Organtransplantationen erwähnt.

Was hatte Georg gesagt? Dafür gaben reiche Leute Millionen aus. Und wie viel war das Leben eines unbekannten Moldauers wert?, dachte Frauke bitter.

»Veranlassen Sie, dass nach von Tannenberg gefahndet wird«, wies sie Madsack an, bevor sie sich auf den Weg zu ihrer Wohnung in der Lister Meile machte.

Sie war zu müde und zu erschöpft, um Genugtuung über das Ermittlungsergebnis zu empfinden.

Und zu traurig, weil Georg darin verwickelt war.

# ZEHN

Irgendjemand in der endlosen Autoschlange hupte. Es war ein störendes, fast quälendes Geräusch. Warum betätigte der unsichtbare Autofahrer sein Signalhorn so durchdringend? Es herrschte dichtester Nebel. Nichts ging voran. Das Hupen war grundlos und unverschämt.

Frauke versuchte, das Hupen zu ignorieren. Es gelang ihr nicht. Der unsichtbare Autofahrer nahm seinen Finger nicht vom Knopf auf dem Lenkrad. Warum ritt dieser Mensch auf ihren Nerven herum? Warum musste sie unter diesem Lärm leiden, der nicht ihr galt?

Sie drehte den Kopf, konnte den hupenden Autofahrer aber nicht entdecken. Stattdessen fiel ihr Blick auf die Zimmerdecke, als sie die Augen öffnete, auf das helle Viereck des Fensters, die weiße Wand und den Schiebetürenschrank. Endlich gelang es ihr, die Geräuschquelle zu identifizieren. Sie griff zum Nachttisch und packte das Handy, dessen zusätzlicher Vibrationsalarm das Gerät über die Holzfläche wandern ließ. Es war wohltuend, als sie den Knopf gefunden hatte und das schnarrende Geräusch aufhörte.

»Dobermann«, sagte sie mit schwerer Zunge und warf automatisch einen Blick auf das Display der Uhr. Kurz nach sieben. Sie hatte drei Stunden geschlafen. Wäre sie nicht zu müde gewesen, hätte sie den Anrufer mit einem harschen Kommentar begrüßt.

»Ulmer.«

»Na und?«, kam es stockend über Fraukes Lippen.

»Es gibt einen neuen Mord.«

Es dauerte lange, bis sie die Worte des Hildesheimers begriffen hatte.

»Das kann nicht sein«, sagte sie müde, wurde sich aber bewusst, dass die Antwort unpassend war. »Wir haben alle Bandenmitglieder aus dem Verkehr gezogen. Nur der Drahtzieher ist noch flüchtig. Ich glaube nicht, dass der selbst mordet. Haben Sie noch eine alte Leiche entdeckt?«

Die kann warten, setzte sie den Gedanken unausgesprochen

fort. Die ist auch noch da, wenn ich ausgeschlafen habe. Sie gähnte herzhaft.

»Ganz neu. Gestern Abend. Ein Arzt.«

Mit einem Schlag war Frauke hellwach. Georg!

»Wo?«, fragte sie atemlos.

»In Derneburg. Vor seinem Haus.«

Ihr fiel ein Stein vom Herzen. Das konnte Georg nicht sein. »Gibt es einen Zusammenhang mit unserem Fall?«, fragte sie zweifelnd.

»Ich bin mir nicht sicher«, antwortete der Hildesheimer Hauptkommissar. »Das Opfer ist Arzt. Die Tatsache, dass die Frau des Toten behauptet, der Mörder hätte mit einem osteuropäischen Akzent gesprochen und das Fluchtfahrzeug hätte ein fremdes Kennzeichen gehabt, veranlasst mich, Sie zu informieren. Ich glaube, es wäre hilfreich, wenn Sie herkommen würden. Derneburg. ›Am Walde‹ heißt die Straße.«

»Ich bin unterwegs«, sagte Frauke. Es kostete sie unendlich viel Überwindung, aufzustehen.

Dann rief sie Madsack auf dessen Handy an. Auch der Hauptkommissar wirkte nicht sehr frisch am Telefon, versprach aber, Frauke in einer halben Stunde in der Lister Meile abzuholen.

Gern hätte sie länger unter der heißen Dusche gestanden, aber Madsack würde pünktlich sein. Der Kaffee lief noch durch die Maschine, als sie den Ford des Hauptkommissars gegenüber auf der anderen Straßenseite parken sah. Sie füllte das Getränk in einen Thermosbecher, den Rest in zwei normale Becher und balancierte alles vorsichtig über die Straße. Madsack half ihr beim Einsteigen und sah sie überrascht an.

»Mehr Zeit war nicht«, erklärte sie und reichte ihm einen Becher. »Ist aber schwarz.«

Madsack bedankte sich und verzog dennoch seine Miene, als er von dem ungesüßten Kaffee trank. Dann fuhr er Richtung Autobahn. Unterwegs hatte sie Mühe, die Augen offen zu halten. Immer wieder kämpfte sie gegen die Müdigkeit an und war froh, dass Madsack am Steuer saß. Frauke bat ihn, an der Raststätte Hildesheimer Börde kurz zu halten, um sich mit Brötchen zu versorgen, die sie auf dem letzten Stück der Fahrt aßen.

In der ruhigen Sackgasse standen repräsentative Häuser. Vor einem waren zahlreiche Einsatzfahrzeuge geparkt.

»Wir möchten zu Hauptkommissar Ulmer«, sagte Frauke zu dem jungen Beamten, der an der Grundstückseinfahrt stand. »LKA«, fügte sie an.

»Der ist hinter dem Sichtschutz«, erklärte der Polizist, ohne nach dem Dienstausweis zu fragen.

Ulmer stand ein wenig abseits.

»Guten Morgen«, sagte er und kam auf sie zu. Er zögerte, versagte sich aber doch einen Händedruck. Es war nicht persönlich gemeint. An einem Tatort vermied man solche Floskeln.

»Gestern Abend wurde hier vor seinem Haus Dr. Robert Peterhansl erschossen.« Ulmer berichtete, was ihm Doris Peterhansl erzählt hatte. »Das Opfer wurde durch zwei Schüsse gezielt getötet. Der erste traf ihn ins Herz, der zweite war der Sicherheitsschuss in den Kopf. Der Mörder wollte hundertprozentige Gewissheit, dass Peterhansl tot ist.«

Frauke wiegte den Kopf und sah auf die eingetrockneten Blutflecken. Man musste genau hinsehen, um sie als solche zu erkennen. »Das sieht wie eine Hinrichtung aus. So gehen Profis vor.«

Ulmer nickte. »Ich bin Ihrer Meinung. Die Ehefrau steht noch unter Schock, deshalb war es schwierig, Informationen zum Tathergang zu erhalten. Immerhin konnte sie uns sagen, dass es ein großer Volvo-Geländewagen war. Nach ihrer dürftigen Beschreibung könnte es sich um ein russisches Fahrzeug handeln. So soll das Kennzeichen ausgesehen haben. Dazu passt auch die Klangfärbung des Täters. Aber wie gesagt ... Das ist alles sehr vage. Schließlich war es dunkel und die Frau geschockt.« Es klang wie eine Entschuldigung.

»Haben Sie Patronenhülsen gefunden?«

»Noch nicht, obwohl wir alles abgesucht haben. Die Kollegen sind noch dabei.«

»Ob der Täter die Hülsen mitgenommen hat?«

»Danach habe ich auch schon gefragt. Aber Frau Peterhansl meint, er hätte sich nicht gebückt, sondern nur in aller Seelenruhe geschossen und wäre dann zum Auto zurückgekehrt.«

»Es könnte ein Revolver gewesen sein«, vermutete Frauke. »Ist die Frau ansprechbar?«

»Wir müssen es versuchen. Sie ist im Haus. Eine Nachbarin ist bei ihr.«

Die Einrichtung war modern, auf Frauke wirkte sie eine Spur zu sachlich und zu kühl. Weiß, Chrom und Glas beherrschten das Wohnzimmer. Zwei Frauen saßen in Sesseln, die in einem Halbkreis vor dem Kamin gruppiert waren.

»Frau Peterhansl?«, fragte Frauke.

Eine Frau in Leggings und einem langen Pullover stand auf. »Ich bin die Nachbarin«, sagte sie und zeigte auf eine Frau mit stufig geschnittenem Kurzhaarschnitt. »Das ist Doris Peterhansl.«

Die Frau des Opfers blickte auf. Sie hatte rot geweinte Augen. Ein leises »Hallo« kam über ihre Lippen.

Frauke drückte ihr Bedauern aus und erkundigte sich, ob Doris Peterhansl bereit wäre, ein paar Fragen zu beantworten.

Die Frau nickte schwach.

»Haben Sie eine Erklärung dafür, wer etwas gegen Ihren Mann haben könnte? Gab es Drohungen? Haben Sie, äh …«, sie warf einen Seitenblick auf die Nachbarin, »wirtschaftliche Probleme und sich mit Leuten eingelassen, die außergewöhnliche Inkassomethoden haben?«

»Nein. Uns geht es gut. Wir haben keinerlei finanzielle Sorgen. Robert ist beruflich sehr erfolgreich.« Sie sprach immer noch in der Gegenwartsform. »Dabei war das gestern ein ausgesprochen schöner Tag. Wir haben mit guten Freunden zusammen gefeiert und waren ausgelassen. Ich verstehe es nicht. Warum? Was soll das Ganze? Gerade jetzt, wo Robert der ganz große Durchbruch gelungen ist.«

Frau Peterhansl zupfte ein Taschentuch hervor, das sie unter ihren Oberschenkel geklemmt hatte, und wischte sich die Tränen aus den Augen.

»Ihr Mann war Arzt?«

»Ja. Chirurg. Robert war nicht nur ehrgeizig, sondern auch erfolgreich. Er ist Privatdozent, das heißt, er ist habilitierter Wissenschaftler und wartet nur darauf, dass eine Professorenstelle frei wird.«

»Hatte Ihr Mann ein Spezialgebiet?«

»Er hat große Operationen im Bauchraum durchgeführt. Seine Begabung und sein Können haben sich weit über Hildesheims Grenzen herumgesprochen. Die Patienten sind von weit her gekommen. Sogar aus dem Ausland.«

»Wissen Sie, ob Ihr Mann Transplantationen durchgeführt hat?«

Sie nickte. »Oft. Er hat gesagt, das, was er machen würde, wäre ungewöhnlich. Die Kollegen haben sich zum Beispiel auf Nieren spezialisiert. Robert hat auch Herz- und Lungentransplantationen begleitet. Er war Arzt aus Leidenschaft. Gerade in der letzten Woche hat er eine Lebertransplantation durchgeführt. Das war ein Novum. So etwas hat man hier noch nicht gemacht. Das können auch nur wenige Ärzte.«

»An welchem Krankenhaus war Ihr Mann tätig?«

»Er ist leitender Oberarzt in der Chirurgie der Hildesheimer Uniklinik.«

»Sie meinen das Klinikum Hildesheim an der Goslarschen Landstraße?«, fragte Frauke nach.

»Nein«, widersprach Frau Peterhansl. »Die Uniklinik. Die liegt Richtung Westen raus, wenn Sie die B 1 nach Nordstemmen fahren.«

»Und da werden Organtransplantationen durchgeführt?«

Doris Peterhansl nickte eifrig. »Sogar ganz viele. Robert hat sich dafür eingesetzt. Er meint, mit dieser Arbeit wären seine Aussichten auf eine Professur wesentlich größer. Robert hat die Anlage, einer der ganz großen Ärzte in Deutschland zu werden. Er hat auch seinen Chef, Professor Froschmair, überzeugt. Die beiden sind ein Dreamteam. Sie werden den Ruf der jungen Uniklinik aufbauen und festigen. Professor Froschmair ist hundertprozentig von Robert überzeugt.«

»Warum sind die beiden so ehrgeizig?«

Doris Peterhansl sah Frauke mit einem erstaunten Blick an. »Das ist doch klar. Die Uniklinik ist noch jung. Sie muss sich etablieren zwischen den großen Zentren, die seit Langem bestehen. Überall sind die Kassen leer. Die Politik spricht von einer Überversorgung mit Krankenhausbetten. In Göttingen und Hannover gibt es Kliniken der Maximalversorgung, und das Klinikum Hildesheim hat

auch einen guten Ruf. Deshalb ist es wichtig, mit Hochleistungs-
medizin zu glänzen, Außergewöhnliches zu vollbringen. Robert
hat das geschafft.« Dann begann sie zu schluchzen. Es ging in einen
Weinkrampf über.

Die Nachbarin beugte sich über Doris Peterhansl und nahm sie
in den Arm. »Ich glaube, es geht nicht mehr«, sagte sie in Richtung
der Polizisten.

Das sah Frauke auch, und sie bat Hauptkommissar Ulmer, die
weiteren Aktivitäten vor Ort zu koordinieren.

Als sie wieder im Auto saßen, rief Frauke Kriminaloberrat Ehlers
an.

»Es könnte sein, dass wir die Klinik gefunden haben, in der die
Organe transplantiert wurden«, sagte sie und berichtete.

»Ich habe auch Neuigkeiten für Sie«, antwortete Ehlers. »Das
KTI hat einwandfrei festgestellt, dass die Spuren des Hundekots
aus Haciaturovs Schuhrillen identisch sind mit dem vor Ihrer
Wohnung. Damit haben wir einen hundertprozentigen Beweis.
Außerdem hat Sîrbu in seiner Zelle gewütet. Er wurde heute Morgen blutüberströmt aufgefunden und hat behauptet, Sie und der
Kollege Schwarczer hätten ihn so zugerichtet und von ihm durch
Anwendung von Gewalt Aussagen erpresst, die damit ungültig
wären. Das war eindeutig eine unüberlegte Verzweiflungstat. Als er
gestern weggeschlossen wurde, war er unversehrt. Außerdem gibt
es die Blutspuren an der Zellenwand, dort, wo er immer wieder
mit dem Kopf gegengeschlagen hat. Niemand kann sich erklären,
weshalb sich der so hartgesottene Mann so dumm angestellt hat.
Damit«, Ehlers zögerte etwas, »dürften auch die unausgesprochenen
Vorwürfe gegen Herrn Schwarczer vom Tisch sein. Es ist ohnehin
absurd zu glauben, jemand aus meinem Verantwortungsbereich
würde sich zu einem solchen Tun hinreißen lassen. Lächerlich.«

Frauke war erleichtert, auch wenn sie selbst immer noch unaus-
gesprochene Zweifel hegte. War Schwarczer wirklich unschuldig?

Sie nickte Madsack zu. »Fahren wir.«

Die Uniklinik lag auf einem Areal zwischen der viel befahrenen
Bundessstraße und dem Sorsumer Weg unweit der Verbraucher-

märkte und eines Gartencenters. Vor nicht allzu langer Zeit musste hier noch Landwirtschaft betrieben worden sein. Frauke hatte den Eindruck, dass überall noch gebaut wurde. Ihr fielen zahlreiche Fahrzeuge von Handwerksbetrieben auf.

Die Mitarbeiterin im Sekretariat der Chirurgischen Klinik versuchte, Fraukes Bitte um ein Gespräch mit dem ärztlichen Direktor abzublocken.

»Bedaure, aber der Herr Professor hat keine Zeit.«

»Es geht um Ihren leitenden Oberarzt, Dr. Peterhansl. Sie wissen, was gestern Abend geschehen ist?«

Frau Diedrichs, wie das Namensschild verriet, machte ein betrübtes Gesicht. »Es ist für uns alle unfassbar. Niemand kann das verstehen. Moment bitte.« Sie griff zum Telefon und wählte eine Nummer. »Diedrichs. Herr Professor, hier sind zwei Herrschaften von der Polizei, die mit Ihnen über Dr. Peterhansl sprechen möchten.« Dann sah sie Frauke an. »Kleinen Moment bitte, der Herr Professor kommt gleich.«

Professor Dr. Ludwig Froschmair war knapp einen Meter siebzig groß, schätzte Frauke. Sein wallendes Haupthaar in verschiedenen Grautönen flog um seinen Kopf. Die runde Nickelbrille passte überhaupt nicht zu seinem kantigen Gesicht. Die Nase war klein und hochgebogen. Er trug ein weißes Oberhemd, eine weiße Arzthose und weiße Schuhe. Der Kittel war geöffnet und wehte um seinen Körper, als er mit Schwung den Raum betrat. Dabei hatte er die linke Hand im Kittel vergraben. Nachdem er die Tür geschlossen hatte, verschwand auch die rechte Hand in der Kitteltasche.

»Tag. Sie sind die Polizei?« Er wartete die Antwort nicht ab. »Kommen Sie mit«, forderte er die Beamten auf.

Das Büro war großzügig eingerichtet. Professor Froschmair, der seine österreichische Herkunft nicht verhehlen konnte, drückte zunächst sein Bedauern über Dr. Peterhansls Ableben aus. »Mein bester Mitarbeiter. Ein unersetzlicher Verlust für unsere Klinik.« Dann beschrieb er die Leistungen Peterhansls. Es waren andere Worte, aber der gleiche Tenor, den sie schon von der Frau des Opfers gehört hatten. Dr. Peterhansl schien ein außergewöhnlicher Arzt gewesen zu sein. »Ein Chirurg mit Perspektive«, bestätigte der Professor.

»Sein Schwerpunkt waren die Transplantationen. Niere, Herz, Lunge, was schon außergewöhnlich ist, und jetzt auch die Leber.«

Professor Froschmair beäugte Frauke misstrauisch. »Was wollen Sie damit sagen?«

»Ich zähle nur Fakten auf.«

»Wir sind dabei, uns unter den führenden Transplantationszentren Deutschlands zu etablieren.«

»Vor allem, weil Sie im Unterschied zu anderen Krankenhäusern immer Zugriff auf die passenden Spenderorgane hatten.«

»Der Kollege Peterhansl hatte ein glückliches Händchen und gute Kontakte.«

»Das nützt aber nichts. Die Spenderorgane werden nach strengen Kriterien von Eurotransplant zugeteilt.«

»Das ist richtig«, bestätigte Professor Froschmair und kratzte sich nachdenklich mit der Spitze eines Kugelschreibers die Kopfhaut. »Aber nur bedingt. In besonderen Notfällen dürfen Organe auch anders vergeben werden. Diese Regelung haben wir stets eingehalten.«

»Was zu prüfen wäre«, antwortete Frauke hart.

»Was wollen Sie damit andeuten?« Die Stimme des Professors hatte einen schneidenden Klang angenommen.

»Gab es bei Ihnen so viele Notfälle?«

Der Arzt legte seine schlanken Chirurgenhände zu einem Dach zusammen. »Unser medizinischer Erfolg hat sich herumgesprochen. So haben wir ungewöhnlich viele Patienten, die sich in einer lebensbedrohlichen Situation befinden. Es herrschte Übereinstimmung zwischen Peterhansl und mir, dass wir nach Abschätzung aller medizinischen und ethischen Grundsätze unsere Entscheidungen fallweise getroffen haben.«

»Haben Sie viele ausländische Patienten?«

Froschmair zögerte mit der Antwort. »Wir sind über Deutschlands Grenzen hinaus bekannt.«

»Die Menschen kommen aus Osteuropa?«

»Dort ist der medizinische Standard nicht so ausgeprägt wie bei uns. Deshalb ist es nicht verwunderlich, dass man Zuflucht bei uns sucht.«

»Privatpatienten?«

Professor Froschmair überlegte lange, bis er antwortete.

»Auch.«

»Überwiegend?«

Jetzt blieb er die Antwort schuldig.

»Arbeiten Sie mit Agenturen zusammen, die Ihnen gegen Provision begüterte Patienten vermitteln?«

»Das ist üblich«, antwortete er ausweichend.

»Also ja.« Fraukes Feststellung quittierte er mit einem Nicken.

»Mit ›International Medicine Broker Germany‹ von Gerhard von Tannenberg?«

»Das ist eine renommierte Agentur.«

Frauke hatte inzwischen erkannt, dass der Arzt nie mit einem klaren »Ja« antwortete.

»Wie sind Sie an die Spenderorgane herangekommen?«

Es schien, als würde Professor Froschmair die Antwort verweigern wollen. Schließlich entschloss er sich doch dazu. »Darum hat sich Peterhansl gekümmert.«

»Sie waschen Ihre Hände in Unschuld. So wie damals Pilatus. Tragen Sie als ärztlicher Direktor der Klinik nicht die Verantwortung?«

»Sie haben keine Vorstellung davon, was es heißt, diese Position auszufüllen. Ich stehe im Operationssaal, bin Manager und Hochschullehrer, kümmere mich um Budget und Personal. Da muss Verantwortung auf andere Schultern verlagert werden.«

»Zumal das bequem ist«, sagte Frauke spitz.

Professor Froschmair drehte sich zur Seite, sodass er im Profil sichtbar war.

»Es gibt eine fruchtbare Zusammenarbeit mit der Agentur ›International Medicine Broker Germany‹. Häufig haben die auch die passenden Organe bereitgestellt.«

»Hat Sie das nicht gewundert?«

»Ich bin Arzt. Für mich ist es wichtig, dem Patienten zu helfen.«

»Aber nicht dem deutschen Kassenpatienten, sondern dem reichen russischen Oligarchen oder dem arabischen Potentaten«, sagte Frauke giftig.

»Hören Sie doch auf. Ich werde nicht weiter mit Ihnen sprechen.«

»Das ist auch nicht erforderlich. Es wird umfangreiche Untersuchungen geben. Ich bin mir sicher, dass die Unglaubliches zutage fördern werden. Wir haben einen neuen Medizinskandal in Deutschland. Und Sie, Herr Professor Froschmair, sind das Zentrum.« Ob man ihm je beweisen würde, dass er von der Herkunft der Organe wusste, wagte Frauke zu bezweifeln. Vermutlich hatte er nie nachgefragt. »Es ist nicht auszuschließen, dass Dr. Peterhansl erschossen wurde, weil er in diese dunklen Machenschaften verstrickt war.«

»Damit habe ich nichts zu tun.« Professor Froschmair streckte beide Hände zur Abwehr vor. »Ich hatte Peterhansl ohnehin für die kommende Woche zu einem Gespräch gebeten.« Er klopfte mit den Knöcheln der rechten Hand energisch auf die Tischplatte. »Ich wollte reinen Tisch machen.«

»Wer weiß von diesem Termin?«

»Darüber spricht man nicht coram publico. Das habe ich ihm selbstverständlich unter vier Augen mitgeteilt.«

»Wie praktisch«, sagte Frauke höhnisch.

Professor Froschmair baute seine Verteidigungsstrategie auf. Er schob alles auf Dr. Peterhansl, der sich nicht mehr wehren konnte. Mit einem geschickten Anwalt, befürchtete Frauke, würde der Mann vielleicht sogar mit ein paar Schrammen am Image davonkommen.

»Wir haben gehört, dass die Lebertransplantation nicht erfolgreich war.«

»Über Patienten spreche ich nicht.«

»Sie sollten an Ihre eigene Sicherheit denken«, sagte Frauke. Es war nur eine Idee, aber vielleicht verfing sie bei Froschmair. »Wir wissen inzwischen, dass Dr. Peterhansl von russischen Profikillern kaltblütig ermordet wurde. Wenn nun die Angehörigen des Verstorbenen auf Rache sinnen, weil ihr Clanchef den Eingriff nicht überlebt hat, dann könnten auch Sie ins Visier dieser Leute geraten.«

Professor Froschmairs Nasenflügel begannen zu beben. »Ich habe Peterhansl ausdrücklich davor gewarnt, die Lebertransplantation durchzuführen. Die ist gegen meine Anweisung erfolgt.« Er tippte sich heftig gegen die Stirn. »Peterhansl war größenwahnsinnig. Er litt unter maßloser Selbstüberschätzung. Der Russe war so gut wie tot, als er zu uns kam. Da war nichts mehr zu machen. Trotzdem hat Peterhansl operiert. Weder er noch ich haben je zuvor eine Leber transplantiert. Das ist der komplizierteste Eingriff überhaupt. Und das bei diesen Leuten. Roman Nikiforow ist schließlich nicht irgendwer gewesen.«

Frauke war erstaunt, dass Froschmair bereitwillig den Namen nannte. Sie versuchte, ihre Überraschung zu verbergen. Nikiforows Name wurde immer dann genannt, wenn es um undurchsichtige Milliardengeschäfte ging. Man sagte ihm nicht nur beste Kontakte zur Politik nach, sondern hinter vorgehaltener Hand galt er als einer der einflussreichsten Paten der russischen Mafia. Frauke wunderte es nicht, dass man unverzüglich Rache für seinen Tod nahm. Die Mörder von Dr. Peterhansl würden sie vermutlich nie zur Rechenschaft ziehen können. Und ihrem Gegenüber würde man auch nur schwer seine Verstrickungen beweisen können. Die Handlanger waren ausgeschaltet.

Es war nur eine Frage der Zeit, bis man von Tannenberg verhaften würde. Gegen ihn lagen genug Beweise vor. Aber die Menschen, die man niederträchtig ermordet hatte, würden nur von wenigen Angehörigen betrauert werden. Und in manchen Fällen überhaupt nicht. Um Peter Sachse aus Berlin würde niemand weinen. Und noch gab es namenlose Opfer, die vermutlich auch aus der Republik Moldau stammten. Sie würden weiterhin an deren Identifizierung arbeiten.

»Sie hören von uns. Und von der Staatsanwaltschaft«, sagte Frauke und verließ ohne weiteren Gruß das Büro des Professors. Noch vom Auto aus knüpfte sie einen Kontakt zur Bundespolizei in Bad Bramstedt und Pirna.

Schon am Nachmittag erhielt sie eine Antwort. Eine mobile Streife hatte in der vergangenen Nacht einen russischen Volvo-Geländewagen südlich von Frankfurt/Oder auf der Europastraße Richtung Polen angehalten und überprüft. Da die Papiere der beiden Insassen und des Fahrzeugs in Ordnung waren, hatte man sie weiterfahren lassen. Zum Glück waren die Namen und das Kennzeichen noch gespeichert. Über die Staatsanwaltschaft würde ein langwieriges Amtshilfeersuchen an die russischen Behörden ergehen.

Frauke sah auf die Uhr. Feierabend. Zögernd zog sie ihr Handy aus der Tasche. Es kostete sie Überwindung, die Kurzwahltaste zu drücken.

Es dauerte ewig, bis sich jemand am anderen Ende meldete.

»Hallo, Georg.«

»Hallo.« Seine Stimme klang gepresst.

Frauke musste den Kloß im Hals herunterschlucken, bis ihr ein »Entschuldigung« über die Lippen kam. Ob sie Georg je von ihrem Verdacht gegen ihn erzählen würde? Nein, beschloss sie.

»Komm her und lass dich in den Arm nehmen«, sagte Georg.

Ja. Das wollte sie.

## Dichtung und Wahrheit

Alle Personen sind ebenso wie die Handlung frei erfunden und haben keine realen Vorbilder. Eine Uniklinik wird man in Hildesheim nicht finden.

Obwohl ich mich um Anlehnung an die Realität bemühe, verlangt die Dramaturgie eines Kriminalromans nach anderen Gesetzmäßigkeiten. Daher sei mir nachgesehen, dass DNA-Analysen und Laborergebnisse in meinen Geschichten schneller vorliegen, als es in der Praxis der Fall ist. Die erfolgreiche und zielführende Arbeit der Kriminaltechnik dauert oft mehrere Tage, manchmal ist der Aufwand so groß, dass Wochen bis zum Vorliegen der Ergebnisse vergehen.

Mein herzlicher Dank gilt Dr. med. Christiane Bigalke und Dr. med. Ulrich Ruta für ihre fundierten medizinischen Ratschläge und die Befriedigung meiner fast unstillbaren Neugierde. Die beiden engagierten Mediziner haben mir immer wieder versichert, so etwas wie meine Geschichte könne in Deutschland nicht vorkommen. Kein Arzt und kein Krankenhaus würden sich dafür hergeben. Ich habe es trotzdem gewagt, das Thema aufzugreifen.

Danke an Martina Gilica vom NDR 1 Niedersachsen, dass ich den Originalnamen in diesem Roman verwenden durfte. Die beliebte Moderatorin war sogar so mutig, mir diese Erlaubnis zu crtcilcn, ohne vom Inhalt des Romans zu wissen. Herzlichen Dank für das Vertrauen.

In Hildesheim habe ich bei den Behörden ein offenes Ohr gefunden.

Meinem Freund Klaus Ehlert, dem Weltenbummler, verdanke ich persönliche Eindrücke und viele wunderbare Bilder aus der Republik Moldau sowie aus Transnistrien.

Ohne die zahlreichen engagierten Mitarbeiter im Verlag, in der Druckerei und im Handel wäre dieses Buch nie erschienen. Allen ein herzliches Dankeschön, ganz besonders natürlich meiner langjährigen Lektorin Dr. Marion Heister.

Hannes Nygaard
**TOD IN DER MARSCH**
Broschur, 240 Seiten
ISBN 978-3-89705-353-3
eBook 978-3-86358-046-9

*»Ein tolles Ermittlerteam, bei dem man auf eine Fortsetzung hofft.«*
Der Nordschleswiger

*»Bis der Täter feststeht, rollt Hannes Nygaard in seinem atmosphärischen Krimi viele unterschiedliche Spiel-Stränge auf, verknüpft sie sehr unterhaltsam, lässt uns teilhaben an friesischer Landschaft und knochenharter Ermittlungsarbeit.«*   Rheinische Post

Hannes Nygaard
**VOM HIMMEL HOCH**
Broschur, 240 Seiten
ISBN 978-3-89705-379-3
eBook 978-3-86358-049-0

*»Nygaard gelingt es, den typisch nordfriesischen Charakter herauszustellen und seinem Buch dadurch ein hohes Maß an Authentizität zu verleihen.«*   Husumer Nachrichten

*»Hannes Nygaards Krimi führt die Leser kaum in lästige Nebenhandlungsstränge, sondern bleibt Ermittlern und Verdächtigen stets dicht auf den Fersen, führt Figuren vor, die plastisch und plausibel sind, sodass aus der klar strukturierten Handlung Spannung entsteht.«*
Westfälische Nachrichten

www.emons-verlag.de

Hannes Nygaard
**MORDLICHT**
Broschur, 240 Seiten
ISBN 978-3-89705-418-9
eBook 978-3-86358-042-1

»Wer skurrile Typen, eine raue, aber dennoch pittoreske Landschaft und dazu noch einen kniffligen Fall mag, der wird an ›Mordlicht‹ seinen Spaß haben.« NDR

»Ohne den kriminalistischen Handlungsstrang aus den Augen zu verlieren, beweist Autor Hannes Nygaard bei den meist liebevollen, teilweise aber auch kritischen Schilderungen hiesiger Verhältnisse wieder einmal großen Kenntnisreichtum, Sensibilität und eine starke Beobachtungsgabe.« Kieler Nachrichten

www.emons-verlag.de

Hannes Nygaard
**TOD AN DER FÖRDE**
Broschur, 256 Seiten
ISBN 978-3-89705-468-4
eBook 978-3-86358-045-2

*»Dass die Spannung bis zum letzten Augenblick bewahrt wird, garantieren nicht zuletzt die Sachkenntnis des Autors und die verblüffenden Wendungen der intelligenten Handlung.«*   Friesenanzeiger

*»Ein weiterer scharfsinniger Thriller von Hannes Nygaard.«*
Förde Kurier

Charles Brauer liest
**TOD AN DER FÖRDE**
4 CDs
ISBN 978-3-89705-645-9

Hannes Nygaard
**TODESHAUS AM DEICH**
Broschur, 240 Seiten
ISBN 978-3-89705-485-1
eBook 978-3-86358-047-6

*»Ein ruhiger Krimi, wenn man so möchte, der aber mit seinen plastischen Charakteren und seiner authentischen Atmosphäre überaus sympathisch ist.«* www.büchertreff.de

*»Dieser Roman, mit viel liebevollem Lokalkolorit ausgestattet, überzeugt mit seinem fesselnden Plot und der gut erzählten Geschichte.«*
Wir Insulaner – Das Föhrer Blatt

Hannes Nygaard
**KÜSTENFILZ**
Broschur, 272 Seiten
ISBN 978-3-89705-509-4
eBook 978-3-86358-040-7

*»Mit ›Küstenfilz‹ hat Nygaard der Schleiregion ein Denkmal in Buchform gesetzt.«* Schleswiger Nachrichten

*»Nygaard, der so stimmungsvoll zwischen Nord- und Ostsee ermitteln lässt, variiert geschickt das Personal seiner Romane.«*
Westfälische Nachrichten

www.emons-verlag.de

Hannes Nygaard
**TODESKÜSTE**
Broschur, 288 Seiten
ISBN 978-3-89705-560-5
eBook 978-3-86358-048-3

*»Seit fünf Jahren erobern die Hinterm Deich Krimis von Hannes Nygaard den norddeutschen Raum.«*   Palette Nordfriesland

*»Der Autor Hannes Nygaard hat mit ›Todesküste‹ den siebten seiner Krimis ›hinterm Deich‹ vorgelegt – und gewiss einen seiner besten.«*
Westfälische Nachrichten

Hannes Nygaard
**TOD AM KANAL**
Broschur, 256 Seiten
ISBN 978-3-89705-585-8
eBook 978-3-86358-044-5

*»Spannung und jede Menge Lokalkolorit.«*   Süd-/Nord-Anzeiger

*»Der beste Roman der Serie.«*   Flensborg Avis

www.emons-verlag.de

Hannes Nygaard
**DER TOTE VOM KLIFF**
Broschur, 272 Seiten
ISBN 978-3-89705-623-7
eBook 978-3-86358-039-1

*»Mit seinem neuen Roman hat Nygaard einen spannenden wie humorigen Krimi abgeliefert.«* Lübecker Nachrichten

*»Ein spannender und die Stimmung hervorragend einfangender Roman.«* Oldenburger Kurier

Hannes Nygaard
**DER INSELKÖNIG**
Broschur, 256 Seiten
ISBN 978-3-89705-672-5
eBook 978-3-86358-038-4

*»Die Leser sind immer mitten im Geschehen, und wenn man erst einmal mit dem Buch angefangen hat, dann ist es nicht leicht, es wieder aus der Hand zu legen.«* Radio ZuSa

www.emons-verlag.de

Hannes Nygaard
**STURMTIEF**
Broschur, 256 Seiten
ISBN 978-3-89705-720-3
eBook 978-3-86358-043-8

*»Ein fesselnder Roman, brillant recherchiert und spannend!«*
www.musenblaetter.de

Hannes Nygaard
**SCHWELBRAND**
Broschur, 272 Seiten
ISBN 978-3-89705-795-1

*»Sehr zu empfehlen.«*    Forum Magazin

*»Spannend bis zur letzten Seite.«*    Der Nordschleswiger

www.emons-verlag.de

Hannes Nygaard
**TOD IM KOOG**
Broschur, 240 Seiten
ISBN 978-3-89705-855-2
eBook 978-3-86358-156-5

*»Ein gelungener Roman, der gerade durch sein scheinbar einfaches Ende einen realistischen Blick auf die oft banalen Gründe für sexuell motivierte Verbrechen erlaubt.«* Radio ZuSa

Hannes Nygaard
**SCHWERE WETTER**
Broschur, 256 Seiten
ISBN 978-3-89705-920-7
eBook 978-3-86358-067-4

*»Wie es die Art von Hannes Nygaard ist, hat er die Tatorte genauestens unter die Lupe genommen. Wenn es um die Schilderungen der Örtlichkeiten geht, ist Nygaard in seinem Element.«* Schleswig-Holsteinische Landeszeitung

*»Ein Krimi mit einem faszinierenden Thema, packend aufbereitet und mit unverkennbar schleswig-holsteinischem Lokalkolorit ausgestattet.«* www.nordfriesen.info

www.emons-verlag.de

Hannes Nygaard
**NEBELFRONT**
Broschur, 256 Seiten
ISBN 978-3-95451-026-9

*»Nie tropft Blut aus seinen Büchern, immer bleibt Platz für die Fantasie des Lesers.«* BILD Hamburg

Hannes Nygaard
**FAHRT ZUR HÖLLE**
Broschur, 272 Seiten
ISBN 978-3-95451-096-2

Kriminalrat Dr. Lüder Lüders vom LKA Kiel steht vor seinem schwierigsten Fall und zugleich dem größten Abenteuer seiner Laufbahn: Die „Holstenexpress" aus Flensburg ist von somalischen Piraten gekapert worden, und er soll vor Ort den Dingen auf den Grund gehen. Kaum ein Europäer ist bislang in die Hochburg der Piraten am Horn von Afrika vorgedrungen, geschweige denn lebend zurückgekehrt. Lüder begibt sich in große Gefahr, und in der größten Not kommt ihm ausgerechnet sein alter Husumer Freund Große Jäger zu Hilfe.

Hannes Nygaard
## DAS DORF IN DER MARSCH
Broschur, 272 Seiten
ISBN 978-3-95451-175-4

Bauer Reimer Reimers staunt nicht schlecht, als er am Morgen im Bullauge seiner Biogasanlage einen menschlichen Finger entdeckt. Gehört er dem aus mysteriösen Gründen untergetauchten Bürgermeister? Oder gibt es einen Zusammenhang mit dem Streit um die geplante Windkraftanlage? Christoph Johannes und Große Jäger, die Kultkommissare aus Husum, stoßen in der scheinbaren Idylle auf unheilvolle Allianzen und etliche Verdächtige: Denn die Nachbarn sind einander in herzlicher Mordlust verbunden ...

Hannes Nygaard
## MORD AN DER LEINE
Broschur, 256 Seiten
ISBN 978-3-89705-625-1
eBook 978-3-86358-041-4

*»›Mord an der Leine‹ bringt neben Lokalkolorit aus der niedersächsischen Landeshauptstadt auch eine sympathische Heldin ins Spiel, die man noch häufiger erleben möchte.«* NDR 1

www.emons-verlag.de

Hannes Nygaard
**NIEDERSACHSEN MAFIA**
Broschur, 256 Seiten
ISBN 978-3-89705-751-7
eBook 978-3-86358-000-1

*»Einmal mehr erzählt Hannes Nygaard spannend, humorvoll und kenntnisreich vom organisierten Verbrechen.«* NDR

*»Nygaard lebt auf der Insel Nordstrand – dort an der Küste ist er der Krimi-Star schlechthin.«* Neue Presse

Hannes Nygaard
**DAS FINALE**
Broschur, 240 Seiten
ISBN 978-3-89705-860-6
eBook 978-3-86358-160-2

*»Wäre das Buch nicht so lebendig geschrieben und knüpfte es nicht geschickt an reale Begebenheiten an, man würde ›Das Finale‹ wohl aus Mangel an Glaubwürdigkeit schnell beiseitelegen. So aber hat Nygaard im letzten Teil seiner niedersächsischen Krimi-Trilogie eine spannende Verbrecherjagd beschrieben.«*
Hannoversche Allgemeine Zeitung

www.emons-verlag.de

Hannes Nygaard
## EINE PRISE ANGST
Broschur, 240 Seiten
ISBN 978-3-89705-921-4
eBook 978-3-86358-068-1

»*Hannes Nygaard erzählt schwarze Geschichten zum Gruseln und Schmunzeln.*« Lux-Post

www.emons-verlag.de